Asi

kaybeden

hayalperest

küfürbaz

günahkârların,

beyaz zencilerin,

aşağı tırmananların,

yola çıkmaktan çekinmeyenlerin,

uçurumdan atlayanların...

dili, sesi

Yeraltı Edebiyatı...

DENİS JOHNSON: 1949'da Münih'te Amerikalı bir subayın oğlu olarak dünyaya gelen Denis Johnson, çocukluğunu Tokyo ve Manila ile Washington'ın banliyölerinde geçirdi. Iowa Üniversitesi'nde eğitim gördüğü sıralarda *The Man Among the Seals* (1969) adlı şiir kitabını yazdı. 1983'te basılan ilk romanı *Angels (Melekler)*, Amerikan Akademisi ve Sanat ve Edebiyat Enstitüsü tarafından 1984 yılında İlk Roman dalında Sue Kaufman Ödülü'ne layık görüldü. Aynı yıl muhabirliğe başladı; *The New Yorker*, *Esquire*, *Spin*, *Rolling Stone*, *Paris Review* gibi değişik dergiler için yazmak üzere Nikaragua, Somali, Filipinler, Afganistan ve Basra Körfezi'ne gitti. *Jesus's Son* (1993) adlı kitabından uyarlanan film Toronto Film Festivali'nde Altın Ayı'ya aday gösterildi. 1999'da San Fransisco'da Campo Santo Tiyatro Topluluğu'nda oyun yazarı olarak ortak çalışmalar yapmaya başladı. Diğer romanları arasında *Fiskadaro* (1985), *Stars at Noon* (1986), *Resuscitation of a Hanged Man* (1991), *Already Dead* (1996), Salon Book Ödülü'nü alan *The Name of the World* (2000) yer almaktadır. Johnson, dergi yazılarını *Seek: Reports from the Edges of America and Beyond* adlı kitapta toplamıştır (2001). Şiir kitapları arasında *The Veil* (1987), *Throne of the Third Heaven of the Nations Millenum General Assembly* (1996), *Inner Weather* ve *The Incognito Lounge* (1982) sayılabilir. Tiyatro oyunları da yazan Denis Johnson'un *Hell Hound on My Trail* ve *Shoppers Carried by Escalators into Flames* adlı oyunlarını içeren *Shoppers* adlı yapıtı 2002'de yayınlandı. *Soul of a Whore* (2003) ve *Psychos Never Dream* (2004) adlı oyunları sahnelendi. Denis Johnson, Welfleet, Massachusetts'de yaşamaktadır.

Ayrıntı Yayınları

Yeraltı Edebiyatı

Melekler

Denis Johnson

Ayrıntı: 439
Yeraltı edebiyatı dizisi: 23

Melekler
Denis Johnson

İngilizceden çeviren
Emre Kızılkaya

Yayıma hazırlayan
Fahri Öz

Kitabın özgün adı
Angels, 1989

Kapak illüstrasyonu
Sevinç Altan

Kapak düzeni
Deniz Çelikoğlu

Düzelti
Ayten Koçal

Baskı ve cilt
Sena Ofset (0 212) 613 38 46

Birinci basım 2004
Baskı adedi 2000

ISBN 975-539-426-5

AYRINTI YAYINLARI
www.ayrintiyayinlari.com.tr & info@ayrintiyayinlari.com.tr
Dizdariye Çeşmesi Sk. No.: 23/1 34400 Çemberlitaş-İst. Tel.: (0 212) 518 76 19 Faks: (0 212) 516 45 77

Melekler

Denis Johnson

Ayrıntı Yayınları

Yeraltı Edebiyatı

Y E R A L T I   E D E B İ Y A T I   D İ Z İ S İ

DÖVÜŞ KULÜBÜ
Chuck Palahniuk

EŞİKTEKİLER
Philippe Djian

SON SÜRGÜN
Dragan Babic

YATAK ODASINDA FELSEFE
Marquis de Sade

ACEMİ PEZEVENK
Ola Bauer

TAVANDAKİ KUKLA
Ingvar Ambjörnsen

GÖNÜLLÜ SÜRGÜN
Suerte
Claude Lucas

EROJEN BÖLGE
Philippe Djian

KOZMİK HAYDUTLAR
A.C. Weisbecker

HAYRAN OLUNASI CASANOVA
Philippe Sollers

GÖSTERİ PEYGAMBERİ
Chuck Palahniuk

KUZEY GÖZCÜSÜ
Ola Bauer

İSİS
Tristian Hawkins

TIKANMA
Chuck Palahniuk

HIRSIZIN GÜNLÜĞÜ
Jean Genet

DENİZCİ
Jean Genet

FLAMENKO'NUN İZİNDE
Duende
Jason Webster

ODA HİZMETÇİSİNİN GÜNLÜĞÜ
Octave Mirbeau

GÖRÜNMEZ CANAVARLAR
Chuck Palahniuk

ADSIZ DEVLER
Pascal Bruckner

ANNEM
Georges Bataille

ÇARPIŞMA
J.G. Ballard

MELEKLER
Denis Johnson

bu kitap H.P'ye
ve benimle deneyimlerini, güçlerini
ve umutlarını paylaşanlara adanmıştır

Sanki duaları gerçekten de bir şeyleri
değiştirmiş gibi onu suçladım:
Sana ne yaptım ki, beni hayata mahkûm etmek
zorunda kaldın?

Graham Greene
The End of the Affair

I

Greyhound'un* Oakland otobüsünde herkes cüceydi ve otobüse binmek için birbirlerini itip kakıyor, hatta oraya ilk gelen ve sıranın başında duran iki rahibenin önüne geçiyorlardı. İki rahibe, Miranda ve Ellen Bebek'e tatlı tatlı gülümsedi koltuklarına oturduktan sonra, elleriyle yüzlerini kapatarak "Ce-ee" yaptı. Ancak Jamie rahibelerin, makyajını çok fazla, pantolonunu fazla dar bulduklarını sezmişti. Rahibeler, Jamie'nin kocasını terk ettiğini biliyor ve kötü yola düşeceğini kestiriyorlardı. Jamie onlara neyin ne olduğunu anlatmak isterdi, ama bir Katolik'le konuşamazsınız. Rahibelerden kısa boylu olanı iki elinin arasında parlak, kesme bir tespih taşıyordu.

* ABD'de, büyük bir seyahat firması. Greyhound, tazı anlamına gelir. (ç.n.)

Jamie cam kenarına oturdu, dışarı bakarak bir *Kool* sigarası tüttürmeye koyuldu. Otobüsün kapısı önünde hâlâ insanlar toplanıyordu; hiç de tanışmak istemediği insanlar – pişman oldukları şeylerin nedenlerini ve aldıkları yaraların gerekçelerini de içlerine doldurdukları yıpranmış bavulları ve kese kâğıtlarıyla mücadele ediyorlardı. Eşyalarıyla başa çıkışları görülmeye değerdi. İskoç kumaşından elbisesi ve hasır şapkasıyla siyah bir adam, uğurladığı akrabalarına bir yazı gösteriyordu: "GÜNEŞ KARARACAK, AY KAN RENGİNE DÖNECEK" (Yoel 2:31). Bu şartlar altında, Jamie kendini bu yabancıya yakın hissetti.

Jamie'nin gözleri sabaha karşı üç gibi açıldı. Bir rampanın girişinde araba farları yolculuklarını ortadan ikiye bölerek, otobüsün içine doldu ve kadın kendi yorgunluğu içinde bir an için bunun, yolcuların uyuyan karanlığında, ardında bir kuyrukluyıldız gibi iz bırakan ve yalnızca kendisine görünen bir adamın alev almış kafası olduğunu düşündü. Miranda aniden uyanmış, yatma vaktinden sonra ayakta olduğu için heyecanla kulağına bir şeyler fısıldıyordu.

Jamie, otobüsün hızla girmekte olduğu karanlıktan ürkmüş, yeni hayatı tarafından çabucak yutulmaktan kafası karışmış ve göz açıp kapayıncaya kadar sindirilip, diğer taraftan, gençliğinin nereye gittiğini merak edemeyecek kadar sersemlemiş yaşlı bir kadın olarak tükürüleceğinden korkmuş olduğu için çocuğun söylediklerini duymazdan geldi. Birkaç kez Miranda'yı susturmaya çalıştı; çünkü bebek ve otobüsteki herkes uyuyordu; sürücü dışında diye umdu Jamie. Ancak Miranda, Ellen Bebek'i iki saniyede bir ayağıyla dürtüyor, Nevada'nın ortasında, gecenin bir yarısı oyun oynamak istiyordu. "Randy" dedi Jamie, "Şimdi yorgunum, tatlım. Ellen'ı uyandırma."

Miranda ellerinin üstüne oturarak uyur gibi yaptı, ayağıyla gizlice Ellen Bebek'i dürtüyordu.

"Ayağını çek, tatlım," dedi Jamie ona. "Oyun oynamıyorum. Çek ayağını hemen."

Miranda uykudaymış, hiçbir şey duymuyormuş numarası yapıyor, sanki bir rüyadaymış gibi, ayağıyla dürtüklüyordu bebeği.

"A-ya-ğı-nı çek!" diye öfkeyle fısıldadı Jamie ve kızın ayak bileğini tutarak kenara çekti. "Uslu dur. Yoksa şoföre söylerim, çölün ortasında seni otobüsten atar. Bu karanlıkta, yılanlarla kalırsın. Duydun mu beni?" Miranda'nın ayağını yeniden dürtükledi. "Uyumadığını bal gibi gördüğüm halde, uyur numarası yapma!"

Miranda'nın kapalı gözlerine nefretle baktı ve çok geçmeden çocuğun uykuya dalmış olduğunu fark etti. Otobüs, farların yarattığı boğaz boyunca yol alırken öfkenin ağırlığı yerini korkunun hafifliğine bırakmıştı. Jamie elini yüzüne götürdü ve hıçkıra hıçkıra ağladı.

Kısa bir süre sonra uykuya daldı ve rüyasında bir zehir bulutu içinde boğulan bir adam gördü. Uyandı. Acaba gördüğü rüya kocası hakkında mıydı? Yoksa ne olabilirdi ki? Geçmiş hakkında bir rüya mı, gelecek hakkında mı?

Ellen Bebek'in çığlık çığlığa ağlaması kesilmiyordu.

Jamie bir eliyle onu tutarken, diğer eliyle önce koltuğun altındaki çantasını, sonra çantanın içinde Ellen Bebek'in portakal suyunu aradı. "Hanimiş, hanimiş, hanimiş," dedi bebeğe. "Bir karyola alırız sana yakında, bir de üstüne müzik kutunu bağlayacağımız bir ip; anneyle Miranda uyku vakti geldiğinde sana şarkılar söyleyecek, al bakalım, portakal suyu ne de güzelmiş, şükürler olsun, haydi canım, küçük Ellen Bebek, oh, güzel portakal suyu, *esaslı* portakal suyu, *esaslı*, aa, bak, güneş ne güzel, görüyor musun? Güneşi görüyor musun, Ellen Bebek? Bu güneşin miniminnacık bir kısmı, çok yakında Ellen Bebek güneşin hepsini görecek ve o zaman Ellen Bebek, anne ve Miranda Sue için sabah olacak." Jamie, bebeği boğmayı geçirdi içinden. Kimse anlamazdı. Oakland'a dört günlük mesafedeydiler.

Ellen Bebek'e portakal suyunu içirdi ve güneşin, Indiana'daki ölü mısır tarlaları üstünde yükselişini izledi; donmuş su birikintilerinden ve buzla kaplanmış kırık sap dizilerinden yansıyan ışık, canını yakarcasına çarpıyordu yüzüne. Kocası hayatını hiç de memnun olmadığı, müzik seti parçaları satma işiyle kazanıyordu. Adam hayatı hakkında kara kara düşünüyor, bu düşünce onu yiyip bitiriyordu; ta ki etrafta çenesini açıp işin içyüzünü ortaya dökene dek. Karısı Jamie neden ona karşı bir türlü müteşekkir olamıyordu, gerçekten hep bunu bilmek istemişti; karısı istediği her şeyi elde etsin diye kendisi her şeyden vazgeçmişti, öyle ki kendisi hayattan ne beklediğini bilemiyordu artık. Her şeyin nasıl üst üste geldiğini göremiyor muydu? Bu sadece... –yumruğunu duvara vurdu ve küçük karavan sarsıldı *–bir sonraki sahne*... Karısının derdini anlayamadığını düşünüp çılgına dönmüş, onu iki kez neredeyse boğarak öldürmeye kalkmıştı. Doğrusu kadın da anlayamıyordu. Adam evde olduğu zamanlar neredeyse her dakika uyuyordu. Geceleri ağlıyordu ve her şeyin onu nasıl da korkuttuğunu itiraf ediyordu. Kadın ne zaman ona baksa, kendi beynindeki resimlerden saklanırcasına yüzü ellerinin arasında olurdu. Sonunda her şeyi, bütün evliliğini mahvetmişti. Kadın her şeyin bağıra bağıra gelmekte olduğunu görmüştü.

Oakland ile bundan sonra olacakların düşüncesi içinde kaybolmuştu ve otobüsün hareket etmesine göz yummaya dayanamıyordu. İhtiyaç molasında bu otobüsten ineceğim ve biletimi değiştirip sonraki otobüsle eve döneceğim, hepinize iyi yolculuklar, Greyhound ülkesindeki insanlar, diye düşündü. Kocası onu görünce çok sevinecekti, Jamie bundan emindi. Ama ona ne diyecekti ki? Diş fırçamı unutmuşum, dedi kendi kendine, gülümsedi. Çantamı unutmuşum. Öğle yemeğimi almadan çıkmışım. Biletçi adam onun neredeyse yarı yoldan dönmesine gülecekti. “Yolculuk o kadar hoşuna gitti ki, dönüp bir daha başlayacaksın, ha?” diyecekti biletçi. Evet, geri dönüp bu kez sol taraftaki koltuklardan birine oturayım dedim, kim bilir, gözümden kaçan bir şeyler vardır. Jamie ihtiyaç molasında, Miranda ve Ellen Bebek’e göz kulak olması için bir hanıma bir miktar para verdi ve biraz serinlemek için kadınlar tuvaletine gitti. Miranda tilt oynamak için domates çorbası sandıklarının üstüne çıkıyor, perdeyle örtülü küçük bir kabinde, kucağında kız kardeşi, kendi fotoğraflarını çekiyordu. Jamie ve Miranda mısır gevreği, Ellen Bebek ise içinde kayısı ve şeftali olan bir tatlı yedi. Paraları bitiyordu. Cleveland’a yaklaştıkça, ekspres otoyolda geride bıraktıkları viraj ve tepeler çoğalıyordu.

Üç koltuk arkada, koridorun öbür yanında iki rahibe, kahvaltının rehavetinden olacak, uykulu bir şekilde kendi kendilerine mırıldanıp duruyorlardı. Jamie gizlice onları izledi ve dua ettiklerini fark etti, kısa boylu rahibenin Oakland'da sıkıca kavradığı parlak, kesme tespih, yerini koyu renk bir tespihe bırakmıştı. Jamie rahibelerin her kahvaltı sonrası dua edip etmediklerini merak etti. Kendi kendilerine, "İşte başlıyoruz, dua edeceğiz," derler miydi? Kafalarının içinde, onların Latince dualarını kafasını düşünceli düşünceli sallayarak onaylayan beyaz sakallı bir Tanrı yüzü mü vardı? Eğer dua etmek işleriyse, tatilleri var mıydı? *People* dergisindeki bir kadının yüzüne, boyalı kalemiyle kalın, düzgün çizgiler çizen Miranda'ya baktı ve kendi küçük kızının, uzun saçlarının üstüne, siyah-beyaz şapkasını giymiş bir rahibe olup olamayacağını merak etti. İyi de, Miranda Katolik değildi ki. Oakland'da iken dinle bir alakaları yoktu, ancak taşınmadan önce, henüz Batı Virginia'dayken, pek sık kiliseye gitmeseler de, Baptisttiler. California'da dininiz pek de önemli olmazdı, çünkü California ateistler, "Birch"çüler* ve Hare Krişna'larla** doluydu ve din konusunda gerçekten ciddi olanlar, Tanrının gücü tarafından ele geçirildiklerinde durmadan Golden Gate Köprüsü'nden atlayıp duran kaçık insanlardı. Vaftiz, ıslanmanın başka bir yolu gibi görünüyordu.

California, dünyanın sonunun aniden geleceğine ya da Kıyamet Günü uzaylıların dünyaya ineceğine inanan, gözleri fıldır fıldır oynayan yaşlı kadınlarla doluydu. Ortalık Venüslülerden, Marslılardan, İsa'dan veya Hindistan'dan gelen, on iki kollu, mavi derili tiplerden*** geçilmiyordu. Sodom ve Gomorra bir uzay gemisinden atılan atom bombasıyla yok edilmişti.

Jamie, dua ediyor olması gereken kısa boylu rahibeden gelen kısık horlamaları işitti. Tanrı da bunu duymuştu zaten ama onu uyandırma zahmetine girmemişti. Parlak tespih bir anda yeniden ortaya

---

* 1950'lerin sonunda, komünizme karşı savaş ilan eden Robert Welch tarafından kurulan, aşırı sağcı bir dini siyasi örgütlenme olan John Birch Cemiyeti'ne (JBS) üye kişi. (ç.n.)

** ABD'de, özellikle California'da yaygın olan, Hindistan kökenli felsefi ve dini metot. (ç.n.)

*** Vişnu kastediliyor. (ç.n.)

çıkıverdi ve rahibe uykudayken onu iki elinin arasına alarak sıkıca kavradı.

Jamie'ye sorsanız, arkalarındaki koltukta oturan adamın bir çeşit maceraperest olduğunu söyleyebilirdi. Ancak sevecen bir gülümsemesi ve sol kolunda Miranda'yı büyüleyen bir denizatı dövmesi olan iyi bir insandı. "Kral Neptün* verdi onu bana," dedi adam Miranda'ya, ardından Jamie'ye göz kırpıp, sıvadığı ceketinin kolunu düzeltti. Dövmesi hakkında bütün söyleyecekleri bunlardı.

Öğlene doğru, Miranda adamı kendi oyunlarına katmaya başladı, öğleden sonra artık sıkı dost olmuşlardı. Adamın yanındaki havayolları çantasında dört tane bira vardı, bir tanesini Jamie'ye ikram etti. Bu yolculukta rahibelere reva görülen bütün o itiş kakışa, bütün o saygısızlığa rağmen adamın yanındaki koltuk, diğer birçoğu gibi boştu. Jamie, adamın davetini kabul etti. "Biraz önce az kalsın otobüsten inip tüyeceğini sandım," dedi adam. "Çocuklar biraz başının etini yiyor galiba." Adam gözlüğünü takmıştı –aynalı bir güneş gözlüğüydü bu– artık gözlerinin yerinde iki ayna vardı. Jamie, adamın yüzüne baktıkça kendi yüzünü görüyordu.

Seyrek bıyıklarıyla oynaması Jamie'yi sinir etmişti. Bir ara, bıyığının ucunda biraz köpük kaldı, onu yalayarak temizleyiverdi. "Asla uçağa binmem," dedi. "Binsem, hasta olurum hemen, yurtiçi jetlerinde bile. Otostop yapıyordum, ama donmaya başladım." Bira kutusunu çalkaladı, alüminyum kapağı fıslayarak açtı. "Bu yüzden, gördüğün gibi, artık otobüsle seyahat ediyorum," dedi.

Jamie, elindeki Stroh's marka birayla Miranda ve Ellen Bebek'in kestirmekte olduğu ön koltuğu işaret eden bir el hareketi yaptı. "Çoğu zaman, hiçbir şey anlamıyorum," dedi. "Yarı kör birine göz kulak olmak gibi, her Allah'ın günü yirmi dört saat bu ikisine bakmaktan..." "Stroh's"un tersten "Shorts"** okunduğunu fark etti. Bu markayı daha önce duymamıştı.

"O eski, keyifli günlere dönmek için Pittsburgh'a gidiyorum,"

* Eski Roma dininde deniz tanrısı. (ç.n.)
** Don, külot. (ç.n.)

dedi adam. "Biraz param vardı, ama hepsini şarap, kadın ve müzik için harcadım. Bu yüzden otostop yapıyordum."

"Tanrım," dedi Jamie. "Yılın her günü, yirmi dört saat boyunca."

"Evet, evet, haklısın galiba," dedi adam.

"Miranda on sekiz yaşına gelene kadar, Ellen... kaç olacak, on iki mi? Yok, on sekizden beş çıktı, on üç olacak. Ellen'ın büyümesi için de bir beş yıl geçecek ve böylece toplam yirmi üç yıl eder."

"İşin zor valla," dedi adam.

"Şakası yok. Sonra işin bittiğinde, eski püskü bir çuvala dönersin ve birileri sana bunca yıldır neler yaptın diye sorunca ne söyleyebileceğini bilemezsin. Bir münzevi gibi. Bir rahibe gibi."

"Gelecek cumartesi gecesi çıkıp eğlen biraz," dedi adam.

Kadın, lafı nereye getirmek istediğini merak ediyordu, adamın yüzüne baktı. Kırk yaşlarındaydı adam, belki biraz daha genç. Şimdilik fazla seyrek olmayan kıvırcık saçları vardı, ancak önlerden açılmaya başlamıştı. Bir kovboy çetesinin lideri için tasarlandığı anlaşılan Vahşi Batı tarzında bir ceketin altına beyaz bir tişört giymişti. Ceketini çıkarırken, bira kutusunu bacaklarının arasında tuttu; tişörtünün üstündeki amblem ortaya çıkmıştı: "Harrah'nın Yeri-Vegas". Başparmağıyla yanlardan kavisli güneş gözlüğünü burnunun üstüne doğru iterken, tişört kolunun yukarıya kalkmasıyla, pazısının üstünde iki el tarafından avuçlanmış çıplak bir göğüs dövmesi açığa çıktı. "Dur, tahmin edeyim. Bahse girerim adın Louise'dir," dedi.

"Değil. Benim adım Jamie,"dedi kadın. Dikiz aynasına bakarak şoförü görmeye çalıştı, acaba o da koltuğunu paylaşmakta olduğu bu adamın kolunun üst tarafındaki müstehcen dövmeyi fark etmiş miydi? Aynada yalnızca şoförün kulağını ve belki biraz da şapkasını görebiliyordu.

"Şoföre mi canın sıkıldı? Hiçbir şey göremez, Jamie." Adam gizlenmek için eğilmeye gerek duymadan, birasından bir yudum daha aldı. "Göremez."

"Nereden biliyorsun? Bunca şeyi nerede öğrendin?"

"Daha önce şoförlük yapmıştım. Bütün görebildiğin birinin koltukta olup olmadığıdır. Ve sadece bazı koltukları görürsün. Biri bira mı, yoksa gazoz mu içiyor, uykuda mı yoksa uyanık mı ya da ne yapıyor, görmenin imkânı yoktur."

Ufukta yelpazeler gibi açılıp, yanlarından geçtikten sonra hızla kapanan telefon direklerinin ve Ohio'da giderek seyrekleşen dümdüz tarla sıralarının yanından ine çıka giderlerken elektrik tellerini izlediler. Şafaktan sonra hava grileşmişti, tepeler ağaran günün yükünü omuzluyor, birkaç kış kuşu onun hemen altında süzülüp yön değiştiriyordu. "*Let the boy rock and roll...*" Bir şarkı mırıldanmaya başladı kadın, adam da ezginin içine tıslayan bir ıslık katarak ona eşlik etti.

"Hayır. Hayır. Yapma, oğlum," dedi adam, bir bira kutusunu daha tıslatarak açarken. Kadın ona doğru baktı, ancak adam başka bir şey söylemeyince, gözlerini yanlarından akıp gitmekte olan tarlalara çevirdi yine. "Hayır Jamie, bunu kimse görmez," dedi birden ve kadını yanağından öptü.

Jamie birasını yudumladı. "Hey, kes şunu!"

"Neyi keseyim?"

"Ben evliyim!"

"Kocan nerede?"

"Evde."

"Nerede orası?"

"Evde. Bir sonraki durakta. Cincinnati'de."

"Otobüs Cincinnati'ye gitmiyor ki!"

"Cleveland'da karşılayacak bizi."

"Biraz önce, sen kızınla konuşurken, ona babasını bir daha görmeyeceğini söylediğini duydum." Sırıttı ve başka bir bira açtı. Bira gürültüyle tısladı açılırken ve kadın aniden irkildi. Kimse fark etmemişti. İki rahibe arkada uyuyordu; biri cama yaslanmış, diğeri başını onun omzuna dayamıştı.

"Tamam" dedi Jamie, "Onu terk etmek zorunda kaldım."

"Ha şöyle, şimdi dürüst olmaya başladık."

"Dürüstlük gibisi yoktur."

"Hepsini ben bitirmeden, bir bira daha al."

"Daha adını bile söylemedin."

"Adım Bill. Bill Houston. Küçük kızına söyledim, senin de duyduğunu sanmıştım." Kadının elini tuttu.

"Hoop, buna gelemem," dedi kadın. "Hele böyle bir anda. Neden adam gibi davranmıyorsun?"

"Üff, tamam," dedi adam. "Unut gitsin. Hey–işte bak, bu biranın tadını şampanya gibi yapacak bir şey var yanımda." Gizlice çantasından yarım litrelik bir şişe viski çıkardı ve kadının bileğinden tutarak birazını onun kutusuna boşalttı. "Bu onu canlandıracak. '*Torpil*'* denir buna." Orta parmağıyla burnuna vurdu, gözlerini yuvarlayarak dilini, ağzının kenarından dışarı çıkardı. Biraz aptalcaydı, ama Jamie kendini gülmekten alamadı.

Jamie içkisini yudumladı ve zamanın ne çabuk geçtiğinden, çevrenin görünüşünün nasıl da değiştiğinden, yüksek mevkilerdeki insanların kafa karışıklığından ve eyaletler arası otoyolların sıkıcılığından bahsettiler. Otobüs, onları Batı Ohio'yu kaplayan bulut kümesinin altından, eski kar birikintilerinin, yamaçlardaki toprakta azgınca yandığı solgun bir ışığın içine götürdü. Az sonra, bira bitmişti ve ellerindeki kutularda sadece viski kalmıştı. "Benden korkmana gerek yok," dedi Bill Houston. "Ben üç kez evlendim."

"Üç kez mi? Nasıl?" dedi kadın.

"Nasıl olduğunu ben de asla anlayamadım. İlk seferden sonra dedim ki, bir dahaki sefere buna benzer bir şey yaparsan, eskiyi hatırlasan iyi olur. Ve işte şunu yaptırdım." Dirseğinin iç tarafındaki dövmeyi gösterdi; küçük, dişi bir Şeytan yüzü resminin altında şu sözler yazılıydı: Annie'yi Hatırla! "Bu da işe yaramadı. Üç ay sonra tekrar evlendim, bu kez iri, şişman bir tanesiyle. İlki, ufak tefek, sıska bir şeydi ya, bir sonraki iri ve şişman olsun bari dedim; çeşitlilik dalgasına."

"Çeşitlilik önemlidir."

"Evet, öyledir. Çeşitlilik önemlidir."

"Tabii, güvenilir de olmalısın."

"Evlendiğim üçüncü kadın güvenilir bir tipti. Gene de bir türlü

---

* *Depth Charger*. Denizaltıların bulunabileceği bölgelerde, gemilerden atılan patlayıcı yüklü variller. Biranın içine damlatılan her viski damlası, bu varillere benzetiliyor. (ç.n.)

anlayamıyordum. Çok güvenilirdi, ama bir gün durup dururken bana ilk karımın adını sordu. Annie olduğunu söyledim. 'Ah, tabii, Annie... Soyadı ne?' diye sordu, 'Annie Klein! Niye sordun bunu?' dedim. Sadece merak ediyormuş. Beş dakika kadar sonra, bir sonraki eşimin adını öğrenmek istedi. Tabii ben de ona ikinci eşimin adını söyledim, tesadüf bu ya, kızlık soyadı onunkiyle aynıydı. 'Bunun için mi beni seçtin?' diye sordu. 'Böyle –affedersin- boktan bir sebepten üstüme gelerek, nereye varmak istiyorsun?' dedim ona. 'Nereye mi?' dedi, 'ben üç numaralı karınım ve soyadı Roberts olanlarda iki numarayım. Ancak sıra bir numaraya geldiğinde, tatlım, hiçbir şey değilim.' Ertesi gün boşanma davası açtı. Bu kadar ani oldu işte. 'Bak,' dedim, 'bir numara sensin! Bir numara sensin!' Ama vazgeçmedi ve davayı açtı. Çok garip bir kadındı."

Jamie, "Sen bir grupta mıydın?" diye sordu.

"Ben mi? Müzik grubunu mu kastediyorsun?" Adam birasından bir yudum aldı, Jamie ise parmaklarıyla adamın aralarındaki koltukta duran ceketinin parlak kumaşına dokunuyordu.

"Açıkçası, ikinci el mal satan bir ucuzluk mağazasından aldım onu." dedi. "Hiç keyfim yoktu ya da öyle bir şey. Neyse, ne fark eder! Fena durmuyor üstümde. Hiç bilmece biliyor musun?"

"Bilmece mi?" dedi Jamie, sanki bu kelimeyi ilk kez telaffuz ediyormuşçasına.

"Evet, bilirsin işte. Komik bir şeyler..."

"Anladım," dedi Jamie.

Anlık bir baş dönmesi bıçak gibi saplandı Jamie'nin başına ve ardından geçip gitti. On bin sigaradan çıkan ölü dumanın havayı nasıl kapladığını hissetti. Dışarıdaki göz alıcı kış günü ciğerlerinizi yakabilirdi, ama burada ebediyen zapt edilmiş bir alacakaranlığın ve kendilerine özel bir tükenmişliğin içindeydiler. Uyanıyor muydu yoksa delirmek üzere miydi, bilemedi.

Bill Houston: "Polonya'da bütün buzları nasıl bitirmişler?" diye sordu.

"Bilmece mi şimdi bu?"

Bill sinirlenmişti. "Evet."

"Peki– Polonya'da bütün buzları nasıl bitirmişler?"

"Bir dakika. Bir dakika. Bana mı soruyorsun?"

"Tabii ki sana soruyorum. Çünkü cevabını bilmediğime eminim. Neye ihtiyacımız var biliyor musun?" dedi kadın. "Buza." Çok yüksek sesle gülüyor olabileceğini düşündü.

"Bak, bu konu beni feci heyecanlandırıyor," dedi adam ateşli bir şekilde. Kurduğu samimiyetten, sesi gürleşmişti. "Şimdi dinle: Polonya'da bütün buzlar nasıl bitmiş?"

"Çünkü bitirmişler. Bu kısmı geçmiştik."

Bill kafasını salladı. "Başa çıkması zor biri olduğun anlaşılıyor," dedi biraz saygıyla.

"Hayır, cidden öyle biri değilim." Bakışları Ohio'nun derinliklerine dalıp gitti. Durgunlaştı. "Sorun sadece çok yakında bütün o boşanma meselesine girecek olmam."

"Bunun seni yıkmasına izin verme. Sadece orada durur ve dedikleri her şeye 'Evet' dersin. Çok geçmeden de boşanırsın. Öyle çok farklı bir şeyler falan da hissetmeyeceksin."

"Bence bayağı farklı bir şeyler hissedeceğim,"dedi Jamie.

"Bilmiyorum," dedi Bill, "Ben hiç öyle bir fark hissetmemiştim. Tabii, kısa bir süre sonra, evli olmak farklı, boşanmak ise sıradan bir şey haline geldi."

"Bana aynı şey olmaz. Bundan sonra bekârım."

"Sen öyle de bakalım, ben de öyle diyordum."

"Görürsün. Bir kere yeter, kardeş. Bir zamanlar benimle takılan bir adam vardı –hepsi bu, bu kadar. Daha fazla istemem. Yine de sağ ol."

"İyi. Hiçbir çeşitlilik olmadan aynı markaya takılıp kalmak güçlü bir irade ister."

"*Ben* mi aynı markaya takılıp kalmışım? Bunu dert edinen ben miydim sanki? O sadece üç gece dışarıda kalmak zorundaydı ve ben de öyleyse, öyledir dedim. Üç gece, üç gecedir. Çok geçmeden onun kiminle, kaç kez birlikte olduğunu ve her şeyi öğrendim. Beni aldatmak zordur, dedim ona. Cidden zordur. Neyse." Kısa bir süre, gözlerini kısarak önüne baktı. "Çok mu dolmuşum ne?"

Bill Houston son birkaç aydır bir yerde çalıştığını söyledi, ama kadın ona inanmadı. Petrol arama teçhizatıyla ilgili bir şeyler yapmıştı, ancak bu Jamie'nin pek ilgisini çekmedi. Adam biraz para biriktirmişti, hatta yüklü denebilecek bir miktar, ve yalnızdı. Cleveland bir reklam panosu koleksiyonu gibi iki yanlarından geçiyordu.

Jamie, evet ya da hayır demeden, görümcesiyle kalmaya niyetlendiği Hershey'e gitmeden önce, Pittsburgh'da bir gün kalıp Bill Houston'la kasabayı görmeyi kabul ettiğini fark etti. İyi de Hershey, Pittsburgh'dan önce değil miydi? Veya Hershey'e gitmek üzere inecekleri yer daha önce gelmiyor muydu? Adam bilmiyordu. Kadın da bilmiyordu ve Tanrı şahitti ki, umurunda da değildi. Beş gündür bu otobüsteydi ve hiç takmıyordu. Varsın görümcesi bütün gün ve gece otogarda beklesin–varsın Hershey-Pennysylvania onun için bir gün daha beklesin; o, Hershey-Pennysylvania için tam beş gündür bekliyordu.

Bir zamanlar, Batı Virginia'da aynı liseye gittiği en iyi arkadaşı Sarah Miller'a kendini öldürmeyi düşündüğünü, bunu nasıl Marilyn Monroe tarzında yapabileceğini anlattığını itiraf etti Bill'e. Karavanı bir güzel temizleyecek, siyah sabahlığını giyecekti. Sarah'nın eski kocasına ait tabancayı kullanacaktı ve Sarah o gece silah sesini dinleyecek ve çocuklar uyanır diye kulağı kirişte bekleyecekti. Jamie, bunu yaparken tam da kapıda duracaktı, böylece kocası gecenin bir vakti eve geldiğinde ilk bulacağı şey, mutfağa saçılmış beyniyle paçavradan bir oyuncak bebek gibi yerde yatan cesedi olacaktı. Çünkü iki gece üst üste eve gelmemiş olacaktı. Hepsi buydu, bu kadardı, elveda. Bırakacağı not şöyle bir şey olacaktı: Hayır, teşekkürler.

Ama beni kiminle aldattığını biliyor musun, Bill? Kim olduğunu bilmek ister misin? Sarah. Altı yıl önce benimle aynı lisede okuyan, aynı dönem mezun olan, California'daki aynı karavan köyünde yaşayan, şimdi de kocamla yatan şu bizim Sarah, Sarah Miller. Artık üçüncü gece, bu muameleye bir dakika bile dayanamaz hale gelmiştim. Silahı ödünç almak için Sarah'nın karavanına yollanmıştım ki, işte, kocam oradaydı; gizlice eve sıvışmak üzere, sessizliği yaran ve ilkin, benim çıkardığımı sandığım bir gürültüyle, kapıyı acı acı gıcırdatırken beni görmüştü Bill, ve Sarah da kapı ağzında külotuyla dururken görmüştü beni, böylece artık herkes neyin ne olduğunu biliyordu. Eğer biri böyle bir durumda nasıl davranması gerektiğini biliyorsa, Johnny Carson'a* çıkıp her şeyi anlatabilir ve milyarlar kazanır. Ve kadın evden çıkmıştı. Kim, ne söyleyebilirdi ki? Eşyalarını toplamalı, çok, çok sessiz olmalı ve birbirlerinin yüzüne bakmamalıydılar, ancak bu arada Sarah gelmiş, iki kez kapıyı çalmaya yeltenmiş ama bunu yapamayıp geri dönmüştü; sonra dokuz buçukta onu Greyhound'a ve yeni yaşamına götürecek taksi geldi; kocasını elinde yarım bir greyfurtla mutfakta dikilirken terk etmişti. Kadın, Bill Houston'ın müstehcen ve gösterişli omzunda ağlarken, herkes onu izliyordu.

Kendini iyi hissetmiyordu, kusmak için arkadaki tuvalete ilerledi. Bir süre dikkatli yürümeye çalıştı, ancak bir koltuktan diğerine sendeledikçe, şoförün arabayı böyle kötü ve düşüncesizce kullanmasına sinirlenip söylenmeye başladı. Buradan gitmeleri gerekmiyor muydu? Şu otobüs şoförleri yolun nerede olduğunu bile bilmezlerdi. Kapıdan bir metre kadar uzakta, fikrini değiştirdiğini, istediği herhangi bir yerde kusabileceğini ve dikkat etmesi gerektiğini, çünkü her an bunun olabileceğini anladı. Hemen şimdi, biraz daha mı yürüsün, yoksa hemen kussun mu, buna karar verecekti. Evet, koridorda hava almak ve azıcık ağlamak için bir iki dakika boyunca bir aşağı bir yukarı yürüyecekti.

Allah kahretsin, pencereleri bir film gibi geçmekte olan bu otobüste beş gündür onu çıldırtan bu çocuklarla beraberken, ağlamaya hakkı yok muydu hiç? Ya onun ağlamasına izin verin, ya da ağzınıza tıkılmış tespihinizle manastırınıza dönün. Eğer istersem, buraya veya istediğim herhangi bir yere kusabilirim, şekerim. Gülün bakalım, ben ne düşündüğünüzü biliyorum; beş gündür bu otobüste, gözlerimi kapadığım her an o lanet beyaz çizgi içimi delip geçiyor. Devam edin, gülün. O komik rahibe başlığınızla, kendinizi gülmeye zorladığınızı anlayabiliyorum, ama herkes, rahibe olsun olmasın herkes sizin de kafayı yediğinizi biliyor. Beş gündür bu otobüsteyim, siz kaç gündür bu kokmuş otobüstesiniz? Sizin bütün ha-

* Sansasyonel röportajlar yapan ABD'li TV sunucusu. (ç.n.)

yatınız otobüs, manastırınız otobüs, rahiplerle ve kapıcılarla yatıyorsunuz, hepsini okudum hanımefendi, hepsini *gazte*lerdeki tıp makalelerinde okudum. Gurur her şeyden öncedir, biliyorum, sen düşmeden önce düşer gururun; bütün ihtiyacım kanatlardır Tanrım, gururumla düşmeliyim ve kimse buna laf edememeli, özellikle rahibeler. Sizce sorunlarım mı var? Tatlım aşkım kuzum meleğim, bence, o tespihle ne yaptığınızı düşününce, benim bütün lanet hayatımdan daha çok sorununuz var sizin. Yukarıya baktı, Pittsburgh'a doğru süzülen bir otobüste, daha önce çıkardıklarına hiç benzemeyen bir kargaşa çıkaran sarhoş bir kadındı o.

Jamie'nin daha önce kaldığı dört motelin hepsi de sıradan yerlerdi. Kalabalık Pittsburg şehrinin ortasında altı kat yükselerek kendilerini ilan etmiyorlar, sadece geçmekte olan arabaların tozlarını çeken yüzme havuzlarına yaslanıyorlardı ve Hotel Macellan'ın çürümüş, kanun kaçakları tarafından istila edilmiş, hurdahaş, yıpranmış halılar ve hüzün kokan yataklarla dolu bir otel olması hiç de umurunda değildi Jamie'nin. Bir oteldi işte, önemli olan buydu ve kocaman binaların dünyadan havalanacakmış gibi göründüğü *Altın Üçgen** bölgesine sadece yedi blok uzaklıktaydı. İşler iyi gidiyordu ve kocasını terk edeli sadece on altı gün olmuştu. Bir arabaları olsa çok iyi olacağını düşündü.

"Bir araba," dedi Bill Houston. Belinde bir havlu ve Donanma'dayken Singapur'da yaptırdığı bütün sırtını kaplayan, tamamen çıplak, devasa, siyah saçlı bir kadınla banyo kapısı önünde dikiliyordu. Donanma dövmeleri ve hapishane dövmeleri vardı ve hangisinin, nerede yapıldığını söylemek kolaydı, çünkü donanmada yapılanlar çok renkli ve göz kamaştırıcıyken, hapishane işleri solmuş, kiri andıran belli belirsiz lekeler haline gelmişti. Ağzı açıktı ve başı, araba almak hakkında kadının artık konuşmaması gerekti-

* Pittsburg'da, gökdelenlerin ve büyük iş merkezlerinin bulunduğu ticaret bölgesi. (ç.n.)

ğini ima eden bir tavırla ileri doğru uzanmıştı.

"Tabii, bir araba, neden olmasın?" dedi Jamie. Arka koltukta Miranda Sue ve Ellen Bebek uslu uslu otururken, banliyöler boyunca yapılan zevkli yolculukların hayalini kurdu, henüz gelmemiş olan yeni baharın esintileri arabanın camlarından içeri giriyordu. "Taksilerden de illallah," dedi kadın, "otobüslerden de." Miranda'ysa, "Bakın! Ellen Bebek sonunda yürüyor," diye bağırarak bebeği oda boyunca sürüklüyordu. Jamie bebeği alıp yatağa yatırdı.

"Peki, ne çeşit bir araba?" dedi Bill Houston. "Bir Chevy'yi falan mı kastediyorsun?"

"Bir Chevy olsa iyi olur. Chevy ya da Ford çok güzel olur be. Ya da sen ne istersen, Bill." Para onundu.

Beline dolanmış havluyu alarak saçını kurulamaya başladı. "Öyle mi? Tahmin et n'oldu?" dedi, kadın ne olduğunu sordu, fakat o cevap vermedi. Boynu bir inip bir kalkan Ellen Bebek'in zorlukla kafasını doğrultarak gözlerini ona diktiği yatağa oturdu. Bill Houston bebeğe baktı. Bir an için komşu bir odadaki televizyonun bangır bangır öten sesi duyuldu, sonra ses tekrar kısık bir mırıltıya dönüştü. Ellen Bebek'in büzülmüş dudakları arasından tükürükten balonlar kaçıverdi. "Her zaman, sonunda gerçekten önemli bir şeyler yapacak gibi bir hali var," dedi Bill Houston. "Ama sonunda bütün yaptığı, kendi üstüne tükürmek oluyor." Ayağa kalktı ve dalgın dalgın odaya bakındı. "İki yüz kadar param kaldı, hepsi bu," dedi.

"Ah," dedi Jamie. "Bu pek fazla sayılmaz."

Bill Houston giyecek bir şeyler bulmak için şifonyeri karıştırmaya başladı. "Eh, iki yüz papelle, belki döküntü bir arabanın *bir parçasını* alabilirsin. Veya TV'de çıkan, ağzı kulaklarında piçlerden birine gidersin ve ne bok yapsan çalışmayacak bir araba alıp meteliksiz kalırsın." En alt çekmeceyi sonuna kadar çekti ve yere düşürdü.

"Ah." Kadın yatağın üstünde oturdu; bu meseleyi açmış olmaktan üzülmüş bir hali vardı.

"Veya," dedi adam, "bu parayla kendine biraz yiyecek alabilirsin. Arada bir acıkan biriysen, tabii. Sen hiç acıkır mısın?"

"Ben acıktım!" dedi Miranda.

"Kes sesini. Şimdi seninle konuşmuyorum. Yarım saat önce yedin öğle yemeğini."

"Sessiz ol şimdi, tatlım," dedi Jamie, Miranda'ya. Anlaşılmaz bir şekilde ona sarılmaya ya da onun saçlarını örmeye niyetlenmiş gibi tuttu kızı. "Peki. Bugün ne yapıyorsun?" diye neşeyle sordu, Bill Houston'a.

"Konuyu değiştirip, topu bana atma,"dedi adam. "İki bin üç yüz papelim vardı. Şimdi iki yüz var. Aklım ermiyor. Hangi cehenneme gitti bu para?" Karnını içine çekti ve kemerini taktı.

Tabii ki, Pittsburgh, Oakland'a göre daha soğuk ve bunaltıcıydı, fakat daha pis değildi. Oakland'da olup, burada yok gibi görünen şey gökyüzüydü. Gündüz, güneşin üstüne eski gazete kâğıtları yapıştırılmış gibi duruyor ve hava karardıktan sonra, kâinat en yüksek sokak lambasının iki metre üstünde bitiyordu sanki. Pittsburgh'da şafak ve günbatımı yoktu; bunların gerçekleşebileceği bir gök yoktu.

O gece, Irvine Caddesi'ndeki dükkânlar hâlâ açıktı ve kaldırımlarda Jamie'nin renkleri ayırt ederek insanların yüzündeki kaygı ve sevinçleri okuyabileceği kadar ışık vardı. Sonuna kadar keyfini çıkarmaya çalıştı: Biliyordu ki Irvine, gün gelip İkinci Cadde'ye dönecekti–Bill Houston için, heyecanlı bir şenlik ve unutulmuşluğa açılan bir kapıya.

Etraflarındaki duvarlardan korkunç hayvan başlarıyla taş oluklar çıkıyordu. Farların ışığında, sokak lambalarının altında kaldırım boyunca yürüdüler ve Jamie trafiğin gürültüsünde bağırdı: "Uzaklığı umrumda değil. Hadi, Philadelphia'ya gidelim. Oraya da hiç gitmedim. Adam gibi hiçbir yere gitmedim ki ben."

"Tahminlerime göre," dedi Bill Houston, "Philadelphia'da hiçbir şey yok."

"Özgürlük Çanı fena değil ama, değil mi? Bana hiçbir şey yok diyebilmek için, sırf Philadelphia'da diye onun da mı önemsiz olduğunu söyleyeceksin?"

"Özgürlük Çanı *bir halta* yaramaz. Konuşmaya bile değmez. Başka bir şeyden bahset."

"Philly'ye* o kadar da uzak değiliz," dedi kadın. "Ya atalarımız ne olacak?"

Adam, kadının önüne geçerek yürümeye başladı, biraz arkasında, solunda yürüyen kadın bir yabancı gibiydi. "Washington Anıtı'nı görmek isterdim, çünkü pısıp kalmamış. Uzun. Bir de şu dağa oyulmuş büyük yüz heykelleri var. Ama hiçbiri Pittsburg *veya* Philly'de değil. Bu eyaletteki tek şey, Özgürlük Çanı ve o da sadece bir çan işte–anlıyor musun? Bir çan."

"Tamam, ama uzakta değil ki," diye yalvardı Jamie. "Sadece gidip onu görebilmeyi istiyorum. O kadar da uzak değil. Hem bu yurtseverce bir şey."

"Ben zaten, altı yıl boyunca, siktiğimin Donanma'sında yeterince yurtseverlik yaptım," dedi adam, mor kovboy gömleğinin eteğini yumruğunda sıkarak. "Her neyse, *ben* çok uzak olduğunu düşünüyorum. Salaklık olur bu."

Kadın, adamın akşamını mahvetmekte olduğunu gördü, ama yine de bina dizileri boyunca ilerlerken onu tatlı dille ikna etmeye çalışmaktan alamadı kendini. Adam ona Özgürlük Çanı'nın şu anda herhangi bir yerde olabileceğini söyledi, belki ülkeyi turluyordu. Çanın sık sık ülkenin değişik yerlerine götürülüp, okul bahçelerinde sergilendiğinde ısrar etti. Sonra açıklamaya başladı, "Ben Philly'ye gitmiyorum. Beni *hiçbir şekilde* oraya götüremezsin! Unut bunu!" Kadın, bunun yerine, şimdiden vitrinleri kaplayan Paskalya süslemelerinden bahsetmeye karar verdi. "Sepetlerle, tavşanlarla işim olmaz," dedi adam. "Philly'ye gitmek bize pahalıya patlar. Yeterince zamanımız yok." Kadın, para bittiğinde, işlerinin de biteceğini kastettiğini düşündü adamın. Ama sadece on bir gündür beraberdiler. Adamın akşamını mahvettiği için üzgündü.

Bir süre sessizce yürüdüler ve kadın sakince sordu: "Baksana – şimdi ne kadar paran kaldı?" –Aynı zamanda, yürümekten dolayı nefes nefeseydi de.

"Sanırım, buralarda bir yerde, iyi bir 'Country' grubu var," dedi adam. "Allah kahretsin, Waylon Jennings'i görmek isterdim. Bir meyhanede Johnny Cash'i görmüştüm, ama Waylon'ı hiç görmedim."

---

* Philadelphia. (ç.n.)

"Belki, bu gece oraya gitmesek de olur." dedi kadın. "Belki o grubu başka bir geceye saklarız, ha? Ne dersin buna?"

"Ne? Neye, ne derim?"

"Waylon'ı bir başka geceye saklamaya ne dersin, Bill?"

"Waylon'ın burada çaldığını söylemedim. Waylon Jennings böyle boktan bir yerde çalar mı sandın? Kafanı kullan."

"Ama demek istediğim, pek paran kalmadı, değil mi? Bu gece otelin parasını ödemedin mi? Ben ödeyeceğini–'

"Evet, ödedim. Ödemek lazımmış yoksa burada kalamazmışız. Israr ettiler."

"Ah. Bir gün için bile mi?"

"Şimdi, yapman gereken en önemli şey," dedi adam, "sessiz olmak."

"Ah. Hı, hıh." Adamın, aşağı yukarı hareket eden omzundan öteye, caddeye baktı. Bu akşamı mahvediyorum.

"Sanırım, yüz on papelim kaldı. O kadar bir şey," dedi Bill Houston.

"Ah," dedi kadın, adamın adımlarını yakalayıp yüzüne bakmak için acele ederek. "Pekâlâ, sanırım eve gitsek iyi olacak," diye de ekledi. "Eğer istediğin buysa, bana uyar, çünkü her gece dışarı çıkmak zorunda değiliz."

"Hayır. Bir dakikalığına girelim be şuraya. Sonra da sana bahsettiğim diğer yere giden otobüse bineriz." Aniden adamın neşesi yerine gelmişti. "Ah, hadi! Ne düşünüyorsun –yüz on dolarla iyi zaman geçiremeyeceğini mi? Benimle beraber içeri gelin küçük hanım; para meselesini hallederiz."

Bill Houston'ın bol bol içtiği ve Jamie'nin bir sırrı inceliyormuşçasına onu izlediği, nadiren ona katıldığı birçok başka bara da uğradılar. Kadın yorgunluktan dağılacağını düşündü, fakat Bill Houston Otel Macellan'la ilgili bütün hadiseden bihaber görünüyordu. "İşte burası. Başından beri aradığımız şey bu," dedi adam, Tally Ho Budweiser Biraların Kralı'nın girişinde el kol hareketleri yaparak. Tabelanın altındaki pencerede, neon ışıklar yanıp söndü: BUD-BUD-BUD-BUD. "Yatıya buradayız."

"Hey baksana! Burası bahsettiğin yer değil." Geri çekildi. "Burada şarkı çalan bir grup da yok, başka bir şey de. Olsa olsa Budweiser Birası vardır. Muhtemelen, bir barı bile yok."

"Burası güzel bir yer," dedi adam. "Şimdi, bu güzel yere gireceğiz."

"Burayı bilmiyorsun bile," dedi kadın, ona.

"Burası güzel bir yer," dedi adam.

"Daha önce buraya geldiğini bile sanmıyorum."

"Dinle bak," dedi adam. "Ben burada büyüdüm. Burası benim yuvam sayılır. Güzel bir yerdi." Bir eliyle kadını kapıdan içeriye doğru çekti.

Jamie, mekânın içini görür görmez buradan tiksindi. Barda sıkıca kapalı ağızları, asık suratlarıyla içen ve yanlarında kimse olmayan kadınlar vardı. Sayısız ses vardı –alçak sesler, hareket eden sandalyeler, ihtirasla yükselip sonra sakinleşen bir ses –ama bitkin düşen Jamie bunların, ortamdaki sıradan ve ahmakça bir sessizliğin biteviye bozuluşu olduğunu sezdi ve sanki hastanedeymiş gibi fısıldamak zorunda hissetti kendini. "Geri dönüp, televizyonda ne olduğuna bir baksak iyi olur," dedi sessizce. Bill Houston ona bir bakış fırlattı. "Ayaklarıma kara sular indi," diye ısrar etti kadın. Ön taraflara doğru bir masaya oturdular. Arkada bir adam masasına vurarak, içkisini döktü ve onun yanındaki kadın aniden kalkıp masayı terk etti; kadın hışımla ilerlerken küpeleri sallanıyordu. Etraflarında bir sürü erkek gözlerini onların yüzlerine dikmiş, tek başlarına içiyordu. Yirmi saniyedir buradaydılar ve şimdiden hiçbir şey olmuyordu. Siparişlerini almak için kimse masalarına gelmedi. Bir adam geldi ve Jamie'yi Bill Houston'ın yanından almaya çalıştı. Barın orada duran, birlikte olduğu kadını işaret etti ve Jamie'yi onunla takas etmeyi önerdi.

"Bunun olacağını biliyordum," dedi Jamie.

"Bu onu üçüncü arabaya alışım–Uzak Doğu Meyhanesi'nin oradan aldım," diye açıkladı adam, yine barda oturan kadını göstererek. Kadın aynadan kendisine bakarken serçe parmağıyla boynunu kaşıyordu. Bill Houston nazikçe dinledi.

"Ah, iyidir," dedi adam çabucak. "Bir şeyi yok. Tek sorun, onunla altı kez kadar takılmış olmam ve aynı esprileri yapıyor olması. Ama o espriler senin için yeni olacak, değil mi? Ne dersin?" Jamie'ye döndü. "Sen ne dersin? Sakıncası yoktur herhalde."

"Kesinlikle var –Bill! Ona neyin, ne olduğunu söyler misin?" Çantasından bir selpak çıkardı ve makyajını silmeye başladı. Sandalyesinde doğruldu ve eteğinin kenarını hızla aşağı çekti.

Adam gülümsedi. "Sana bağlanmış gibi," dedi Bill Houston'a. "Ama onun için sorun olmaz. Senin için de sorun olmaz, değil mi? O sorun etmiyor. Ne dersin ahbap?"

"Bak, şimdi, tam olarak bilemiyorum," dedi Bill Houston. "Duruma bağlı. Bu hanım için ne kadar ödeyeceğini söylemiştin?"

"Ah, yok–bu son derece gayri resmi bir şey," dedi adam. "Tam olarak o noktaya gelmemiştik henüz. Kadın istiyor işte, bilirsin, bir hediye. Duruma bağlı."

"Bak. Bu bir şaka filan mı bilmiyorum," dedi Jamie telaşla. "Kes şunu. Dinle, buna gelemem. Ne yaptığını sanıyorsun sen?"

Adam durumun göründüğünden karmaşık olduğunu sezmeye başladı. Gülümsemesi ihtiyatlı bir hal aldı.

"Bu sence bir ellilik eder mi?" diye sordu adama, Bill Houston.

"Bill!" Jamie, sandalyesinde dimdik kasılmıştı; Bill'in kolunu yakalayıp var gücüyle sıktı.

Adam, Jamie'yi incelemeye başlamıştı. Bill Houston dalgın dalgın gülümsedi.

"Ah, evet, kesinlikle–elli dolar," dedi adam.

Kadın yerinden kalkarak, bütün bakışları üzerine çekmek istemedi. Elleriyle yüzünü kapadı. "*Bill,*" dedi, ellerinin arasından.

"Al işte, az önce para için yalvaran sendin," dedi Bill. Ardından utanç dolu bir kahkaha attı.

Jamie yüzü ellerinin arasında, elli doları düşündüğünü fark etti. "Dur. Dur. Lütfen," dedi ellerinin arasından.

Adam, eğreti bir şekilde masalarının yanında dikildi ve ellerini cebine attı.

"Tamam," dedi Bill Houston. "Galiba bu kadar yeter. Bir yanlış anlama var. Bu kimsenin suçu değil. Tamam mı?" dedi adama.

"Üf, Allah kahretsin–yanlış anlama mı?" dedi adam. Bill Houston'a baktı. "Of, dinle, diyorum ki, galiba ben–neyse, kusura kalma." Adamın kıpkırmızı kesildiği loş ışıkta bile görülüyordu, yanlarından ayrıldı. Bardaki kadının kolundan tuttu ve onunla beraber dışarıya çıktı, çıkarken de Jamie'ye hafifçe bir el sallayıp Bill Houston'a öfkeyle gözlerini dikti. Kadın adamla uzaklaşırken durmadan çantasının askısını omzuna geçirmeye çalıştıysa da başaramadı.

Jamie ve Bill Houston hiçbir şey söylemedi. Barmen masalarına geldi ve onlara yanılan beyefendinin ikramı olarak iki tane Seven-and-Seven* getirdi. Jamie hemen gitmek istiyordu buradan. Bill Houston iki içkiyi de içti, ardından çıktılar.

Sokakta bir süre hiçbir şey söylemediler. Jamie caddenin eve dönüş yolu tarafında bir otobüs durağında durdu. Bill Houston kadının fark etmediği için olacak, yürümeye devam etti, ancak sonra arkasını döndü ve sanki kadının artık neden parti havasında olmadığını merak edermişçesine onun durduğu yere gitti.

Bir süre sonra Bill Houston geceden derin bir nefes alıp verdi, "Aaaaaaah!" dedi. Ve sonra gerinip esnedi ve "Vay be!" ve "Peki, hadi!" türünden şeyler söyledi.

Otobüs, Homewood boyunca yol aldı, sonra da Brushton; uzun, çok uzun zaman önce geçmişlerdi duraklarını. Jamie kafasını koltuğun arkasına yasladı ve pencerelerin üstündeki bütün reklamları okumaya koyuldu. Bill Houston sanki şoförün kucağına düşürdüğü bir şeye bakıyormuş gibi eğilmiş, otobüsün önünde ayakta, kolu gümüş renkli direğe sarılı bir halde dikiliyordu. "Dinle. Sana bir teklifim var," diyordu şoföre.

"Hayır," dedi şoför. "Hayır, teklif yok. Teklif falan dinleyemem." Kulaklarına inen resmi otobüs şoförü şapkasının altında, asker tıraşlı saçları olan oturaklı bir gençti bu. Bill Houston'la konuşmak istemediği açıktı.

"Yapabileceğin, beni dinlemekten daha iyi bir şey yok," dedi Bill Houston. "N'olur sanki! Otobüsündeki tek yolcular biziz."

Şoför dönerek kısa bir bakış fırlattı ve bir elinin parmaklarıyla

10. Bire altı oranında, viski-limon karışımıyla hazırlanan hafif kokteyl. (ç.n.)

gömleğinin düğmelerine dokundu. "Bak. Bu otobüste belli kurallar var," dedi.

"Elbet kurallar var! İşlerin yolunda gitmesi için kurallar olmalı, değil mi?"

Şoför hemen onaylamaya isteksiz olduğunu gösterircesine çenesini sıvazladı.

"Kesinlikle!" dedi Bill Houston. "Baksana, ben Donanma'da kuralları iyi öğrendim. Kurallara geldi mi, beni dinle yeter."

"Dinlemiyorum," dedi şoför. "Ne yapsan dinlemem seni."

Jamie kendi camından kilometrelerce uzağa doğru fırlayarak varoşlardaki bütün binaları yerden iki metre yükseklikte hizalayan dev bir bıçak düşledi. Bill Houston'ın tutuklanmasını bekleyerek öylece oturuyordu.

Bill Houston otobüsün zemininde, baş kıç vurup vira eden devasa bir geminin güvertesindeymişçesine sendeliyordu. "İşlerin iyi yürümesi için kurallar gereklidir," diyordu, "*fakat*, işlerin *daha iyi* yürümesi için kuralları çiğnemeyi gerektiren bir fikrin varsa, Allah aşkına, neden kuralları çiğnemeyesin ki!"

"Bilmiyorum. Bak–Neden bahsediyoruz biz?" dedi şoför.

"Şimdi, şöyle ki: Ben sana, bu otobüsü istediğimiz yere götürmen için fazladan para ödeyeceğim biraz, hepsi bu. İstediğin ne kadarsa ödeyeceğim."

"Dünyada olmaz." Şoför kafasını iki yana salladı. Kafası şapkanın altında bir sağa, bir sola oynarken, şapka sabit gibi görünüyordu. Bir ışıkta durdu ve dirseklerini direksiyona dayayıp, çenesini ellerinin arasına aldı.

"Ne! Dur bir saniye." dedi Bill Houston. "Daha nereye gideceğimizi bile söylemedim. Bu kârlı bir iş. Sana bedavadan para kazandıracak. Dinlemek ister misin?"

"Hayır efendim. Dinlemek istemiyorum." Şoför şapkasını çıkardı ve iki elini kulaklarına götürdü.

Bill Houston, cüzdanından birkaç dolar çekerek, onları şoförün yüzüne doğru tuttu. Şoför kafasını salladı.

"Tamam, adını koyalım şunun," dedi Bill Houston. Bu ad, kalbinden, vücudunun derinliklerinden çıkmıştı: "Elli papel."

Şoför ellerini kulaklarından çekti ve direksiyonun altındaki raftan küçük bir kâğıt çıkardı. "Güzergâhım burada." Kâğıda birkaç kez parmağıyla vurdu. "İşte bu. Eğer orayı, bu kâğıtta göremiyorsam, yoktur. Hepsi bu."

Bill Houston bütün parayı cüzdanından çıkardı ve bir buket gibi şoföre uzattı. "Bu şeyi nereye yönlendireceğini söyleyeyim," dedi. "Özgürlük Çanı'nı görmek istiyoruz. Philly'de."

Şoförün gözleri büyüdü. "Tabii. Sabah birde."

"İşte burada"–Bill Houston parayı başparmağıyla kıvırdı– "İşte burada, burada, burada–Doksan altı dolar! Doksan altı güzel, taze papel, evlat. Şimdi sen bu gece, bütün gece güzergâhında direksiyon sallayarak kaç para kazandın? Çok şaşaalı bir gece sayılmaz, değil mi?"

Şoför, Philadelphia'nın da güzergâhın bir parçası haline gelmiş olduğunu görmeyi umuyormuşçasına dikkatle baktı kâğıda.

Bill Houston, para demetini yelpaze haline getirdi. "Doksan altı dolar."

"Ne kadar olduğunu biliyorum. Mesele, işimden atılabilirim. Kesinlikle işten atılırım."

"Doksan altı dolarla, işe falan ihtiyacın olmayacak."

"Philadelphia!" dedi genç şoför.

"Kaptın işte! Kapıyorsun! Özgürlük Çanı! Şurada oturan zavallı karımın hep görmek istediği şey, zavallı kadın daha hiç göremedi, zavallı küçük, yaşlı kız. Ve ölüyor. Bir hastalığı var, doğrusunu istersen. Doksan altı dolar!"

"Bir dakika gelsene," dedi Jamie koltuğundan, ama Bill Houston elini sallayarak onu başından savdı. Kadın bütün bu gösterinin nereye varacağını görmek için beklerken başka bir laf etmedi.

"Philly'ye gitmek isteyen çılgın bir herifle, hiçbir yere *gidemem* ben," dedi şoför. "Philadelphia!" Şapkasını tekrar kafasına taktı. El frenini kontrol etti. Saatine baktı. "Beyaz çizgiyi geçmek," dedi ılımlı bir ses tonuyla, yerdeki çizgiyi göstererek. "Otobüs şoförünü meşgul etmek. Rüşvete teşebbüs."

"Ne? Ne bu?" Bill Houston avucunu metal direğe vurdu ve çınlattı. "Pazarlığın ortasında sen bana Allah'ın belası kurallardan bahsediyorsun. Hayat sana bir kıyak yaptığında anlamaz mısın be?"

"Şoförle konuşmak. Şoförü güzergâhın dışına çıkarmaya çalışmak," dedi şoför.

"Doksan altı dolar," dedi Bill Houston. Şoför otobüsü vitese taktı.

"Şimdi şu otobüsü durdur," dedi Bill Houston, "sonra gel, konuşalım."

"Lütfen sadece bir dakika bekle," diye karıştı Jamie söze. "Dur orada," dedi kibarca. Kimse birbirini dinlemiyordu. Bill Houston pantolonunun cebinden bir şişe Gordon cin çıkardı ve ağzının etrafında bir süre salladı.

Şoför otobüsü, ortasında büyük, çirkin bir heykelin bulunduğu çimenlik bir göbeğin etrafında döndürüyordu. "Otobüste alkollü içecekler tüketmek! Beyaz çizginin önünde durarak şoförle konuşmak ve doksan altı dolarla rüşvete teşebbüs etmek!"

"Allah kahretsin, sana doksan altı dolar rüşveti göstereceğim *ben*!" Bill Houston kendi yüzünü ve avuç dolusu parayı şoförün önüne uzattı. Şoför, Bill Houston'ın kafasını ve elini görmemek için bir yana kaykılarak otobüsü sürmeye devam ediyordu. "Bu parayı *istemiyorum*, anladın mı?" dedi Bill Houston. "Bu para hiç umurumda değil. Senin umurunda mı?"

"*Benim* umurumda." dedi Jamie. "Bill! Otur!"

"Beni rahat bıraksan iyi olacak–hemen şimdi," dedi şoför, adama. "Otobüsümdeki diğer yolcuları rahatsız ediyorsun."

"Tamam," dedi Bill Houston. "Bu para *senin* de umurunda değil. Tamam. Ne âlâ, bu bana uyar." Banknotları şoförün koltuğunun yanında yere koydu. Zipposunun alevini ayarlayıp ardından paraları ateşe verirken, Jamie ve şoför ona bakıyordu.

Jamie avazı çıktığı kadar bağırmaya başladı.

Şoför kafasını hızla bir önüne, bir sağına çevirirken, şaşkına dönmüş gözleriyle hem yolu, hem Bill Houston'ı takip ediyordu. "Para yakmak! Otobüste! Tanrım! Kahrolası kaçık! Şu beyaz çizgiden uzaklaş!"

Jamie paraları kurtarmak için öne atıldı. Paraların üzerinde tepiniyor, şoförle birlikte bağırıyordu. Bill Houston hazırdı, çakmağındaki alev olabildiğince yükseğe ayarlanmış bir halde para yığınının yanında diz çökmüş bütün paraları ateşe verirken, bir yandan da koluyla kadının ayaklarını engelliyordu. Jamie yığının en üstündeki birkaç banknotu kapmayı ve bir avucunda sıkıca tutmayı başardı, ancak geri kalanlar kurtarılamadan yanıp kül olmuştu.

Şoför, otobüsünü durdurarak kapıyı açtı ve üçü, için için yanan siyah para istifini, tamamen kül olup, bütün duman kapıdan çıkana kadar izlediler, bu otobüs yolculuğu kesinlikle bitmişti.

Jamie koşarak otobüsten uzaklaştı. Bil Huston onun ardından baktı "Al işte, bak ne oldu," dedi şoföre, şaşkın bir halde oradan ayrılırken.

Lincoln Park'ta, rüzgârın uğuldadığı, ıssız bir alışveriş merkeziyle kuşatılmış bir kaldırımda durdular. Arabanız varsa gündüz vakti arabayla dolaşmak için güzel bir yere benziyordu. Jamie on üç dolar kurtarmıştı. O kokuşmuş bara geri dönüp, kendisine elli dolar fiyat biçen adamı bulma tutkusuyla yanıp tutuşuyordu. Bill Houston zipposuyla oynuyor, onu ters tutup, yanar halde tutmaya çalışıyordu. "Gaz yükselmek ister," diye açıkladı kadına, "fakat yükselmeden önce, alçalmak zorundadır. Ne yapacağını bilemez." Çakmak elinde patladığında, adam kan sıçramış gözleriyle, parçalanmış parmaklarına bakakaldı, ne yapacağını bilmez bir halde. Kadına döndü; şaşkın, bir tür destek, bir tür onay bekler gibi. "Bunu gördün mü?"

"Parmakların paramparça oldu,"dedi kadın.

"Ben de onu diyorum, ya. Tam olarak bunu kastediyorum."

"Elini de mi yaktın?"dedi Jamie.

Adam, "Elimi de mi yaktım? Evet elimi de yaktım," dedi.

"Acıyor mu?" dedi kadın.

"Acıyor mu?" dedi. "Hem de nasıl, bir bilsen."

Parmaklarını üfledi sonra onları, elinin üstündeki bir böcekten kurtulmak istermiş gibi salladı. Ardından sağlam eliyle, yanan elini tutarak ağladığını gizlemeye çalıştı. Jamie çantasından tutam tutam kâğıt mendil parçaları aldı ve onları düzeltmeye, yaralı adamın parmaklarına sarmaya çalıştı, ama ikisi kaldırım boyunca hızla yürürken rüzgâr mendilleri uçuruyordu. "Bu tür boktan şeyler adamın yakasını bırakmaz," dedi Bill Houston, kadına. En yakın acil servise gitmek üzere bir taksi tuttular. Bill Houston koltuğun ortasına kurulmuş, olan bitene inanamadığı için arada bir kıkırdıyor, elinde beklenmeyen ve meşum bir şey ararmışçasına, kucağındaki yaralı ele dik dik bakıyordu. Jamie soldaki pencereye doğru eğildi; burnunu çekiyor, ağlıyor ve ıssız caddelere sanki az önce onlara sahipmiş gibi tatsız tatsız bakıyordu.

Jamie çamaşırlarını her yıkadığında, giysilerinden bazılarını atardı. Her şeyden bir tane: yıkayacak daha az şey, taşıyacak daha az şey, dert edecek daha az şey. Dört çift çorap attı çöpe. Sutyenlerinden biri iyi görünmüyordu, çöpe attı. "Baksana, bu bavulu ister misin?" dedi orada duran bir adama. Yoksulluğuna bir süre ara verip, tatil yapan bir serseriye benziyordu adam. Ama kadının bavulunu istemedi.

Jamie çocuklarına bakıyordu; siyah bir kadın gelip büyük kurutuculardan birini açarak içinden üç yaşlarındaki oğlunu çıkardığında onlardan nefret etmeye başladı. "Biraz daha, anne?" diyordu çocuk. "Biraz daha! Biraz daha!"

Kadın onu yere oturttu, çocuk sendeledi. Jamie inanamıyordu. Kadın giysilerini katlamaya çalışıyordu, ama küçük çocuk sanki kadının üstüne tırmanacakmış gibi eteğinden tutmuştu. "Biraz daha olmaz mı anne? Ha? Ha? Biraz daha." Kadın öfkeyle, tek koluyla kucakladı çocuğu ve tekrar kurutucunun içine tıktı. Makineye bir jeton atıp, kapıyı kapadı ve giysileri katlamaya koyuldu yine.

Gözleri faltaşı gibi açılan Miranda, konuşmaya hazır görünüp, kurutucuları işaret ederek annesine yaklaştı. "Aklından bile geçirme," dedi Jamie ona. "İş o noktaya varırsa sana söylerim."

Jamie yeşil masa üstüne sırt üstü uzandı. Eğer gözlerini, tavanın akustik beyaz fayanslarına dikse ve onların içinde başıboş bıraksa, sanki desen değişecek ve fayanslar, içlerine girebilecek kadar ona yaklaşıyor gibi görünecekti. Şu anda yapacak başka bir şey yoktu.

Masalardan oluşan bu sıradaki tek kadın oydu. Balo salonu kadar büyük olan bütün odada her biri yeşil örtüyle kaplı, yeşil bir masaya uzanmış, güzel bir tavan manzarası kapmış dört kadın ve neredeyse elli erkek vardı. Geniş bekleme salonunda birkaç yüz tanesi televizyon izliyor veya beş dolarlık kanlarının çekilip, plastik torbalara tıkılmasını beklerken döşemeleri ezberliyordu.

Jamie hiçbirinden hoşlanmamıştı. Tavandaki fayansları incelerken, gözlerini biraz kendi haline bıraksa ağlamaya başlayacaktı.

Beyaz önlüklü bir adam kadının bulunduğu sıraya geldi, herkese bir iğne saplıyor ve kanlarını bir tüp yardımıyla, her masanın yanındaki bir askıda duran litrelik plastik torbalara çekiyordu. Bir leopar gibi gülümseyerek Jamie'nin yanına geldi. Jamie gözlerini kapadı ve plajları düşündü. "İlk kez mi?" dedi adam, Jamie hiçbir şey söylemedi. "Devamlı yumruğunu sıkıp bırak," dedi.

"Ah! Kolumu yatağa mı çiviliyorsun, n'apıyorsun?"

"Sakinleş," dedi adam, tüpler ve bantla bir şeyler yaparken. Jamie plajları düşündü, su kışın bile dalış giysileri içindeki sörfçülerle doluydu ve hepsi, kendilerini havalandırıp terk edilmiş Santa Cruz lunaparkına taşıyacak büyük dalgayı bekliyordu. Bir dakika sonra gözünün tekini açtı ve yumruğunu bırakıp sıktıkça kanın plastik torbaya akışını izledi. Kan önce parlak kırmızıydı, ancak torba şiştikçe koyulaştı, neredeyse siyaha döndü. Torba bir litreyi tamamladığında terazının ibresi gösteriyordu. Jamie etrafındaki diğer insanların hemşirelere, "Benimki doldu," "Benimki doldu," dediğini duymuştu ve başka bir hemşire, yanına geldiğinde, ona "Benimki doldu," dedi.

Hemşire, Jamie'nin kan torbasına eğildiğinde alkol ve pudra kokuyordu. Torbayı yanında taşıdığı daha küçük bir teraziye koydu ve "Tam dolmamış. Biraz daha pompala," dedi. Jamie kimi terazilerin nasıl olup da diğerlerinden daha çok tarttığını anlayamamıştı. Yumruğunu birkaç kez daha sıkıp gevşetti. "Çok...güzel," dedi hemşire ve Jamie yumruğunu gevşetti. Hemşire, Jamie'nin sargılarını çıkardı ve tamponlarla tüpleri düzeltti. "Şimdi tuz çözeltisinin koluna geldiğini hissedeceksin," dedi hemşire. "Bu, damarı açık tutmak içindir." Kanı taşıyan tüpü sıkıştırıp kesti ve torbayı plazmanın bir şekilde çıkarılacağı bir başka odaya götürdü.

Jamie kanının verimli toprak gibi zengin, dolgun ve nemli göründüğünü düşündü. "Ben de eskiden karnavaldan aldığım Japon balığımı eve böyle plastik torbalarda götürürdüm," dedi gitmeye hazırlanan hemşireye, ancak o bunu duymadı. Serin tuz çözeltisi vücuduna karıştıkça iyiden iyiye titremeye başladı.

Solundaki adam, "Sikeyim Japon balığını. Sikeyim ne kadar Japon balığı varsa!" dedi. Sakallı, yaşlı bir adamdı ve bir makine gibi titriyordu.

Sağ tarafındaki adam "Bunu biliyor muydun? Kurbağalar Japon balıklarını becerirler. Bu doğru. Şaka yapmıyorum," dedi.

"Hey," dedi Jamie. "Böyle konuşmalara gelemem. Biraz efendi olsanız nasıl olur?"

"Benimkini çıkarıp senin üstüne işesem nasıl olur?" dedi adam. "Efendi biri için nasıl olur bu?"

Jamie bir şey söylemedi. Onu daha sonra, dışarı çıkarken tırnak törpüsüyle bıçaklamaya karar verdi.

Solundaki sakallı adam, "Bu tür heriflere kulak asma," diyordu. Damarındaki iğneyi oynatmamaya dikkat ederek Jamie'ye doğru döndü. "Bunların çoğu," dedi, "tahta insanlardır." Suratı, sanki üstünde çürüyor gibiydi. Gözleri bir körünkiler gibi parlaktı.

Jamie hiçbir şey söylemedi, ama adam konuşmak istiyordu. "Gördüğün insanların çoğu tahta insanlardır," dedi adam ona, sesi her an ağlayabilirmiş gibi titriyordu. "Canlıymış gibi ortalıkta dolaşan ölü insanlar bunlar."

"Evet," dedi Jamie. "Bunu ben de fark etmiştim."

"Öyle mi?" Adam heyecanlanmıştı. "O zaman sen canlılardansın." Hararetli bir şekilde dudaklarını yaladı. "Bizlerden fazla kişi kalmadı. Fazla zamanımız kalmadı. Senin kafanı da bir sürü zırvayla mı doldurdular yoksa?"

"Ne zırvası? Üff! Canımı sıkıyorsun."

"Canını sıkmıyorum. Hayatını kurtarıyorum. Hayatın, hakikattir. Dinle: Dünya 1914 yılında kurulmuştur. 1914'ten önce hiçbir şey yoktu. Dünyanın kontrolü on bir kişinin elindedir. Haberleri ve tarih kitaplarını uydururlar, bildiğini düşündüğün her şeyi kontrol ederler. Kitabı Mukaddes'i ve diğer bütün kitapları onlar yazmışlardır. İnsanların çoğu uzaktan kumandayla kontrol edilen tahta insanlardır. Bizlerden sadece çok azı gerçektir, bizi de *kandırıyorlar*."

"Buna katlanamam," dedi Jamie. "Bak, ben sadece öğle yemeği için biraz para kazanmaya geldim buraya."

"Dünya düzdür. Altı yüz yirmi beş kilometre karedir; yirmi beşe, yirmi beş. Uçakla bir yere gittiğinde yaptıkları şey zamanın geçtiğini *düşünmen* için güçlerini zihninin üstünde kullanmaktır sadece. Bir yere gitmekte olduğunu *düşünmeni* sağlamak için."

Hemşire plastik kan poşetleriyle ağzına kadar doldurulmuş bir el arabasıyla geri geldi. Jamie'nin üstündeki etiketi okudu ve "İsim, lütfen?" dedi.

"*Aklının* içinde bir şeyler yaparlar," diye fısıldadı adam, Jamie'ye.

Jamie, "Adım, Jamie Mays," dedi hemşireye.

Hemşire ona etiketin üstündeki adını gösterdi –*Jamie Mays*– Jamie de başıyla onayladı. Yaşlı adam fısıldadı: "Şu anda hepimizin hafızasına yeni anılar koyuyorlar."

Hemşire kanı tuz çözeltisinin hemen yanına astı ve tüplerle tamponları düzeltti; bir tüp Jamie'ye plazması alınmış kendi kanını geri verirken, parlak bir koyu kırmızıya döndü rengi. "Bu torbanın içinde olan şey yeni anılardır," diye ilan etti adam, sakınce.

Jamie, "Harika" dedi. "Eskilerden bıkmıştım."

"Malaya'da, küçük bir Çinli öldürdüm. Sanırım Malaya'ydı. Kafasını kopardım," dedi adam.

"Yüce İsa," dedi Jamie, tavana bakarak.

Adam sessizce, "Kafasının içinde makineler vardı," dedi.

"Bu şehirdeki herkes–hepsi aynı," dedi Jamie tavana.

"Demek istediğim de bu!"

"Hayır–kastettiğim... aman, boşver."

"Kafasında makine zımbırtıları vardı. Gerçek bir insan değildi."

"Boş versene. Bu palavraları kaldıramam şimdi."

"Gittiğin her yerde, aynı insanlar vardır. Hayatına neler olduğunu görmüyor musun be kadın?"

"Tam olarak değil," dedi Jamie.

"Peki, göreceksin. Hayatına bir şeyler oluyor ve ne olduğunu göreceksin."

"Ben de bundan korkuyorum," dedi Jamie.

Adam, "Şimdi korktuğunu düşünüyorsan," dedi.

II

Bill Houston'ın bar tezgâhına dayadığı dirsekleri uyuşmuştu. Yüzünde, ağzını hissedemiyordu. Bir bilek güreşine hazırmışçasına, yaralanmış elini dikkatle havada tutuyordu. Oyuncak bir ayınınki gibi bandajlanmış ve dikilmişti eli, ama zonklaması azdı ve ağrı hissetmiyordu pek. Aşağıya, önünde duran içkiye baktı ve buzun eridiğini gördü; yavaşladığının bir işaretiydi bu, çünkü adamakıllı içtiğinde hiç zaman kaybetmezdi ve içkisini bitirdiğinde kadehinde hep şıngırdayan buz parçaları olurdu. "Baksana–burası neresi, sahi?" diye sordu barmene. "Buranın adı ne?"

Barmen çok hızlı bir biçimde, kirli bardakları ikişer ikişer yıkıyor, onları bir sabunlu suyun içine, bir durulama suyuna batırıp, lavabonun yanına serili bir havlunun üstüne düzgün sıralar halinde diziyordu. Barmen, "Ne dedin?" diye sordu.

"Buranın adı ne diyorum?"

Barmen saçlarını gözlerinin önünden çekmeye çalışıyormuşçasına tavana doğru bir nefes verdi. Ancak keldi. "Bu bar, 'Joe'nun Barı' gibi heyecan verici bir isme sahiptir," dedi.

"Hayır–hangi *şehir*, yani, *şehrin* adı ne?"

"Sorma," diye yanıtladı barmen. "Bilmek istemezsin."

"Öyle olsun. Tamam," dedi Bill Houston.

Barmenin bardakları yıkayışını izledi. Ellerin ve kolların küçük, marifetli hareketleri onu oldum olası büyülerdi. Kendi kollarıysa enkaza dönmüş haldeydi. Dirsekleri, onları büktüğü zaman kütür kütür sesler çıkarıyordu, parmakları ise kaba ve biçimsizdi. Uyuşturucu ve alkol sinirlerini altüst etmişti; artık kahvesine şeker koyarken veya ağzına bir bardak götürürken elleri zangır zangır titrer olmuştu. Ama bir Ford kamyonetin arka tekerleklerini tek başına yerden kaldırabilirdi. "Yüzümü hissetmiyorum," dedi barmene. Bu sözcükleri söylemesi uzun bir zamanını almıştı.

"Bütün espri de bu değil mi zaten?"

"Vücudumun geri kalan kısmını da hissedemiyorum tam olarak."

"Eee? Bundan şikâyet mi ediyorsun?"

Bill Houston bu ağızları bilirdi. "Senle bir bahse gireceğim," dedi. "Bahse girerim, sana sadece bir soru sorsam, burada, hangi şehirde olduğumuzu bilebilirim."

Barmen ona aldırmıyormuş gibi görünüyordu.

"Bak–buranın önünde, bazen otobüs durur mu?"

"Tabii," dedi barmen, "ama seni almak için *buraya* gelmeyecek."

Bill Houston kahkahayı patlattı, barı yumrukladı ve muzaffer bir tavırla parmağını bir silah namlusu gibi barmene doğrulttu: "Chicago!"

Bill, geniş, boş bir barın arka taraflarında, ufak yollu cazibesine kapıldığı Gail Ann denen iri bir kadına kur yapıyordu. Dans ettiler.

Bill Houston hantaldı; tilt makinesinin yakınında dans ederlerken makineye bir çeyreklik attı ve metal topu masaya doğru sarkıtılmış plastik mandallara fırlatmaya başladı. Onlar makinenin iki yanında, bazen cesur bazen utangaç kısa bakışmalarla kesişirken, müzik kutusundan David Allan Coe'nun şarkısı yükseliyordu. Arkalarda, küçük bir masaya oturdular; baş başa kısık sesle konuşuyorlardı. Oturdukları masa, adamın uzaydaki nesneleri düşünmesine yol açan turuncu bir masaydı.

Şimdi Hank Williams Jr. müzik kutusunda bir kuğu gibi söylemeye başlamıştı şarkısını ve Bill Houston'ın kalbi büyüyüp kâinatı kucakladı. Bütün kafe ve barlardaki müzik kutularının, bize söylendiği gibi mafya tarafından sahiplenilip sahiplenilmediğini merak etti; girdiği müzik kutularıyla donatılmış bütün adi eğlence yerlerini düşündü, ne kadar da çok olduklarına şaşarak; gördüklerinden değil de önünde uzanan bir panoramada dip dibe dizilmiş bütün o dar dans pistlerini canlandırdı gözünde, sanki şimdi yaşamaya başlaması gereken şey, geleceği değil de, geçmişiymiş gibiydi; ve Gail Ann'e sordu, "Gail Ann, saat kaç?" Bu, çaresizlikle ağırlaşmış bir soruydu, çünkü aniden fazla zaman kalmadığı fikrine kapıldı. İçkisini daha cesurca kavradı. Dokununca, soğuk olduğu anlaşılıyordu.

Gail Ann saatin kaç olduğu hakkında en ufak fikrinin olmadığını söyledi. Belki gidip kendine bir bira daha alabilir ve saatin kaç olduğunu öğrenebilirdi. Bara doğru yöneldi, ancak teğet geçerek elbise askısının yanına geldi, paltosunu aldı ve kapıdan çıkarak Chicago'ya doğru yollandı. Kapının üstünde, birden çarpılmasını önleyen vakumlu düzeneklerden vardı ve Bill Houston kapının sessizce ve yavaşça kapanışını izledi. Bir an için Gail Ann'in, omzuna atarken arkasında açılan paltosunu gördü ve kapı kapandı. Kapının bu yüzünde Frank Sinatra'nın imzalı resmiyle bir poster vardı: "Eski, Mavi Gözler Geri Döndü." Bill Houston, Frank Sinatra'ya kafasını sallayarak bir hoşça kal işareti yaptı.

Rüzgâr, bir çocukmuşçasına yüzünü tokatlamak için Kuzey Kutbu'ndan, Kanada'nın düzlükleri boyunca bin kilometre yol katederek geliyordu. Wilson Caddesi binaların kenarlarında toplaşıp yemlenen kâğıt kuşlar gibi sürüler halinde uçuşup duran sayısız çöple doluydu. Bill Houston, bir "Aaaaaaah!" çekti–ki bu, sarhoş bir denizci gibi bir şarkı tutturacağı anlamına gelirdi, ama o neyi söyleyeceğini unutup sustu. Oradan oraya savrulan bir serseriydi sadece, rüzgârdan daha az sert değildi. Eski bir denizci ve eski bir suçluydu – yemin billah edip kimseye karşı suç işlemediğini söylese de – ve eski bir kocaydı – aslında üç kez eski kocaydı–ve artık öyle olmasa da, bir denizci gibi para harcayarak, Jamie'nin küçük yavrusu Miranda'yı – ki o da muhtemelen büyüyünce, ucuz bir kaltak olacaktı – tokatlayarak, beraber oldukları zamanın çoğunu alkolden sızıp kalarak geçirmişti, Pittsburg'da ise parasını bitirmiş ve Jamie'den ayrılmıştı. Chicago da nereden çıkmıştı? Hafızasında büyük deliklerle, beklenmedik şehirlerde uyanmak onu korkutmuştu; özellikle bir şeyler yaptığını, belki bir şeylere *kalkıştığını* bilerek uyanmak: vücudunun kendi kendini yönetmesi, belki çevresindeki bütün hayatı değiştirerek bir gün hesabını ödeyeceği haksızlıklara kalkışması.

Bir binaya yaslanarak dinlendi; öylece dikilirken sanki yere uzanıyormuş hissine kapıldı. Sokaklar bir çan gibi, bir ileri, bir geri sallanıyordu. Hiç kuşku yok, baş döndürücü bir hayattı bu. Bir şeyler eksikti. Susayınca, alkole ihtiyacı olduğunu düşünürdü, ama içinde birkaç kadeh içki varsa, sorunun başka bir şeyler olduğunu bilirdi, belki bir kadın olduğunu; hepsine sahip olduğundaysa –para, mazot ve karı– sürekli üzerine düşen o muazzam boşluktan kurtaramıyordu yakasını. Pittsburg'da bir *iş* bulmalıydı. Ağlamaya başladı, her iç çekiş, üzerinde kanca olan bir şey gibi yavaşça geliyordu. Yanaklarındaki gözyaşları, soğuk rüzgârda yanıyordu. Tuğlaların üstünde kafasını bir o yana, bir bu yana sallarken haykırdı, "*Sorumluluklar*ımla yüzleşmek istiyorum!" Ama şehir trafiğinin velvelesinde şimdiye dek söylediği en cılız şey gibi geldi bu kulağına ve sokakta ilerlemeye koyuldu.

Bill Houston, çantaları olan, pardösülü iki kadına yetişmeye çalışıyordu. Ayakları, atamadığı için yanında sürüklediği iki yüktü. Bunu yapmak için hazır değildi aslında, ama gerekli enerji yeterince yaklaşınca gelecekti: Uzanacak ve iki çantanın da askısına atacaktı elini, sıkıca tutacak ve iki tarafa da açılan kapı kanatları gibi duran iki kadının arasından fırlayacaktı; o, çantalarıyla beraber hayatlarından çıkarken, kadınlar kaldırımda fırıl fırıl döner bir halde kala-kalacaklardı. Onları yakından takip ederken onu ele geçiren korkudan ağzı kurumuş, kafası dimdik olmuştu. Bacakları ve ayakları canlanmaya başlamıştı.

Dik durdu, tekrar bir erkek gibi yürümeye başladı ve bütün Wilson Caddesi'ni kolaçan etti. Cadde, yapay ışıkta sapsarıydı. İnsanlar bir aptal sürüsü gibi yürüyüp duruyorlardı. Dokuz buçuk sularıydı, hava ayazdı, rüzgâr hafifçe esiyordu ve adam rüzgârda aşkın ışığı gibi ilerliyor, sessiz bir zil gibi çalıyor, bütün titreşimleri kendine saklıyordu, bir suçun içinde bütünüyle canlı bir halde. Kadınlar Clark Caddesi'ne saptı ve hırsızın şarkısı yavaşlayıp dinginleşti, şimdi bir kontrbas gibi tempo tutuyordu, çünkü yer ve zaman kapkaç için uygun değildi ve gerçek suç henüz açığa çıkmamıştı.

Ritmin içinde büsbütün yavaşladı adam. İki kadın önünden uzaklaştı. Olayları akışına bıraktığı için rahatlamıştı; ahşaptan rafları da içeren, temiz bir hayat için gerekli her şeyle tıka basa doldurulmuş küçük bir hırdavatçı dükkânına süzüldü. Kasanın ardında bir adam –turuncu önlüklü genç bir beyefendi– erkek bir müşteri ve iki çocuğuyla (adamın kolunu çekiştirip ağızlarında büyük, pembe balonlar şişiren bir oğlan ve bir kız) ilgileniyordu. Bill Houston sırayla beş reyonun arasında gezindi. Duvarda parıltılı, pastel renkli klozetler asılıydı. Tesisat aksesuarları, muhtelif araçlar, vidalar ve çiviler, metal raflar, her şey gizli bir ateşle yanıyordu. Reyonlardan birinin sonunda durup tezgâhtarı yokladı, gözleriyle pis pis kesti onu. Genç. Bezgin. Turuncu önlüğünde avuç dolusu tükenmez kalem, favoriler, samimiyet belirtisi kalın çerçeveli gözlükler. Kasiyer yüzlerce kez, neredeyse her gün, bu soygunu zihninde canlandırmıştı, bütün doğru hamleleri yapıyor, kahramanı oynuyor, hırsızı acımasızca dövüp, polis kamyonetin kapılarını çarparak kapadığında, omuz silkerek sıyrılıyordu işin içinden. Bill Houston kendini bildiği gibi biliyordu onu. Böyle hallerde Bill Houston bütün güce sahip olmak isterdi.

Müşteriler çıktı. Mekânda kimse kalmadı. Bundan daha iyi bir fırsat olamazdı.

"Ne istiyo'sunuz?" diye reyona doğru seslendi çocuk.

"Bu kaç para?" Bill Houston bir tesisatçı el kitabını tutuyordu.

Çocuk bezmişti. "Burada on bin küsur mal var," dedi. "Her şeyin fiyatını ezberlediğimi mi sanıyorsun?" Tezgâhın arkasından çıktı ve reyon boyunca yürüdü.

Bill Houston onu yarı yolda karşılamak üzere hareket etti, parmağını paltosunun cebine bastırıyordu. Çocuk bir an için şaşırdı; Bill Houston boştaki eliyle onu boğazından kavrayıp, raflara doğru iterken, cebindeki parmağını çocuğun kasıklarına dayadı. "Seni orospu çocuğu!" dedi Bill ona. "Seni pislik Yahudi! İşi bitik bir orospu çocuğusun sen! Olabilecek en boktan hayatı yaşadın ve şimdi işin *bitti*!" Konuştukça, vücudunun bütün kıl ve gözeneklerini hissedebiliyordu. Mekândaki her küçük şey, ilahi bir ateşle feryat ediyordu.

Tezgâhtar bu durumda edecek söz bulamadı. Yere serilmek üzereydi; bu yüzden Bill Houston silah yerine geçen şişmiş bandajlı elini çıkardı ve birkaç kez tokatladı onu. Tezgâhtarı şöyle bir çevirdi ve onu tekmeleyerek kasaya doğru itekledi. "Acele et bakalım seni işi bitik orospu çocuğu! Bulabildiğin her kuruşu istiyorum ve hemen istiyorum! *Sonra* değil. Anladın mı, işi bitik herif!"

Çocuk kasayı açtı ve içindekileri çabucak boşaltmaya başladı. Suratı bembeyaz olmuş, dudakları morarmıştı. "Hadi! Hadi! Hadi! Kıçının hızını ölçüyorum!" Bill Houston çocuğun kıpırdandığını gördü. Vites değiştirme vaktiydi. "İyi gidiyorsun," dedi Bill Houston uysalca. "Bunu atlatacaksın. Aynen dediğim gibi yapacaksın, hayatını kurtaracaksın, bu işi bitireceğiz. Bir yığın kâğıt para, güzel, şimdi bozukluklar için bir torba. Çift torbaya koy. İyice sağlam bir torba olsun. Aferin, aferin, aferin."

Tezgâhtar iyi gidiyordu, ama birinin içine diğerini koymaya çalışırken torbaları elinden düşürmüş ve yerden almak için eğilmek zorunda kalmıştı. Bill onu saçlarından yakaladı ve ayaklarına doğru hızla çekti. "*Kıpırda! Dediğimi* yap! Öleceksin!" Çocuk durumu kavramıştı ve torbalarla söyleneni yaptı. Bozuklukları onların içine boşalttı ve transtaymış gibi, tel zımbayı aldı, torbaları katladı ve kapatıp iki telle tutturdu: şık, şık. Bill Houston buna bayılmıştı. Banknotları cebine koydu, önlüğünün eteğini kavrayarak çocuğu yere savurdu. "Dua etmeni istiyorum," dedi sakin sakin. "Hayatın için dua et. Uzun bir süre dua et. Geri gelmemem için dua et." Yerde, kasanın yanında, çocuk biraz kafası karışmış gibi bakıyordu. "Dua et." Çocuk gözlüğünü çıkardı ve ona baktı. "Ellerini birleştir ve dua et," dedi Bill. Çocuk gözlüğünü avuçlarının içinde tutarak ellerini birleştirdi. "Yüksek sesle et ki ben de duyabileyim."

"Göklerdeki Babamız," diye fısıldadı çocuk.

"Daha sesli," dedi Bill, kapıdan çıkarken.

Clark Caddesi'ne doğru hızla yönelmişti ki, tezgâhtarın dediklerini duydu, "Göklerdeki Babamız, ah, Yüce İsa, ah, Yüce İsa."

Saat ondu ve Chicago şehri parıldıyordu. Wilson'a geçti ve El istasyonuna girdi, yol parasını ödedi ve tam zamanında perondaydı, kapılar kapanmadan bir saniye önce trene binmeyi başardı.

Tren, Loop'a doğru seyrederken, yabancıların yaşamları pencerelerden kırbaç gibi vuruyordu yüzüne. Onların damalı masa örtülerine, enselerine ve televizyon ekranlarında buzun altında kısılıp kalmış şeyler gibi duran görüntülere şahitlik etti. Tren sıcaktı ve içerisi iyi aydınlatılmıştı.

Bütün zamanların en büyük hırsızı olduğunu düşündü.

Bu düşüncesi, içinde önlenemez bir şekilde yükselmiş, sonra yine orada kırılmış gibiydi ve gecenin ortasında, sakin, açık bir yer sunan bir pencerenin yanına kuruldu. Kalbi yavaşlarken öylece oturdu; tren nereye gidiyorsa oraya giderek, onu dinleyip raylarla konuşarak, iyi hissederek kendini; sevginin, içinden dünyaya akmasına izin vererek.

Gözlerini açtı.

Bandajlı sol elini itinayla göğsünün üstüne koymuştu, sağ eliyleyse bir cin şişesinin boğazını kavramış, sırt üstü yatıyordu. Ona yine yanlış zamanda, yanlış yerde olduğunu söyleyecek bir harita ya da saate ihtiyacı yoktu. Sabaha karşı üçtü ve şimdi Diversy'de, anlamsızca isimlendirilmiş Dunes* Otel'in üçüncü katındaydı. Doğrulduğunda ve ayaklarını soğuk zemine koyduğunda, karanlık, bir güvenin süratle titreşen kanatları gibi aniden yüzüne hücum etmiş ve orada durmuş gibi geldi. Pencereye doğru ilerledi ve tahta bir sandalyeye oturup caddeye bir göz attı; yaşadıklarının ağırlığı altında şişenin ağzını dudaklarına koyup cinin diline değmesine izin verdi. Caddede, seçebildiği birkaç renk yanıyor gibiydi. Adam ılık şişenin üstünde, parmak izlerinin hatlarını bile hissedebiliyordu. Cadde çöp, pas ve yağdan oluşan bir mezbele gibiydi, derken hepsi bir an için hareketsiz kalmıştı. Zihninde, edecek tek lafı yoktu, caddenin neresi olduğunu ve kendisinin, caddeye bakan parmak izli adamın kim olduğunu biliyordu; ayaklarından biri çıkardığı ayakkabısının, diğeri soğuk muşambanın üstünde; sarhoş, hiç şansı olmayan kandırılmış bir adam. Onun gibi biri olmak sorun değildi, ancak diğerleri muhtemelen bunun korkunç bir şey olduğunu düşünürlerdi. Geçmişinde birkaç kez, gerçeğin bu mutlak sıfır noktasına erişmiş, şimdi korku ya da öfke duymaksızın, içerisinde bir yerlerde, kendi hayatını değiştirmesini, bambaşka bir insan olmasını sağlayabilecek bir hamle olduğunu fark etmişti; ama bunun ne olabileceğini hiçbir zaman kestiremedi. Bir sigara buldu ve bir kibrit çaktı –bir an için önünde alevden başka bir şey yoktu. Kibriti sallayıp söndürdü ve dünya geri geldi, bütün kararlarının çok zaman önce verilmiş olduğu aynı mekândaydı yine.

Jamie bacağındaki kasların şiddetle çekildiğini hissedebiliyordu; Miranda'yı arkadan tekmeleyip, onu mesela bir kamyonun tekerleklerinin altına fırlatmayı fena halde istiyordu. Gecenin dokuzunda, Clark Caddesi bir film sahnesi gibiydi: Beş milyar ucube bir-

* Kumullar Oteli. (ç.n.)

birlerinin yüzüne bakmadan sağa sola koşturuyordu ve her üç kişiden birinin satacak bir şeyleri vardı. Para yiyiciler, tamamen siyah giyinmiş siyahi pezevenkler ve kırmızı yüksek topuklardan bir orman. Bir sürü ışık vardı ve herkes ışıkların altında farklı yönlere doğru seğirten yarım düzine gölgeye sahipti.

Jamie'nin yorgunluğuyla uygun adım giden sahne, ağır çekim bir hal aldı. El örgüsü kasketi, uzun paltosu ve beyaz tenis ayakkabılarıyla siyah bir genç, önlerinde *bebop* dansı yapmaya başladı; önce kadına gülümsüyor, sonra diğer tarafa dönüp şarkı söylüyor, Jamie karşılık vermeyince devam ediyordu: "Bizim için uçma zamanı, hımmmmmmm?" Ellen Bebek annesinin kollarında uyanık bir halde duruyordu ve bir saniye olsun bebek koltuğuna oturmak istemiyordu; gözlerinin ortasındaki o küçük, siyah toplar, gencin gösterisini dingin ve mekanik bir tavırla takip ediyordu. Jamie bir anlığına Chicago'nun merkezindeki bu sahnenin kızının bebeklere özgü zihninin bir ürünü olduğu fikrine kapılıverdi.

Jamie'nin burada olmasının kendince sebepleri vardı, ancak bu sebeplerin neler olduğunu şu anda çıkaramıyordu bir türlü. Bill Houston dut gibi sarhoş haldeyken birden o üzgün yolcular arasında kendisini bir şeylerin beklediğine ikna olup tekrar Chicago otobüsüne binince Jamie ona veda etmişti. Jamie'nin, hâlâ kendi adına iki Hershey bileti vardı ve birkaç gün kadar –önce görümcesinden istediği borç paranın kendisine ulaşmasını, sonra, daha uzunca bir süre, bu paranın suyunu çekmesini– beklemiş, ardından her şeyin yararsızlığını görmüş ve Bill Houston'a edecek birkaç lafı olduğunu fark etmişti. Onun gidişi, beraberliklerinin sonu gibi görünüyordu. Ancak öyle değildi. Böyle şeyleri ancak yaşarsan hissedebilirdin.

Şimdi ne yapacağını bilmez bir halde, Clark Caddesi'nde dikiliyordu. Miranda bavulun üstüne ata biner gibi oturmuştu. Görünürde, otel türünde bir ucube yoktu. Sinemaların kimisinin normal, kimisinin porno film gösterdiği anlaşılıyordu. Görebildiği iki veya üç lokanta kapalıydı. Acı bir rüzgâr, binaların etrafındaki ışığı üfler gibi oldu. Şimdi, etraflarındaki insanlardan hiçbiri pek tekin görünmüyordu.

"An-ne," dedi Miranda, "An-ne, An-ne, An-ne," yorgun ve şaşırmış bir şekilde kelimeleri yineleyerek. O, bavulun üstünde zıplarken iki metre ileride ucuz ve gülünç bir kırmızı takım elbise giymiş bir adam, kıza karşı hastalıklı bir merak duyuyor gibiydi. "Gel buraya, tatlım," dedi Jamie, kızı kolundan tutup bavulun üstünden çekerken. Adama, "Sen hastasın," dedi. El treni birkaç blok ötedeki raylarda gıcırdayarak bir virajı döndü. Her şey aniden sağırlığa bürünmüş gibiydi. "Allah kahretsin," dedi Jamie, "Gözlerim kızgın kayalar gibi."

"Ne?" dedi Miranda, annesinin yüzündeki gölgeye dikkatle bakarak. "Dur bi' bakayım, anne."

Kırmızı elbiseli adam yaklaştı. "İyi akşamlar." Eller ceplerde; yaka kalkık.

"Bu bölümden nefret ediyorum," dedi Jamie. "Kırmızı elbiseli bir aylağın iyi akşamlar dediği bölümden nefret ediyorum."

"Ben bir aylak değilim," dedi adam. "Buradan, Wilson Caddesi'nin yaklaşık altı blok kuzeyine kadar herkesi tanırım."

"Seninle konuşacak halim yok hiç," dedi Jamie.

"Pekâlâ, ben sadece size yardım edebileceğimi düşünmüştüm." Elini açarak avucunu yukarı kaldırdı ve önce Miranda'ya, ardından bavula ve sonra Jamie'nin kollarındaki bebeğe doğru bir jest yaptı, kadını içinde bulunduğu zorlukla tanıştırırmışçasına. "Şu kafede iki kahve içtim," –şimdi, aynı elle, kadının sorunları arasına arkalarındaki otogarı da dahil ediyordu– "siz, içeride öylesine takılıyor gibiydiniz. Şimdi de dışarıdasınız. Demek istediğim, birini mi bekliyorsunuz? Hikâyeniz nedir?" Adam, masumiyetin o hafiften, fevri niteliğine sahipti –bir an için, pek de tehlikeli görünmedi kadına.

"Bir hikâyem falan yok," dedi Jamie. "Bir şey yapacağım yok."

"Kıyafetim hakkında ne düşündüğün cidden umrumda değil," dedi adam. "Kıyafetim hakkında kimseye hiçbir şey açıklamak zorunda değilim. Rehabilitasyon Amaçlı Kamu Hizmeti'nden faydalanıyorum, durum bu. Hastayım. Çalışmak ya da alışveriş yapmak zorunda değilim. Sorun ne biliyor musun?" dedi Miranda'ya, "Bütün yapmam gereken ucuz bir bardan diğerine gitmek ve insanlarla herhangi bir şey hakkında konuşmak–ne konuşmak isterlerse. Buradan Wilson'a ve ötesine kadar herkesle işte böyle tanıştım. Bu yüzden annene yardım etmek istiyorum, ama o benim kırmızı elbiseli bir aylak olduğumu düşünüyor veya öyle bir şeyler işte. Kız mı, erkek mi?" diye sordu Jamie'ye, bir battaniyeye sarılıp, anasının kollarına kurulmuş Ellen Bebek'in gölgeli yüzünü, yakından, dikkatle incelerken. "Siyah gözlüymüş."

"Kız," dedi Jamie.

"Birini bekliyorsan," dedi adam, "pek geleceği yok gibi, her kimse. Birini mi bekliyorsun?"

"Birini arıyorum. Beklemiyorum. Arıyorum."

"Kimi arıyorsun? Tanrım, çok soğuk. Gelin kurtulalım şu soğuktan." İki eliyle bavulu sürükleyip, Jamie ve Miranda'yı sanki galaktik bir rüzgârın etkisiyle peşine takarak, otogarın cam kapılarını geri geri ittirip içeri girdi. "Kimi arıyorsun?" İçerideki, nispeten parlak ışıkların altında, kıyafetinin kesinlikle, ama kesinlikle kırmızı olduğu ortaya çıkmıştı. "Kimi arıyorsun? Erkek arkadaşını mı?"

"Bill Houston!" dedi Miranda.

"Bill Houston? Onu tanıyorum."

"Ya, ben de Papa'yı tanıyorum," dedi Jamie. "Annemi de tanıyor musun?"

"İri bir adam, değil mi? O kadar da iri değil belki, yani dev gibi değil. Bu kolunda bir dövme var mı? Ya da bu kolunda belki, hatırlamıyorum."

Şimdi perçinlenmiş bir dikkatle adamı izleyen Jamie, onun, kafa derisinden muhtemel bütün yönlere bir elektrik alevi gibi savrulan sarı saçlarının her noktada aynı uzunlukta olduğunu gördü. Kıyafeti biraz Elvis Costello* tarzı bir şeydi. Sadece modaya uymaya çalışıyordu. Alışık olunmayan bir tür değildi.

"Onu tanımamam çok garip, değil mi? Demiştim sana, herkesi tanırım ben." Bir fatih edasıyla, küçük sarı taşlardan oluşan bir duvara dayalı ankesörlü alışveriş makinelerine doğru yollandı adam. Sa-

* Asıl adı Declan Patrick McManus olan, 1970'lerin sonunda ününün doruğuna ulaşmış İngiliz rock şarkıcısı. Genelde sade, takım elbise türü şeyler giyer. (ç.n.)

tılan ürünleri öylesine incelemeye başladı: kocaman top çikletler, oyuncak mücevherler ve benzersiz, temiz, plastik kapsüllerinde aptal örümcekler.

"Bana bir sakız al, tamam mı?" dedi Miranda, onun peşinden giderek. "Bir tanecik sakız alabilir miyim? Sadece beş sent."

"Hey," dedi Jamie, bir anlık tereddütten sonra adama doğru yürürken. "Bana hava atıyorsun sen ve ben bundan hiç hoşlanmadım."

"Ne demek istiyorsun? Sana yardım edebileceğimi söyledim, sen edemeyeceğimi söyledin. Ama gerçekten ettim. Bunun bir anlamı var herhalde. Değil mi?"

Jamie, sol kolunda bebeği tutarken, sağ elinin parmaklarını gözlerine bastırdı iyice; bir an için otogar yok olmuş, kafası, patlayan geometrik şekillerle dolmuştu. "Peki, dinle," dedi. "Bill Houston hakkında bildiklerini anlat bana. Sanki benim tanıdığıma benziyor biraz. Eğer oysa, büyük bir kıyak yapmış olursun. Tamam mı?"

"Sana anlattım işte," dedi adam, makinelerden birinin üstündeki kadranı çevirip metal iade holüne düşen sakızı alırken. "Onu hep arka mahallelerde görürüm. Öyle takılabileceğin iyi bir insan değildir o. Kadınları etkiler, ama içtiği zaman tamamen farklı biri olur çıkar." Sakızı Miranda'ya uzattı ve makineye bir para daha attı. "Bu o mu?"

"Bu o! Allah kahretsin, inanmıyorum buna. Bak," dedi, uykudaki Ellen Bebek'e, "Bill Amcan'ı tanıyor."

"Fakat, şimdi nerede olduğunu söyleyemem sana."

"Peki, sence nerdedir?"

"Rheba'nın Yeri'nde olabilir. Arka mahallelerde bir yerde olabilir. Mesela hippi bölgesinde de olabilir. Gezinir durur. Böyle bir adamdır o."

"Peki. Tamam, peki, onu nasıl bulabilirim? Dinle, uzun bir yoldan geldim ben. Ona söylemem gereken bir şeyler var."

"Hiç bozukluğun var mı? Belki bazı yerleri arayabilirim. Beni buralarda tanırlar diyorum sana. Sorarsam, söylerler. Kimsenin başına bela olmayacağımı bilirler. Baksana –bir dakika," dedi aniden. "Peki ya o, senin kendisini bulmasını istemiyorsa?"

“Yine de bulurum onu,” dedi Jamie.

“Ah,” diyerek Jamie’ye, Miranda’ya, bebeğe baktı. “Aslında tek umduğum bunun öyle çetrefilli bir iş olmaması. Kimseyi incitmek falan istemem. Şu anda tek sahip olduğum şey dostlarım.”

“Peki, zaten ben de Bill Houston için tam da öyleyim, bir dost.”

“Emin misin? Gerçekten mi?”

“Bunu sana ispatlayamam, ama öyle,” dedi Jamie, “İnan ya da inanma.”

“Tabii.” Adam şimdi ıstırap içindeymiş gibi görünüyor, alt dudağını ısırıyor, sanki kuşatılmış gibi kısa bakışlar atıyordu etrafa. “Tamam,” dedi. “Benim için biraz bozukluğun var mı? N’olacak canım. Yani sonuçta onu tanıyorsun, değil mi?”

“Bir şans ver,” dedi Jamie.

“Tabii. Tabii, bir şans vereyim–iyilikte bulunuyorum, değil mi?”

Jamie ona birkaç madeni dolar verdi ve bir buçuk saat boyunca, bir izle-öde TV koltuğunun karşısında hiçbir şeye, karanlık ekranın boşluğundaki kendi yansımasına bile bakmadan oturdu. Miranda yanındaki koltukta uykuya dalmıştı. Ellen Bebek, Jamie’nin kollarında horluyordu. Jamie, plastik bebek sandalyesinin kemerini bağladı. Tam bu anda, Ellen Bebek’ten daha az bilinçli olmak mümkün değildi. Gözkapakları görüşünün üstüne serilmiş iki yara gibiydi, Jamie’nin hem imrenilecek, hem de korkulacak bir şey olarak gördüğü çocuksu bir unutulmuşluğun, başıboş sürüklenen tek sakini olarak dişsiz ağzından soluyordu bebek.

Adam, yabani saçlarıyla dünyayı gizleyip, kadının giysisinin kolunu çekerek kendi yüzünü onun yüzüne yaklaştırdığında, Jamie durumu kavrayamamıştı; sonra uyuya kaldığının, şu an Chicago’da olduğunun farkına vardı– “*Az önce* nerede olduğunu buldum,” dedi adam. “Bir buçuk saat kadar önce arka mahallelerde bir mekândaymış. Barmen o mahallede bir yerlerde kaldığına bahse girebileceğini söyledi. Wilson’un hemen kuzeyinde.”

“Peki durum nedir?” dedi Jamie, konuya odaklanmaya çalışarak.

“Sorun şu ki, ben buradaki mekânların adlarını pek bilmiyorum, bu yüzden telefon numaralarını bulamadım. Oraya gidebilir ve etrafa bakabiliriz, belki birkaç mesaj bırakırız. Ne yapabileceğimizi tam olarak bilmiyorum, doğrusunu istersen. Peki, *sen* ne yapmak istersin?"

"Hım, bilmiyorum. Aklım tamamen durdu." Otogarın üst katlarına bakındı, bir sonraki hamlesinin ne olması gerektiğine dair buranın meşum sıkıcılığında bir belirti arıyor gibiydi. Daha fazla konuşmak için ağzından çıkan tek şey "Boynum alev almış gibi sanki," oldu.

Jamie'nin, artık iyi biri olabileceğini düşünmeye başladığı adam, –ki şu anda, onun hayattaki tek dostuydu– elini nazikçe kadının koluna koydu. "Bak ne diy'cem. Hadi biraz kahve içelim. Sonra bütün seçenekleri önümüze koyar, bu işten nasıl sıyrılacağımızı düşünürüz."

Kapıdan bir anda kahve dükkânına dalmaları bir safariye girişmek gibiydi. Bir locaya oturdular. Adam üçünün karşısına yerleşti. Koridordaki bavul, Greyhound ve onun acele sevkıyatına, soğuk vedalarına ve şüpheli hareketlerine karşı bir siper gibi duruyordu. Kadının baktığı her yerde aynı şey yazıyor gibiydi: *Tekrar düşünmek istemez misin?* Neyi tekrar düşünmek? Bunu bilmek isterdi. Yaptığım her şey yanlış olacak. Fikirlerimi nereden edinebileceğim konusunda hiçbir fikrim yok. Kahve önüne gelmişti ve dostu aralarındaki kısa mesafeden uzanmış, kadının fincanının yanına iki beyaz tablet koymuştu. "Gittiğin her yerde," dedi adam, "otogar, şehrin tam olarak merkezidir. Nükleer bir saldırı durumunda, bu otogar Sıfır Noktası olacak." Ağzına, benzer tabletten iki ya da üç tane attı ve yüzünü buruşturarak, acı verdiği aşikâr, sıcak bir kahve yudumuyla yuttu onları. "Üçüncü Dünya Savaşı başladığında, burada olursak, bir bomba bu lokantanın neredeyse tam üstüne düşecek ve n'olacak biliyor musun? *Atom*larımıza ayrılıp, *radyoaktif* olacağız. Ölüyor gibi hissetmeyeceğiz. Tamamen ışık parçacıklarına döneceğiz. Her şeyin temeli işte bu."

"Ciddi bir temel ama."

"Walt Disney kadar eğlenceli olduğunu söylemiyorum. Ama Sıfır Noktası *bu*."

"Ne onlar?" Fincanının yanındaki haplara dokundu Jamie.

"Beyaz haçlar. Çok hafiftirler. Her biri yaklaşık iki fincan kahveye eşittir. İşte, al bir tane dene. Üç dakika içinde iyice zinde hissedersin kendini. Daha istersen bana söyle. Çörek falan ister misin?"

Jamie bir çörek yedi. Miranda hemen yanında, ağzı açık, tamamen hareketsiz bir halde, Ellen Bebek ise koltuğunda uyuyordu. Jamie'nin aklına, bu koltukla kızını her yere bir araç gibi taşıdığı fikri yerleşti.

Durumu değerlendirdiler. Bill Houston'ı, kaldığını düşündükleri mahallede dolaşarak bulmak mantıksız gelmeye başlamıştı. Bir taksiye atlayıp adamın kız kardeşinin dairesine gitmek daha uygundu –kırmızı elbiseli aylak parayı ödeyecekti, büyük bir masraf değildi, kısa bir yolculuk– oradan, bizim Bay Houston'ı telefon hattının diğer ucunda bulana kadar aramaya devam edeceklerdi. Eşyanın vaziyetine hürmet ettikçe, şansı yaver gidiyor gibiydi kadının. Nereden başlayacağı hakkında en ufak bir ipucu olmadan Bill Houston'ı arayarak sefil günler geçirmek yerine, dostlarından birinin yardımıyla yürütebilirdi bu işi–herkesin kabul edebileceği gibi çok kötü giyinen, ama şehri bilen ve hayır işlerine inanan birinin yardımıyla. Kadın, artık kendini çok iyi hissetmeye başlamıştı. Çocukları ve bavulu caddeye çıkarıp bir taksiye atmak sorun olmadı. Gidecekleri yere göz açıp kapayıncaya kadar vardılar. Bir kolunda Ellen Bebek'i tutup boştaki eliyle Miranda'yı kaldırıma doğru sürükleyerek indi taksiden ve dünya sersemletti onu. Önündeki binanın tuğlaları sivri köşeli ve etkileyiciydi. Her şey berraktı. Chicago'nun bulanıklığı eriyip gitmişti. Bay Kırmızıelbise her şeyi bir Fred Astaire edasıyla hallediyordu ve kadını, çocukları ve bavullarıyla beraber merdivenlerden iki, üç kat yukarı sanki birkaç saniye içinde çıkarıvermişti.

Yürüdükleri koridorun ortası, geniş, siyah bir lastik şeritle kaplanmıştı. Türlü türlü daireye açılan, arkalarında gizli iç mekânların soluklanıp birbirlerine bir şeyler mırıldanır gibi göründüğü kapılar düz kontrplaktandı. Yanlarından geçerken bir tanesinin bir asma kilitle mühürlenmiş olduğunu fark etmişti. Bir diğerine kırmızı ve yeşil kenarlı bir levha asılmıştı:

DR. DEL RIO, DOKTORA DERECESİ.
CİNLERİNİZİ GÖREBİLİR, TANIYABİLİR
VE ÇIKARABİLİR.

Ve onun karşısındaki kapıyı, sıkış tıkış bir mutfakta duran, besbelli korkmuş bir kadın açtı. Kadının yüzündeki ifade Jamie için şaşırtıcıydı, çünkü Jamie kendisini gayet iyi hissediyordu.

"Ah, şükürler olsun, Ned," dedi kadın, dördü odaya doluşurken. Elinde koynuna doğru bastırdığı bir kutu bira vardı. Koskocaman bir palto ve mavi bir bere giymişti, ama hiç de sokağa çıkacakmış gibi görünmüyordu. Arkasını verdiği ocağın ardında siyah bir is izi alevlerin de dahil olduğu bir kazanın kaydı olarak duvara yayılmıştı.

"Tanrım, Ned," dedi.

"Bu uzun hikâye. Her şeyi açıklamak için nefesimi harcamayacağım," dedi Ned, kırmızı elbisesini, sanki sokakta üstüne yabancı maddeler yağmışçasına fırçalayarak. Jamie, bebeği hâlâ kollarında tutarken, adamın palto giymediğini, kış geceleri boyunca yalnız işine odaklanıp görevinin hararetiyle ısınmış olduğunu şimdi fark etmişti. Adam, kız kardeşini kucaklamak üzere atıldı, ama bu jest onu ürkütmüş gibiydi.

Mutfağa yakın, daha karanlık bir odanın kuytularından Anne Murray'in şarkı söyleyen sesi geliyordu: *"(You Are My) Highly Prized Possession."** Kalın camlı bağa gözlüklü bir adam şimdi bu kapının girişinde belirmiş, kasaya yaslanmış, hiçbir şey söylemeden dikiliyordu.

"Kırk beş dakika kadar kalacağız," dedi Ned. "Sadece telefonu biraz kullanacağız o kadar. Tamam mı?"

"Telefon çalışmıyor," dedi kız kardeşi. "Telefonu kestiler. Sen de biliyorsun." Parmakları bir bira şişesinin boynundan sarkan, suspus adama baktı. "İki gün önce öğrenmiştin bunu," dedi kadın.

"Tabii ki, bunu biliyorum," dedi Ned. "Biz, benim evimden bir-

* (Sen Benim) En Kıymetli Varlığım (ç.n.)

kaç görüşme yaparken senin 45 dakikalığına çocuklara bakmanı istiyoruz."

"Ne demek istiyorsun?" Kız kardeşi yaygara koparmakla kalmıyordu. Çevresinde, bütün mutfağı aydınlatan vahşi, fosforlu bir gerilim vardı. "Senin telefonun *yok* ki!"

"Elbette telefonum var," dedi Ned, ona gülümseyerek. Aynı zamanda, birasını kaldırıp rolünün özelliklerinden hiçbirini değiştirmeden bir fırt çeken diğer adama da gülümsedi.

Kız kardeş bu haber yüzünden, Ned'in ona söyleyebileceği başka her şeyden daha çok dehşete düşmüş gibi görünüyordu. "Allah kahretsin," dedi. "Yüce İsa. Yüce İsa."

Ned diğer adama döndü. "Bir yere mi gidecekti?"

"Galiba biraz üşüyor," dedi adam.

"Şu çocuklara kısa bir süre göz kulak olur musunuz?"

"Sanırım," dedi adam.

"Bize biraz katkıda bile bulunabilirsin. Belki yardımın dokunabilir," dedi Ned. "Bu Jamie. Şu annesinin arkasında saklanan da Miranda Sue. Bu da, küçük, üç aylık bebek Ellen. Ellen'ın göbek adı var mı, Jamie?" İçinde iki kırmızı kapsül bulunan elinin dümdüz ayasını Jamie'ye uzatmıştı.

Her şeyi bir anda anlayamayacak kadar karışmıştı aklı. "Ne?" dedi. "Ne bunlar? Ve kim bu insanlar?" Her şey yavan, baskın bir düşsellik içinde canlanmaya başladı.

"Ellen'ın göbek adı var mı diye soruyordum, çünkü merak ettim. Ve sana iyi gelecek bir şeyler ikram ediyordum. Bu da kız kardeşim Jean ve onun kocası Randall. Bunlar ise iki tane kırmızı. O beyaz haçlar, iki tane aldıktan sonra beni hep asabileştirir. Sana olmadı mı?"

"Evet. Biraz asabiyim, galiba." Jamie iki kırmızıyı aldı. "Bir saniye için, bütün odanın sarı ve zikzaklı falan olduğunu görüyor gibi oldum." Ned ona dolaptan bir şişe bira verdi ve kadın hapları bir yudumda yuttu. "Ne demek istediğimi anlatabildim mi?"

"Kesinlikle. Sarı ve zikzaklı. Bu sınırdan uzaklaşma zamanı gelmiş demektir, tekrar normale dönme zamanı yani, onun gibi bir şey. Ya sen, güzelim?" Eniştesinden izin alarak kırmızı bir hapı Jean'e doğru tuttu. Enişte başıyla onayladı ve kız kardeş onu çabucak ve öfkeli bir kabullenişle mideye indirdi. Jamie sıvı bir sıcaklığın, huzursuzluğunun vahşi sınırlarında ilerlediğini hissedebiliyordu. Oda ağırlaşmaya başladı.

Ned'in dairesi aşağı katta, bir ya da iki yanan ampulden fazlasının bulunmadığı bir koridordaydı. Anahtarları kapıda kurcalarken, kadının kulak asmayı gereksiz bulduğu birtakım gevezeliklerle onu eğlendirmeye çalışıyordu. "Baksana," dedi kadın aniden, adam anahtarı kilitte döndürmeye çalışırken, "bunlar da ne?" Adam, birkaç parmağında takılı duran, cafcaflı, ince yüzükleri gösterdi; sakız makinelerinden çıkan sürpriz hediyeleri.

Mor ışık altında, nabız gibi atan bir iç mekâna açtı kapıyı. *Dayglo** posterleri duvarlarda parıl parıldı. Adamın elbisesi ise şimdi tamamıyla görünmezdi ve elleriyle kafası, havada asılı gibi duruyordu. Kadın bu tuhaf durum içinde adamı izledi. "Adın Ned, di' mi?"

Adam kapıyı arkalarından kapadı. Mor ötesi ışıkta yüzü iyice bronzlaşmış görünürken, gözlerinin beyazı köpekbalığı eti gibi soluk, mavi bir canlılıkla renklenmiş gibiydi. "Adım Yükseğe-daha-Yükseğe," dedi.

"Linda Lovelace'i** bilir misin?" sorusu, Ned Yükseğe-daha-Yükseğe'nin aklındaki soruydu. "Linda Lovelace gibi yapabilir misin?" Kadına çok sert vurmuyordu, sadece bilincini açık tutmak için yapıyor gibiydi. Randall Enişte de ona yardım ediyordu. "Bu çok güzel, dayanamayacağım," dedi Ned Yükseğe-daha-Yükseğe. Eniştesi daha sessizdi. Kadının kelepçesinden çekerek, ona birbiri ardına kaba ve acımasızca şeyler yapmayı sürdürüyordu. Onun kötü biri olduğuna ve en azından kollarını kıracağına aklı yattı kadının. Aldığı yatıştırıcıların verdiği dinginliğin üzerinde iz bırakmayan

---

* Gündüz aldığı ışığı gece yansıtan, fosforlu kâğıt. Bu kâğıda basılı, çoğu kez karmaşık şekiller, üç boyutlu görüntüler ve fraktalar ile kimi zaman fotoğraf ve karikatürlerden oluşan grafik. (ç.n.)

** 70'li yılların, oral seks sahneleriyle ünlü porno yıldızı. (ç.n.)

dur durak bilmez bir mide bulantısıyla istediklerini yapmalarına izin verdi. "Ah harika–ah evet–ah harika–ah evet," dedi Ned Yükseğe-daha-Yükseğe. Jamie dışarıdaki koridorda çocuklarını merak ederek dolanıyordu. Şimdi de bu odalardan birinde bir adamın avuçlarında çığlıklar atan Jamie'yi merak ediyordu. Kapıyı şiddetle vurmak isterdi, ama yumruğu olmayan bir hayaletti o. Koridorun loş ışığında, kontrplağın gerçek rengi belli olmuyordu–gri, beyaz ya da mavi olabilirdi. İçeride anlamsız sesler, gümbürdeyen bir rock and roll'a karışıp gidiyordu. Koridorun sonundaki kapının üstünden haykıran mesajı gördü:

Madam Kay
ALLAH vergisi MEDYUMLUK yetenekleriyle
FALCI VE DANIŞMAN

Hırbolar Cenneti'ndeyiz, diye bağırdığını duydu, enişte onu arkasından yapmaya girişince kusmaya başladı. Yüzünün tam karşısında, duvardaki Yedi Cüceler'den birinin, aslından büyük ve korkunç gözüken *dayglo*'su orta parmağını sallıyordu.

Enişte bıçakla bir şeyler yapmak istedi. Birleşik Devletler Donanması'ndaki bir subayın şapkasını takan Ned Yükseğe-daha-Yükseğe onu sakinleştirmeye çalışıyordu. Jamie'nin önünde, şimdiye kadar konuşmuş her insandan daha hızlı bir şekilde konuşuyor, konuşuyordu. Bir fincan kahveye ihtiyacım var, diye düşündü Jamie. Şu adamı benden uzak tut. Çocuklarım diyorum, çocuklarım. Tamam, bıçakla da bir şeyler yapabilirsin. Sadece bu işten canlı kurtulmak istiyorum. Sadece çocuklarıma bakmak istiyorum. Bir kameranınki kadar uysal ve cansız gözleriyle eniştenin bıçağına baktı. Buraya kadarmış, diye geçirdi içinden. Bütün cevap adamın elindeydi işte.

"Şunu bilmenizi istiyorum," dedi kalbinin derinliklerinden odaya doğru, "çocuklarımın canını bağışlarsanız istediğiniz her şeyi yapacağım." Bir şey Randall'ın arkasından gelip kafasının kenarına şiddetle vurdu ve Randall, sırtı duvara dayalı, bacakları bir oyuncak ayı gibi uzanmış bir halde yere oturdu. "Neden?" dedi. "Neden?" Ned Yükseğe-daha-Yükseğe elinde sallanan bir masa lambası ve başında denizci şapkasıyla orada dikiliyordu. "Seni beyinsiz göt," diyordu eniştesine. Randall ağlamaya başladı. "Bu sefer *son*," dedi Ned Yükseğe-daha-Yükseğe. Tamam, diye düşündü Jamie, bunu atlattık. Bıçaktan kurtulduk. İşler değişti.

Elleri arkadan kelepçelenmiş, sırt üstü yatıyordu; korkunun verdiği adrenalinin yarattığı titremeden dizlerini çenesinin altına kilitlemişti. Zihninin derinliklerinde bir anlığına ona bir pislikmişçesine davrananın bir insan değil, daha da tehlikeli bir şey, gördüğü insanlarla yaşadığı olayların bireşiminden oluşan adı konmamış, özgün bir şey olduğunu anladı. Onun, kendisinden geriye kalan şeye ihtiyacı olduğunu anladı ve ihtiyaçlarını karşılayabileceğini hissetti. Çocuklarının hatırına, adını koydu bunun. Yalvardı, yalvardı ve yalvardı. Kendi ruhunu çocuklarınınkiler için satmıştı.

"Burada yaptığımız, bir kısmet işi. Katıksız şans işi." Kâğıtları dağıtan adam bu yargıya vardığında, Bill Houston sinek onlusunun ardından gelenin bir karo as olup olmadığını dikizliyordu.

"As ve onlu burada '*blackjack*' sayılıyor mu?" diye sordu.

"Sen ciddi misin? Bu herif ciddi mi?" Kâğıtları dağıtan adamın gözlerinde yaş vardı ve iki kalp atımlık bir süre için Bill Houston yürek dağlayıcı bir merhamet hissetti ona karşı. Adam, oyunda aynı zamanda kasaydı da; burası Las Vegas değildi.

Oynadıkları lokanta kapalıydı ve neredeyse tamamen karanlıktı. Onlar yabancılar arasında olmaktan memnun bir halde bahislerini koyup şanslarını denerlerken önlerini yalnızca tepedeki tek lamba aydınlatıyordu.

Locada dört kişi vardı, iki kişi de sandalye çekmişti. "Ne bu–üst üste beşinci mi oldu?" dedi biri. Kimi, Bill Houston'ın açık talihine uygun bir tepki gösterdi, kimiyse kendi eli üzerinde yoğunlaştığı için hiç tepki göstermedi. Bill Houston, şimdiki el için otuz dolar koyuyordu ortaya, ama kâğıtları dağıtan adam –ki şans için eski püskü bir şapkayı giyen gençten biri– parası azaldığı için aniden limiti düşürmek zorunda kalmıştı. Bill Houston'ın kalbi hesaplanan sayılar arasında hızla atarken, parasını saymak için içinde beliren dürtüye başarıyla karşı koydu. Şapkalı genç diğer ödemeleri ve tahsilatları yapıp, ona üç tane yirmilik atarken yeni bir kart dizisi açtı. "Limit on beş," dedi Houston'a sinirle. "Tamam, bu el herkese avucunu yalatacağım." Açık kartlarını onlara verdi. Bill Houston otuz dolarını geri alıp, on beş dolar yatırdı. Bir kız gösterdi ve gülüşmeler oldu. "Şans bu, değil mi?" dedi kâğıtları dağıtan adam. Dostça bir yüz ifadesi vardı, ama çok kızgın olduğu açıktı.

Miranda, taksinin ön koltuğunda oturabildiği için dört köşe olmuştu. "Anne, bu sayılar ne demek?" "Taksimetreye dokunma, hayatım," dedi şoför ona. "Öldüğümü sandım," diyordu Jamie, kucağındaki Ellen Bebek ile konuşurken. Ned Yükseğe-daha-Yükseğe kadının çıplak bacağını sıkmak için eteğinin altına uzanmaya devam ediyordu. Jamie kafasını buz gibi cama dayadı, adamdan en çok bu kadar uzaklaşabiliyordu. "Biliyo' musun?" dedi Ned Yükseğe-daha-Yükseğe taksi şoförüne. "Ben seni bir yerden hatırlıyorum. Nerede gördüm seni?" "Sadece çocuğu koltuğunda tutun," dedi şoför. "Ne diye küçücük bir çocuğu ön koltuğa oturtursunuz ki?" "Hey, hoşuna gitmediyse, şimdi durabiliriz," dedi Ned Yükseğe-daha-Yükseğe. "An-ne, bu *sayılar* ne demek? Bu bir TV *ekranı* mı?" dedi Miranda. Ned Yükseğe-daha-Yükseğe gülmeye başladı. Taksi şoförü "Aaaaah, *Allah kahretsin,*" dedi ortaya. Jamie ağlamaktan alamıyordu kendini. "Gevşe hadi," dedi Ned Yükseğe-daha-Yükseğe. "Bakire falan değildin nasılsa. Ben yalnızca baştan çıkarıcı biriyim, o kadar. Sadece bir yok ediciyim. Biliyo' musun?" dedi, önce kadının bacağını çimdikleyip, sonra parmaklarını Ellen Bebek'in kafasında gezdirerek. "Erkek arkadaşını hiç tanımam. Yani, *herkesin* bir dövmesi vardır, di' mi? *Herkes* içer. Ha ha ha!" Kollarını ön koltuğun üstüne koyarak, öne doğru eğildi. "Bağdat Barı'nda mı görmüştüm seni? Şu bir zamanlar Bağdat Hırsızı olan yer? Gittin mi hiç oraya?" Şoför cevap vermeyince, adam arkasına yaslandı. "Seni daha önce gördüğüme *eminim,*" dedi. Jamie'ye dönüp, "Seni fena kandırdım, di' mi" dedi. Dışarıda caddeler, bir pervanenin kanatçıkları gibi dönüyordu çevrelerinde. "Kadınları cidden etkileyebiliyorum."

Taksi durduğunda, Ned, kadının çenesini iki eli arasına aldı. "Şimdi içeri gireceğiz ve sana bir oda tutacağız. O odaya gideceksin, gece orada kalacaksın ve *ayrılmayacaksın.*" Aniden şoföre "Sen kes sesini!" dedi. Tekrar Jamie'ye döndü, "Tamam. Gidelim."

Adam lobi zilini çalıp, kadının hiç görmediği insanlarla konuşurken, kadın holde bekledi. Miranda kollarını annesinin bacağına dolayıp ayakta uyumaya çalışıyordu; ancak Jamie ona "Dokunma bana," dedi.

"Bu taraftan," dedi Ned Yükseğe-daha-Yükseğe.

Bir kapının önünde duruyorlardı. Koridorun sonunda açık kalmış bir başka kapı ve onun biraz ilerisinde hayvan pençeleriyle giderek kararan bir banyo küveti vardı. Az sonra ise bir odada dikiliyorlardı ve Miranda yatağa uzanmıştı. "Koltuk nerede? Ellen'ın bebek koltuğu nerede?" dedi Jamie.

"Kahrolasıca. Yatağa yatır," dedi Ned Yükseğe-daha-Yükseğe ve kadın, bebeği hemen yatağa yatırdı.

Adam, kadının sağ elini tuttu, parmaklarının arasına biraz para sıkıştırdı ve gözlerinin içine dikkatle bakarak öylece dikildi. Kadın neler olduğunu anlamaya çalışıyordu. "Sabah oluncaya kadar bu odadan ayrılma," dedi, "Anladın mı? Sakın Ayrılma." Kadın başıyla onayladı. Odanın bir bölümü yaklaşırken, bir bölümü hayal edilemeyecek kadar uzaklaşıyordu. "Belki yeniden beraber oluruz," dedi, "ne dersin?"

Jamie yatağa oturdu.

"Kızgın mısın?" dedi Ned Yükseğe-daha-Yükseğe. "Bana bak–kızgın mısın?"

Kadın kendi elini inceliyordu. Her şey ulaşılamayacak kadar uzaktı. Bacakları dizlerinde bitiyor gibiydi. "Ben mi?" dedi.

Evet, ben.

Adam gitmişti. Kadının yatakta iki çocuğu ve elinde iki onluğu vardı şimdi. Evet, ben. İstediğini aldın mı? Çünkü ben sana her şeyimi verdim.

Evet, ben, ben, ben, ben.

Muhitimden iyice uzaklaştım, diye düşündü Bill Houston. Herkesin aksanı yabancıydı. Etrafta meyve ve sebze satıyorlardı.

Chicago ve Evanston sınırındaki Howard Caddesi'ni aylak aylak dolandı. Caddenin Chicago tarafı, küçük tavernalar ve ambalaj depolarıyla doluyken, içki satışının yasak olduğu Evanston tarafında, boş arsalar ve adı sanı duyulmamış tüccarların hayatta kalma mücadelesinden başka bir şey yoktu. Bir gazetecinin önünde durdu ve tıpkı Jamie'ye benzeyen bir kadının fotoğrafı altındaki manşeti okudu: Dostunu Aramak Pahalıya Patladı. "Yirmi sent" diye atıldı gazeteci adam, sanki gidilecek bir yerin ismini söylüyormuşçasına.

Bill Houston "Yüce İsa," dedi, "Buna inanmıyorum. Ben onu tanıyorum." Kendini kaybetmişti. "Ona *tecavüz* etmişler."

"Hadisene," dedi gazeteci adam. Avcı şapkası ve hantal ekose ceketiyle ormanda ava giden bir geri zekâlı gibi göründü adam Bill Houston'a. Houston ise bu adama bakarken şiddetin sınırında duruyordu. Ordudan kalan ceketinin cebine attı elini, kendini zor tutarak adama bir çeyreklik uzattı.

Öğleden sonra, Crown & Anchor'da elektrikli süpürgeyle temizlik yapılıyordu. Caddeye bakan iki çift pencereden dışarıya bir göz atsanız, havanın açtığını görebilirdiniz. İçeride, iki işsiz vekil öğretmen ile Bill Houston ve mahvolmuş bir kilim üstünde elektrik süpürgesini bir ileri bir geri gezdiren barmen dışında kimse yoktu. "Öğretmensiniz, ha?" dedi Bill Houston. "Belki bana bir şeyler öğretebilirsiniz." Kadınlar güldü. Bana neden karşılık verdiklerini bilmiyorum, diye geçirdi içinden adam; pisliğin biri gibi görünüyorum herhalde. "Bana biraz bozukluk verebilirsen," dedi barmene. Barmen duymazlıktan geldi, Houston ise ona yaklaşarak, "Duymazdan gelme," dedi. Barmen iri bir adam değildi. Elektrik süpürgesini ayakkabısının topuğuyla dürterek makinenin iniltisini kesti ve nal şeklindeki barın arkasına geçip kasayı açtı. Bill Houston adama bir yirmilik uzatarak, "Çeyreklik halinde ver. İşim var," dedi.

Ardından tuvaletin yakınındaki ankesörlü telefonun yanında duran tilt makinesinin başında dikilip, çeyrekliklerle dolu avucunu araladı ve birini alıp makineye attı. Şu bip-bip, dıt-dıt eden yeni makinelerdendi. Aptalca. Tamam. Metal topların nereye gittiğini hiç umursamadan üç hakkını da çabucak harcadı; sadece zamazingonun üstündeki resmi inceliyordu –Styx grubunun uzay çağında tasvir edildiği tablo– grubun baş gitarcısı ayaklarının dibinde sere serpe uzanmış aptal amazon kadınına besbelli ki saksafon çektirmek üzereydi. Arkalarında, galaksiler arası kütleler, sonsuz sabrın fosforlu alevi olan elektrikle yanıp sönüyorlardı. Aslında, bu şeyleri asla yok edemezdiniz, çünkü onlar yaşayan ölülerdi. Telefonun başına geçip, numaraları çevirdi ve parayı atıp "Anne," dedi.

Vekil öğretmenler çok eğlenceli tiplerdi. Birbirlerine bardaklarındaki buzları atıp kıkırdamaya, kırmızı plastik pipetlerini çiğnemeye başlamışlardı. Halının üstündeki buz parçalarını kederle gösteren barmen onları ayıpladı. Kadınlar halı fikrini eğlenceli bulmuştu. "James nerede, anne?" dedi Bill Houston, telefona. "James'i arıyorum." Öğretmenler bir tur daha istiyordu ve barmen onları biraya ikna etmeye çalışıyordu. Bill Houston numarayı çevirdi ve parayı attı. Bu kez de birayı tatma fikri öğretmenlerin hoşuna gitmişti ve barmen içkilerini tazelerken, ona tek kişilik cinsel manevralara girişmesi tavsiyesinde bulunarak karşılık verdiler. "James?" dedi Bill Houston telefona, "tanıdın mı beni?" Berrak gözlerle, barın arkasındaki iki kadın ile adamın kafasına güneşle beraber yağan parıltılı tozu izledi. Atmosfer sessiz, arınmış ve kutsaldı. "James, lafı uzatmayacağım," dedi üvey kardeşine, "bulaşacak bela arıyorum." Barmen, neşelendirdiği velinimetlerine iki margarita hazırlarken, uğuldayan mikserin yanında tamamen ifadesiz bir halde dikiliyordu.

Tribune gazetesinden birileri, Bill Houston'a polisi aramasını söylemişti. Polis de ona, federal asayiş şubesiyle temasa geçmesi talimatını verdi. "Aradığı kişi bendim," diyordu tekrar tekrar ve olayın gazetelere yansıdığını öğrenen herkes yardımsever kesiliyordu. Kadını, öğleden sonra, Çocuk Hizmetleri Bölümü'nde yırtılıp bantlanmış taklit bir deri sandalye üstünde uyuklarken buldu. Ellen Bebek kucağındaydı ve birkaç sandalye uzakta Miranda, kel kafalı bir çocukla bir boyama kitabının kavgasını yapıyordu. Mekân kültablası gibi kokuyordu. Herkes ya siyahtı, ya yabancı ya da sakat. Göğüslerine kirli dergiler sarmış koltuk değnekli insanlar ve onların etrafında çocuklar vardı. Adam eğilerek yaklaştı ve "Jamie," dedi yeterince sessiz olduğunu umarak.

Kadın gözlerini açınca adama "Seni arıyordum," dedi.

"Buldun işte beni. Buradan çıksak nasıl olur?"

"Birkaç form daha doldurmam lazım, galiba." Etrafına bakındı, kendini bu diğerlerinin arasına koymak istermiş gibiydi.

"Allah kahretsin. Sana bir kez form doldurmaya başlattılar mı, bitmek bilmez." Adam, kadına, şu anda ikisi burada sallanırken bu insanların torunlarını bile afallatabilecek formlar icat ettiklerini açıklamanın bir yolunu bulmaya çalıştı.

"Miranda? Bak kim var burada?" Jamie elini uzattı ve kızının dikkatini çekmek için yumruğunu sıkıp açtı. Bill Houston'a, "İzin ver de biraz kendime geleyim, tamam mı?" dedi.

"Dışarıda gelirsin kendine. Burada kendine falan gelemezsin, emin ol."

"Utandığım falan yok," dedi kadın. "Allah'ın cezası ailemin yarısı sosyal güvenliğe düşmüştü zaten."

Bill Houston'ın canı sıkılmıştı. "Beni arıyordun, değil mi?"

"Sana söyleyecek birkaç şeyim vardı." Kendisinin ve çocuğunun, iki çocuğunun montunu topluyordu. Bill Houston kalbinin kırılıp kırılmadığına karar vermeye çalışarak dikkatle izliyordu onu. Kadın bebeği oturduğu yerde hazırlayıp Miranda'nın montunu giymesine yardım ederken, sadece tek gözüyle çocuklara konsantre olmuş gibiydi; diğer gözüyse bir hayal ülkesine dalıp gitmişti. Adam kendini tedirgin ve yararsız hissetti. "Buralarda bir bavulum olacaktı," dedi Jamie. "Affedersiniz," dedi masanın arkasındaki güvenlik görevlisi kadına; Bill Houston'a dönerek: "Bavuluma ne oldu? On beş dolarım vardı da? Bu şehirde ne de çabuk para kazanıyordum."

Adam olabildiğince alttan almaya çalışıyordu. Salı ve çarşamba boyunca Jamie biraz fazla sessizdi ve adam bir bakıcı tutup bütün perşembe boyunca onu çocuklardan uzak tutmak zorunda kaldı; çünkü kadın aniden kendisinin bile nasıl başa çıkacağını bilemediği kadar asabileşmişti. Kadının en sevdiği film *–Sonsuz Aşk–* otellerine yakın bir El istasyonu civarında oynuyordu, ancak karanlık sinemada gürültülü sohbet eden insanlar yüzünden yarısında çıkmak zorunda kaldılar. "O canavarların üstüme zorla boklarını atıp, öylece yaşamaya devam edebileceklerini mi söylüyorsun?" Kadın, Biograph* binasının önünde ağlıyordu. "Böyle mi olacak yani? Böyle mi olacak?"

Bill Houston ona kırmızı mendilini verdi. "Başka türlü olabilir mi ki?" Bunu sorarken tamamen samimiydi.

"Allah aşkına, dinle Bill–namusumu kirlettiler!"

"Biliyorum. Biliyorum. Biliyorum. Ama Allah kahretsin. Güneş battıktan sonra, Clark'a, bütün caddenin namusunu kirletebileceği bir yere çıkıyorsun. Ne yapmamı istiyorsun?"

"Onların başlarını ezmeme yardım et! O orospu çocuklarını öldürelim!"

"En doğrusu da bu olurdu," diye yanıtladı adam. "Bundan aşağısı kurtarmaz. Anlamıyor musun bunu?"

"Öyleyse, hadi, yapalım işte! Hak ettiler bunu!"

"Allah kahretsin–" Boğazını düğümleyen bir sürü neden vardı.

"Onları bulabiliriz. Onları bulabileceğimizi biliyorum. Bunu hak ettiler." Acıyla hıçkırdı.

"Olmaz," dedi Bill Houston kesin bir ifadeyle. "Ben hayatımda kimseyi öldürmedim. Bundan başka her şeyi yaptım sanırım."

"Neden?" Kadın bir türlü anlayamıyordu bunu.

---

* ABD'nin en eski filmcilik şirketi. (ç.n.)

"Neden bilmiyorum! Ama bildiğim bir şey var. O da, bunun boktan bir konu olduğu."

Jamie adamın mendilini kendi burnuna bastırarak doğruldu ve etrafına bakındı. "Ağzımda kendi dilimi hissetmem kadar gerçek bu." Saat beş sularıydı; ışık caddeleri terk ediyordu. "Biliyor musun? Burası hakkında bir şeyler okumuştum." John Dillinger'ın* öldürüldüğü bir ara sokakta duruyorlardı.

"Ne aldı?" dedi Miranda ellerini masaya koyup, Bill Houston'ın yemeğine doğru eğilirken.

"Otur oturduğun yerde seni küçük ucube," diye bağırdı Bill. "Domuz pastırmalı çizburger ve patates aldım."

"Patates *kızartması* almış. Ben *de* ondan istiyorum," dedi Miranda.

"O zaman onu söylemeliydin. İstediklerini baştan söyle, yoksa avucunu yalarsın." Çizburgerinden büyük bir ısırık aldı.

"Buna ne dersin?" dedi Jamie. "İçiyor!" Bebeğin biberonuna Coca-Cola koymuştu.

"Susamış olmalı," dedi Bill Houston.

"Ketçap istiyorum. Pateteslerime ketçap istiyorum. Biraz patates kızartması alabilir miyim?"

Bill Houston ters ters Miranda'ya baktı. "Lanet olsun!" Kalktı ve kasaya gitti. "Bir küçük patates kızartması," dedi kasadaki çocuğa. İçerideki tek müşteri onlardı ve çocuk bu kendine ait *fast-food* evreninde, yarı makine, yarı et olan bu küçük dünyada bir roket gibi siparişi hazırlamaya gitmişti.

Masalarına döndüğünde, Bill Houston Miranda'nın önüne bir paket patates savurdu. "Benim için bir ketçap aç, anne," dedi; annesi ona "lütfen," diye hatırlattı. Ardından kız tekrarladı, "Lütfen lütfen lütfen lütfen lütfen." Neşeli yüzlü bir ayyaş, kızla karşılıklı olarak pencereden keyifli, anlamsız birtakım hareketler yapmaya başladı. Bill Houston aniden elini yakaladığında, Jamie kalan son

* 1930'larda, ABD'de, banka soygunundan adam öldürmeye kadar onlarca suç işleyen, hâlâ bir numaralı toplum düşmanı olarak adlandırılan gangster. (ç.n.)

paket ketçapa ulaşmaya çalışıyordu. Bu, kadını sinirlenmişti; adamın bu paketi kendi hamburgeri için sakladığını düşünmüştü. "O herifleri harcamamam için iki neden," dedi adam.

Kadın onu dikkatle izliyordu.

"Bir, o çizgiyi aşmak istemiyorum. Diğer tarafta ne olduğunu bilmiyorum. Anlatabiliyor muyum?"

"Tabii."

"İki: Bunun bir şeyi düzelteceğini sanmıyorum."

"Nereden biliyorsun?" Kavga etmek niyetinde değildi kadın, meraktan sormuştu.

"Kodeste bunu yapmış insanlarla tanıştım. Bir şey söylemiyorlardı, ama anlayabiliyordun işte–ha, biri vardı; yaptığı şeyin hiçbir şeyi düzeltmediğini *biliyorum*. Ama o bir daha yapabilmek istiyordu. Karısının sevgilisini öldürmüştü."

Jamie omuz silkti ve hamburgerinden ufak bir ısırık aldı.

"Yani onlardan nefret etmeyi bırakana kadar, onlardan nefret etmeyi bırakamazsın."

Kadın soluna doğru uzandı ve Miranda'nın eline bir tokat attı. "Bir kez olsun insan gibi ye, be. Ellerini sil şimdi ve başla. Biliyor musun?" dedi Bill Houston'a. "İyi birisin."

"Sadece düşündüklerimi söylüyorum," diye cevap verdi, ama memnun olmuştu. Sonra kendini kötü hissetti, çünkü iyi biri değildi.

"Ayrıca," dedi kadına, caddede yürürlerken, "seni seviyorum."

Jamie ona baktı. Hor görülmüş, gözleri kan çağına dönmüş biriydi, ama ayıktı. Beceriksiz kollarında bebeğini taşıyordu. Kadın ilgilenmiyor gibi davrandı, ama kurtarıldığını hissedebiliyordu. "Neden durup dururken sevmeye başladın beni?" Boş boş caddeye baktı.

Bill Houston bunu açıklayamazdı. "Sanırım benim için uzun bir yol gelmen yüzünden falan. Bilirsin işte, beni bulmak için."

"Ve ayrıca bana tecavüz edilmesinden."

Adam bunu inkâr etmek için ağzını açtı; ama bunun yerine, "Bu da işin bir parçası. İtiraf etmeliyim ki sanırım doğru," dedi.

Kadın kaldırımdaki adama bakarak Miranda'nın montunu iliklemeye başlamıştı. "Pek Martin Hewitt* sayılmazsın, ama sanırım sen benim *Sonsuz Aşk*'ımsın."

"Tanrım. Bu keman sesine dayanamıyorum," dedi adam.

Buna "Tecavüz" demeye başladılar ve bu kelime birçok şeyin yerine geçmeye başladı: ayrı düşerken bir araya gelmenin, birbirlerini sevip geri kalan herkesten nefret etmenin; ölümüne hızlı hareket edip hiçbir yere varmamanın, sokaklarda donup aşk odalarında erimenin yerine. "Tecavüz" önemli ve işe yaramaz bir şeydi, tıpkı bir şeylerin ortasına saplanıp kalmış bir bıçak gibi. Ondan nefret edebilirler ve kendilerini onun etrafına yerleştirebilirlerdi.

Sevişirlerken, Jamie sanki kötü bir haber bekliyormuş gibi bütün sevişme boyunca sessiz kalıyordu. Bill Houston hırpalanmış varlığının gizemi yüzünden ondan uzaklaşamıyor, ancak işleri bitince aniden doğrulup, sinirli, kafası karışmış bir halde, kendini bir aksesuar gibi hissederek ayaklarını yere basıyordu. "Ellerine bak," dedi Jamie ona. "Şu iki parmağının ne kadar sarı olduğuna bak." Adamın elini tuttu. "Şu lanet olası Camel'ları, sigaradan ölmek ister gibi içiyorsun."

Bill Houston, bunu, bir sigara daha yakmak için bir fırsat olarak gördü. Yanmış kibriti yere attı ve ayağıyla yatağın altına itti. "Phoenix'de birkaç kişiyi tanıyorum," dedi.

"Phoenix? Phoenix, Arizona mı?"

"Birkaç yaramaz kişi."

Kadının karnı kasıldı. "Phoenix, Arizona, ABD mi?" Adamın sigarasından bir nefes aldı. "Ne geçiyor aklından?"

"Hım," dedi adam, "bilmiyorum. Belki hiçbir şey. Sadece Phoenix'e gitmemiz gerektiğini düşündüm, hepsi bu."

"Ama tanıdığın o kişiler kim? O yaramaz kişiler."

"Dost ve akrabalar," diye yanıtladı Bill Houston.

---

* Zeffirelli'nin 1981 yapımı *Endless Love* [Sonsuz Aşk] adlı filminde başrolleri Brooke Shields ile paylaşan ABD'li aktör. (ç.n.)

III

Saat öğleni geçmişti, ama ev gece ayazının bir kısmını hâlâ içinde tutuyordu. Serin karanlıkta, Bayan Houston Kitabı Mukaddes'ini okuyor ve kısık sesle radyoda dini bir istasyonu dinliyordu. Atayacağınız kral yüreğinin Rab'den sapmaması için çok kadın edinmemeli, büyük ölçüde altın, gümüş biriktirmemeli. Yasa'nın Tekrarı 17:17. Bu farzlar, kadının oturduğu yerin doğusundaki Mormonlar ve kuzeyindeki zenginler tarafından da açıkça anlaşılıyor olmalıydı. Sayfanın başlığı şöyleydi: TÜM MÜŞRİKLERİN KATLİ VACİPTİR.

Posta kutusu tıngırdadı ve kadın perdeyi bir santim aralayıp, dışarıdaki sıcağa baktı. Şortlu ve koruyucu kasklı postacı, bahçeden çıkmak üzereydi. Bayan Houston güneşten korunmak için bir şeyler almak üzere dolaba yöneldi.

Kocaman bir hasır şapka takarak bahçeye çıktı. Bahçe pislikten geçilmiyordu. Evin yakınlarında, ama kendi gölgesinin dışında bir meskit,* gövdesinin biraz uzağına doğru yığılmış, öğle sonrası güneşinde parlıyor ve aniden tutuşup alev alacak gibi görünüyordu. Küçük, mor bir kaktüs ve yaklaşık bir metre boyunda, iyice serpilmiş bir kolla** –ki pamuksu bir pusla sarılmış da olsa, sayısız küçük ve tehlikeli dikenden oluşuyordu– tahminen ellili yıllara ait, iki külüstür Ford sedan arasında dikiliydi. Kadın, oğullarının bir gün bu çöp yığınlarından ona çalışan bir otomobil yapacaklarına inandığı için arabaları elden çıkarmıyordu. Oğulları bunu yapacaktı, çünkü üçü de arabaları sever ve motordan anlardı; ve çünkü ona borçluydular. Ona, itaatlerinin nezaketini ve emeklerinin adanmışlığını borçluydular. Onlar bir ıstırap nesliydi ve ona borçluydular.

Posta kutusunda sadece kahverengi bir zarf vardı. Bu aylık emekli maaşı ve arada sırada pasta satışlarıyla kazandığı paradan başka bir geliri yoktu. Şimdi bankaya gidecek, çekteki miktarı, komodin çekmecelerinde iç çamaşırlarının altında gizlediği banknotlar gibi nakit hale getirecek ve yirmi yedi tane elliliği tasarruf hesabı için ayıracaktı. Yıllar boyunca ne kadar para biriktirmiş olabileceğini bilmiyordu. Banka hesap cüzdanına asla bakmazdı. Birikimlerine hiç dokunmamıştı. Önemli planları vardı: Ahir Zaman'ı ve Yıkıcı İğrenç Şey'i*** de içeren planlar.

Mahallenin neredeyse tamamı Meksikalıydı ve kadın öğleden sonra sessizliğinin içinde, caddeye çıkar çıkmaz yere tükürdü. İçleri karanlık ve tıpkı kendininki gibi acımasız yazla beraber şimdiden için için yanmaya başlamış bu çürük ahşap evler arasında, batıl, şeytani ve cinsellik tarafından efsunlanmış koyu bir Katolikliğin

---

* Geniş, bol şekerli kabuklarında, küçük çiçekler ve dikenler bulunan, *Prosopis* türünde maki. (ç.n.)

** Gövdesi silindir şeklinde dikenlerle kaplı, Güneybatı ABD ve Meksika'da yetişen ağaçsı kaktüs. (ç.n.)

*** Eski Ahit'teki Daniel Kitabı'ndan [Daniel, 12:11, 9:27, 11:31], ayrıca Matta [24:15-16] ve Markos [13;14] İncilleri'nde geçiyor. Hıristiyan din âlimlerinin kesin anlamı konusunda değişik yorumlar yaptıkları bir ifade. Çoğu yorumcu "yıkıcı iğrenç şey"in Tanrıya eş tutularak tapınılan bir heykel ya da sunak olduğunu düşünürken, bazıları da putperest bir tanrı ya da idole işaret ettiğini düşünüyor. (ç.n.)

kendisini boğazladığını hissetti. Komşularına karşı hiçbir olumsuz düşüncesi olmadığını; ama her şey öyle ya da böyle onlarla bağlantılıydı.

Her tarafı ona ayak bağı olacak insanlarla doluydu. Bazı evler pembe ya da yeşil gösterilmeye çalışılmıştı; ama çoğu hiç boyanmamış, çerçöpten inşa edilmiş ve yakın zamanda tekrar çerçöpe dönüşmesi bekleniyormuş gibi görünüyordu. Sadece birkaç blok batıda depolar ve kapanmış fabrikalar, konutların arasında kendilerine yol açmaya başlamıştı. Phoenix Havaalanı güneye ve doğuya doğru uzanıyordu: Kadının düşünceleri, hemen başının üstünden geçen bir jet yüzünden, artık bilinçli olarak farkında olmadığı o yürek dağlayıcı gerçeklik yüzünden ikide bir dağılıveriyordu. Daha uzakta, kuzeyde, inanılmaz derecede zengin olan Mormonlar, güneye gelindiğinde, siyah yılan terbiyecilerine dönüşüyorlardı. Phoenix'te günlük sıcaklık yükselip onları diri diri haşladıkça, bu sıcaklığın olağanüstü parlaklığı içinde kendini kuşatılmış bir kadın gibi hissediyordu.

Caddede bankaya girmeye hazırlanırken yeni okuduğu bir şeyler aklından geçiverdi. O kişiyi önce tanıklar, sonra bütün halk taşa tutsun. Aranızdaki kötülüğü ortadan kaldırmalısınız. Yasa'nın Tekrarı 17:7. Bu kanunları bütün insanların iyice anlaması gerekiyordu.

Bankası, Phoenix'in doğusuna, batısına ve merkezine hizmet veren, birbiriyle tıpatıp aynı üç şubeden biri olan First State'di. Bankanın ihtişamlı tarzında bir botanik bahçesi havası vardı. Yukarıda, devasa bitkilerin yetişebileceği köşelerde kuşlar görmeyi beklemişti hep kadın. Bir güvenlik görevlisi, merkezi bir noktaya yerleştirilmiş danışma masasında görevliydi. Her şey kesme mermerden yapılmıştı. Bayan Houston mevduat formunu doldurduktan sonra, sıra beklerken yaslandığı soğuk yüzeylere hayran olurdu; gümüş renginde saçları ve bronz teniyle tam bir beyefendi olan güvenlik görevlisine de öyle. Kusursuz haliyle, bu havalandırma ve ışık altına fırlatılmış bir Adem gibi görünüyordu. Vezne sırasına yaklaşırken bir an durdu. "Çevrenize mukaddes bir nur yayıyorsunuz," dedi. Adam uysal ve ölçülü bir tebessümle gülümsedi. "Baharın sıcak aylarında, insanların çevresini kuşatan nuru görebilirim," dedi kadın. "Alamet ve mümaslar bana kendilerini gösterir."

Kadın aniden bu itirafı yapmış olmaktan dolayı korkuya kapılmıştı, ancak karşısındaki, alacağı her haberi dostane bir yansızlıkla, tıpkı sağırlaşmış biri gibi hafif bir kafa sallayışı ile karşılayacak sevecen bir adama benziyordu. Ama sağır değildi. "Bankada bir işiniz mi var, han'fendi?" dedi.

"Tabii ki var," diye yanıtladı Bayan Houston. "Beni tanımıyor musun?"

Adamın yüzü bir özür ifadesiyle ekşidi. "Her gün muhtemelen beş yüz insan görüyorum..."

"Buraya en az elli kere geldim," diye sözünü kesti kadın. "Her ayın birinde."

Adam hayır dercesine kafasını salladı, bunu yapışındaki keder kadını üzdü. "Beni tanımıyorsun," dedi kadın, kafası karışmış bir halde vezne kuyruğuna girdi. Konu, bütün banka çalışanları tarafından tanınması değildi; bir zamanlar hoş biri olması ve geçen yılların, yüzünü böyle sıradanlaştırmasına hiçbir zaman inanmamış olmasıydı.

Yarım düzine insanın arkasında sıra beklerken, bir an için vücudunun hiçbir parçasının bir diğeriyle bağlantısı yokmuş gibi hissetti. Böyle zamanlarda karnı kasılıyor, Tanrıya yalvarmanın faydasız olduğunu görüyordu.

Bayan Houston, Güney Dağı'nın alçak tepelerine doğru yedi blok yürüdü. Sıcaktı. Ne zaman dikkatsizce bakacak olsa, kadının retinasının üstünde kararıyordu güneş. Carter Caddesi'ndeki apartmanların arasından geçerek oralardaki tek üç katlı binanın girişine vardı.

İçerideki merdivenlerin en altında durdu ve bütün gücünü topladı–zayıf olduğundan veya merdivenler onu yorduğundan değil, Rosa'nın Meyhanesi'nde onu neyin bekliyor olabileceği, bu konuda neyin öngörülebileceği hakkında en ufak bir fikre sahip olmadığından. Bir dakika sonra tekrar tırmanmaya başlamış, kapalı bir dövmecinin, ikinci el bir plakçının ve Meksika kökenlilere hizmet veren uyuşturucu tedavi merkezinin bulunduğu ikinci katı geçmişti. Üçüncü katta, "Yüce Tanrım, bize hakikat ve saadet ihsan eyle" duasını okumak üzere duraklayıp Rosa'nın her daim serin afyonlu mekânının içine girdi.

İşlerin kesat olduğu bir öğleden sonraydı. Yarım düzine katlanabilir kumar masasının çoğunun etrafında ışıl ışıl emaye moruna boyanmış portatif sandalyeler boş duruyordu. Yerler muşamba kaplıydı; duvarlara kartondan kesilip, tutkalla yapıştırılmış 15'er santimlik gitar siluetleri, "*mariachi*"ler,* Sol ve Fa anahtarları serpiştirilmiş bu iç dekorasyon, tıpkı bir zamanlar bir tür meyhane olan mekânın adı Rosa gibi aynen korunmuştu. Kadın bu öğleden sonrası için, oturması gereken doğru yerin kendisine söylenmesini umarak içeri girdiğinde, Bay Carlson ona yol göstermek üzere kaşla göz arasında ortaya çıktı, uzun boylu, kafasındaki zavallı peruğu şapka gibi taşıyan kel bir adamdı bu. Bayan Houston, adam onu kolundan tutup hiç tereddüt etmeden odanın ortasında, duvara karşı asılmış, bir mezar ve kırmızı cüppesiyle dans eden güzel bir kız ile *traje de luces* –ışıltılı kostümü– içindeki genç bir matadorun portresi arasında, her birine eş uzaklıkta duran bir masaya doğru yönlendirirken, ona karşı koymadı.

Sakin sakin soluklanmak için kendini bıraktı. Beyaz tüller ikindi güneşini süzmekte olduğundan, hava biraz serinlemişti sanki. İki küçük klima etrafa hafif, solgun bir ses yayıyor, pencere eşiğine yerleştirilmiş bir araba teybinden gelen Latin ezgilerini neredeyse tamamen işitilmez hale getiriyordu. Bay Carlson yaşlı kadına, üstüne Thomas'ın Kafesi'nin logosu basılmış bir fincanda biraz çay getirdi.

Diğer dolu olan tek masada, Bay Miguel Michelangelo nükteli bir Tarot yorumuyla üç Meksika kökenli genç kızı eğlendiriyordu. Meraklarını tatmin eden kızlar etrafa zerre kadar saygı göstermiyor, Bayan Houston'ın öğleden sonrasına tatsızlıktan başka bir şey kat-

* Meksikalı sokak gitaristleri ve onlardan oluşan grup. (ç.n.)

mıyorlardı. Kadın, gözlerini fincanına dikerek çayından bir yudum almadan önce arkasına yaslandı. Kendi adına böyle durumlara, Şeytan'ın musallat olduğu, zehirlediği ve kimi zaman da düpedüz kontrol ettiği üç oğluyla ilgili bazı bilgiler edinmek amacıyla ciddiyetle yaklaşırdı.

Pencere kenarında sessizce oturup arada bir perdeden, dürüst bir anlam taşıyan dünyaya bakıyormuş gibi dışarıyı süzmekte olan Bayan Sybil, Bayan Houston'ın varlığını şimdi fark etmiş ve hemen onun yanına süzülüp oturmuştu. Quenns'li, Yahudi bir kadın olan Bayan Sybil ellerini kenetlemiş, nazik ve sessizce bekliyordu; devasa sutyeninin izi, incecik sarı bluzunun içinde açıkça belli oluyordu. Bayan Houston çayını yarıladıktan sonra, Bayan Sybil kadının fincanını kaldırdı ve kaşıkla çay yapraklarını karıştırıp, fincanın kenarlarına bırakmaya başladı. "İlerleme kaydettiğini görüyorum," dedi. "Bir engelle karşılaşıyorsun. İlerlediğini ve gerilediğini, ama çok az gerilediğini görüyorum; gelecekte yolunun açık olduğunu görüyorum. Çocukların var mı? Çocuklar görüyorum, erkek çocuklar–erkek mi? Kaç tane? Üç mü? Ve kaç kız görüyorum? İki, bir? Kız yok, tamam. Hâlâ evde yaşayan bir oğlun var mı? Evet, neredeyse her gün evde olan bir oğlun var–çok sık geliyor ziyaretine. En küçüğü mü bu yoksa?" Yaprakları karıştırmayı sürdürürken nefes almak için durakladı. Bayan Houston, Bayan Sybil'in kendisi hakkında daha önceden zaten bildiklerini hemen hiç hatırlamayıp, her seferinde bunları yeniden çay yapraklarından keşfetmesine karşı belli belirsiz bir can sıkıntısı duydu–ki bu can sıkıntısı, Bayan Sybil'in ona sorduğu sorulara verdiği gönülsüz yanıtlarla depreşirdi. "Bu ne?" diye sormuştu şimdi Bayan Sybil ve sonra tekrar susmuştu. Klimaların uğultusu her şeyi dümdüz ediyordu; bunun dışında ortalık sütlimandı. "Bir şey hakkında endişelendiğini görüyorum, şey hakkında–şey–şey…"

"William, Jr., en büyük oğlum–ne görüyorsun?"

"En büyük oğlunu görüyorum, en büyük oğlun–şu anda şehirde değil… mi? Yok, değil, artık burada yaşamıyor. Çok yakında görecek misin onu? Olabilir mi?"

Bayan Houston kadının bileğine yapıştı. "Ne zaman?"

Kadın kolunu kurtardı. "Çok yakında, sanırım–belki çok yakında, belki uzun bir süre sonra. Belki birkaç gün sonra."

"Bir çeşit şeytanlık oğluma musallat olmuş olabilir mi?"

Bayan Sybil, çay fincanını bıraktı. Egzotik makyajının ardındaki huzursuz, küçük gözleri sıradandı. "Şeytanlık mı?" Kendisinin de iki oğlu vardı. Queens'ten on bir yıl önce göç etmişti. "Nasıl bir şeytanlık?" Karşısında oturan yaşlı kadına baktı–bu gergin anaya, bu iflah olmaz kara cahile. Geçmişinde ve geleceğinde ne tür şeyler olduğunu bilmek için yaprakları dikkatle okumaya gerek yoktu; Bayan Sybil'inkine çok benzeyen bir hayatı vardı. Bayan Houston'a bakarak iki kez gözünü kırptı Bayan Sybil ve "Evet. Şeytan onu ele geçirmiş," dedi.

Bu katiyet, Bayan Houston'ın kafasını karıştırmıştı. "Ama ya gelecekte?.." Dalıp gitti, suskunluğu klimaların solgun sesine karışarak.

"Gelecekte, ne olmuş?" dedi Bayan Sybil kendi avucuna bakarken.

Bayan Houston neredeyse hışımla kadının bileğine yapıştı. "İlerde iyilik kazanmayacak mı? Sen her şeyin iyi tarafını görürsün. Hep derdin ki, sonunda..."

"O gelecekte," dedi Bayan Sybil, aniden kafası atmış gibiydi. "Geleceğin güzel falan olacağından bahsetmek kolaydır, çünkü asla gelmez, hayatım. Ama tek yapman gereken iki dak'ka etrafına bakmak. Kimse lağımın içinde yaşadığımızı bizden gizleyemez. Pisliğin içindeyiz. Geleceği görmek de farklı değil. Bana para verme, tatlım. Paranı istemiyorum." Kabaca ayağa kalktı; bu hareketi Bay Miguel Michelangelo ve üç genç hanımın da dikkatini çekmişti. "Çok bahtsızsın." Elinde çay fincanıyla küçük mutfakta gözden kayboldu.

Bayan Houston, kendisini korkunç bir geleceğin beklediği düşüncesiyle allak bullak olmuş, morali bozulmuştu; hiç istemediği halde bir süre masada oturup kaldı.

Bongoların ve piyanonun curcunasını düşünceleri arasında bile duyabiliyordu. Kadın, teybin ayarlarıyla oynayan kahverengi takımlı Meksika kökenli genci fark etti. Genç, hoparlörleri, üzerine soğuk bir ışığın süzüldüğü masalardan birine doğru çevirip o masaya oturdu. Bayan Houston'ın gözüne, dikkat çekici, gizemli bir varlık olarak görünmüştü çocuk.

"*Corazon--ay! ay!–corazon,*"* diye ağlanıyordu hoparlörden gelen kısık sesler. Çocuk –ki muhtemelen on altı yaşından büyük değildi– kimseye bakmadan, kendi kendine konuşmaya başladı. Hemen bir çeşit transa girdiği açıkça görünüyordu. Oraya ait olmadığını hisseden Bayan Houston çocuğa dikti gözünü. Yakışıklı değildi, ama sinek kaydı yaparken canını yakmışa benzeyen bir sakal tıraşı vardı. Göze çarpan diğer erkeksi özelliklerinden farklı olarak, beraber hareket edip çabucak ayrılan dudakları bir oyuncak bebeğinki kadar kırmızıydı. Kadın çocuğun söylediği şeyleri duyamıyordu –neredeyse fısıldamıyordu bile– ama kadın, "cinayet" veya "şahadet" ve "ciddi" veya "seri" kelimelerini yakalamış olabileceğini düşündü. Çocuğun İngilizce bilip bilmediğini merak etti. Daha önce transa girmiş birini görmemişti. Yanına doğru ilerledi çünkü böyle yapmak zorunda hissetti kendini.

Sandalyesini çekerken ses çıkmamasına dikkat ederek çocuğun hemen yanına oturdu. Çocuk, siyah gözbebekleri birkaç derece yukarı kaymış, ileri doğru bakıyordu. Önünde, masanın üstünde, iki elinin kilitlenmiş parmakları bembeyazdı. "Azizlerin mahrumiyeti, mazinin amelleri içinde uyuşmuş," diye fısıldadı çocuk, sesinde bir ima ya da kinaye olmaksızın. "İman ve ıstırap çığlıkları küçük gözlerin. Çok şey görmüş, çok sayıda küçük göz."

Bayan Houston zihninde, oğlu William'ın resmine odaklandı ve çocuğun çırpınan ellerinin yanına iki dolar bıraktı. Numara yapıyor olabileceği düşüncesini aklından çıkardı. Hiçbir şey anlamıyordu, ama cevapların burada olduğuna inanıyordu.

"Eşyanın uzayda aranması," diyordu çocuk, "kaybettiğimiz şeyler, geri gelen şeyler, gözün mahrumiyetinde yiten şeyler. Her surat bir andır, her an bir sözdür, her söz evettir, her evet şimdidir, her şimdi imanın bir tasavvurudur."

Çocuğun gözleri kapalı olmamasına rağmen, kadına sanki o anda açılmış gibi geldi. "Anlam çıkardığınız bir şey var mıydı?" dedi

* *Corazon*: İspanyolca, yürek, kalp. (ç.n.)

çocuk. "Belki düşünmeye değer bir şeyler duymuşsunuzdur. Bilemeyeceğim." Paraya dokunmadı. Bayan Houston sessizdi; çocuğun kehanetinin fısıldanmış sözcüklerini anımsamaya ve hafızasına nakşetmeye çalışıyordu. Surat andır, an sözcük, sözcük evet, evet şimdi –her şimdi imanın bir tasavvurudur. "Evet"in ne anlama geldiğini biliyordu: William Junior. Evet, Phoenix'e geliyordu. Tıpkı falcının belirttiği gibi, geri kalan sözler üstünde düşünmesi gerekiyordu.

Kadın, çocuğun tatlı bakışları altında huzursuzlanmaya başladı. Devam etmesini sağlayabilecek bir şeyler söylemek istedi. Aralarındaki masanın üstünde duran iki doları işaret eden bir hareket yaptı. "Lütfen bana kendinizden bahsedin," dedi çocuk. "Yalnız birkaç dakika için, sonra gitmem lazım."

Çocuğun ilgisinin kadını heyecanlandırdığı belliydi. "Ne diyebilirim ki?" Kalbi hızlı hızlı çarpmaya başladı. "Bir anda genç bir kız gibi utandım–ki öyle değilim," dedi, bankadaki korumanın kayıtsızlığını hatırlayarak. "Önümüzdeki ağustosun birinde yetmiş yaşına basacağım kısmetse."

Kadın konuşmayı kesti; ama çocuk, kadının yüzüne bakmayı kesmedi. Kadına aşırı ilgi gösterdiği falan yoktu, öyle aşırı merak da duymuyordu. Sadece oradaydı ve yalnızca ilgiliydi.

"KQYT dinlemeyi seviyorum," demeye cüret edebildi kadın. "Bilirsin–hani şu hiç konuşma olmayan radyo. Sesini iyice kısarım, neredeyse açık değilmiş gibi. Bayless marketindeydim, kasada bir kız bana ne dedi biliyor musun? Bu fiyatlardan hoşlanmadıysam geldiğim dağa geri dönmem gerektiğini söyledi. Bak, sana söyleyeyim, benim sabit bir gelirim var. Bu fiyatlardan dert yanabilirim, di'mi? İsteyen herkes, hatta hepimiz şikâyet edebiliriz, Başkan'dan merhamet dileyebiliriz. Ayrıca ben dağdan gelmedim. Oklahomalı bir kadınım ben. Şimdi gidip oralarda bayırlar falan görebilirsin, ama seni temin ederim tek bir dağ bile yoktur. Çocuklarım için endişeleniyorum, çünkü günahkârlar. İkisi hapse girdi, en gencinin de aklı pek yerinde değil–benim ölmeme kalmaz o da kodesi boylar. Diğer ikisi gibi onun da bir hapishanenin karanlığında acı çektiğini göreceğim. William Junior ilk doğan, ilk kocamdan, gerçek kocamdan olan oğlum. James ve Burris ise Harold Carter Sandover'dan olma. Onunla evlenmediğim için hiç utanmıyorum–demek istediğim, *o ben*le evlenmedi. Çok tatlı dilliydi, bir kadının bir erkeğe kanmasını sağlayacak kadar–onunla evlenmiş olman gerektiğini hissettiren ama bir türlü evlenmeye yanaşmayan bir tipti. Ah, ışıkları kapardı ve sırf sözleriyle bir film oynatırdı havada. Konuşa konuşa kendini Florence Cezaevi'nde 6 No'lu Hücre Bloku'na tıktırdı, kısacası Süper Maksimum'a.* Asla, asla çıkamayacak oradan, ben de ne ziyaretine gidebilirim, ne en ufak yardım edebilirim, ne de bir şey. Kendi suçu! Kim seninle hemen evleneceğim dedi ki ona? Yarın evleneceğim deyip, hiç evlenmeyeceğini nerden bilebilirdim? Birkaç saatliğine bir yere gidiyoruz demişlerdi, ama gel gör ki kaçışlarını sağlayacak adamlar kazık atmışlar buna. Ardından soluğu Maksimum'da aldı, bir süre durumu iyiydi, ama sonra bir gece adamın teki kolundan vurulmuş, bir çete de herkesi H.C Sandover'ın silahın sahibi olduğuna ikna etmeye çalışmış. Sonra öldü–H.C. değil tabii, öyle demek istemedim, sonunda birinin vurmak zorunda kaldığı, işleri karıştıran herif, sanırım durum buymuş işte, her neyse bana haberler böyle geldi–ki hapiste ya kurallara uyarsın ya da ölürsün ve bu herif kuralı ihlal etmiş. Ve H.C.'yi Süper Maksimum'a tıktılar, ailesi ve kan bağı olanlar dışında kimsenin ziyaret edemeyeceği bir yere. Ama neden Stacey Winters** gibi röportaj yapmak isteyen her gazetecinin girmesine izin verdiler? Geçen hafta gazetelerdeydi! Bu adil değil, di' mi? Ben Yüce İsa Mesih'in sözü uyarınca yaşıyorum. Fırtınada bir kayaya tutunduğum gibi ona sarılıyorum, onun yolunu takip ediyorum, çok şükür, çok şükür. Ama anlamıyorum işte. Lanet olsun, lanet olsun diyorum. Bunu söylemeyi dert etmiyorum, Kitabı Mukaddes'te geçen bir kelime. Şimdi şu 6 No'lu Hücre Bloku'nda o, bense ilk doğan oğlum William Junior'a musallat olan kötülüğü, yün kazağına yapışmış bir pıtrak dikeni gibi üzerimde hissediyorum–" parmakları-

* Resmi adı 'U.S. Penitentiary Administrative Maximum Facility' olan, Denver yakınlarındaki Florence şehrinde, en üst düzey güvenlik tedbirleriyle kurulmuş, modern Alcatraz olarak adlandırılan hapishane. (ç.n.)

** 60'ların ortalarında birkaç Holywood filminde yan rollerde oynadıktan sonra TV'ye geçerek haber programları yapan ABD'li aktris. (ç.n.)

nı şıklattı ve sanki bir şeylere dokunmuş gibi oldu yüzü. "Otuz üç yaşıma kadar hiç doğurmamıştım." Sonra aniden sessizleşti ve burnunu kaşıdı, konuşmakta olduğunu unutmuş gibi görünüyordu.

Çocuk hiçbir şey söylemeden masayı terk etti. Kadının ona bıraktığı para olduğu yerde kaldı. Bay Carlson floresan ışıkları yakmak için çıkageldi.

Kadın merdivenlerden inerek binadan çıktığında havanın neredeyse kararmış olmasına şaşırmıştı. Biraz ilerde bir ambülans kaldırım kenarında durmuş, etrafa mavi ve beyaz ışıklar yayıyordu. Her şey inanılmaz derecede sakin göründü. Çocuklar dikilmiş, kısık sesle konuşuyordu. Camlarda meraklı gölgeler bir şeyler olmasını bekliyor gibiydi. Bayan Houston göğsünde buzdan bir yumruk hisseder gibi oldu, ama sonra yumruk gevşedi ve bu ambülansın, bu insanların, bu caddenin yarattığı trajedi her neyse onun, kendisiyle ilgili olmadığının farkına varınca yok oldu. Birkaç adam, alüminyumdan bir sedyeyi kollarından tutmuş bir bilardo salonundan çıkarıyordu; sonra ambülansın kapısı arkasından kapanana kadar sürecek o ses başladı ve her şey eriyip kaybolmaya başladı. Bu modern sirenler, Bayan Houston'a, viii-yuu-vii-yuu-vii-yuu* diye bağırıyormuş gibi gelmişti. Meraklı izleyiciler ortadan kayboldu. Cadde yeniden hiçbir şeyin bir türlü vuku bulamadığı bir yer haline geldi. Yukarıya, üçüncü kat penceresine doğru baktı kadın: Tülün ardında, Bay Carlson'ın bir masayı silmekte olduğunu görebiliyordu.

Sokaklar, karanlık çöker çökmez neredeyse anında soğumuştu. Rüzgâr, bu saatlerde her zaman olduğu gibi azmış, toz bulutları yaratıp her şeyi zangır zangır titretiyordu. Bayan Houston başı önünde, ağzına dayalı mendiliyle güçlükle yürüyordu ve az kalsın kendi posta kutusunun yanında duran Jeanine Philips'e çarpacaktı çünkü onu görmemişti. Ah, bana bulaşma, diye geçirdi içinden Bayan Houston. Jeanine koltuğunun altında büyük, ağır ve mavi bir dini

* İngilizce we-you we-you we-you (Biz-siz biz-siz biz-siz) sözcüklerinin okunuşu. (y.h.n.)

kitap taşıyordu. "Size bir mesaj bırakacaktım," dedi Jeanine. Elini Bayan Houston'ın posta kutusundan çekti.

"Para çekimin peşindesin," dedi Bayan Houston. "Para çekimin peşindesin değil mi?"

Jeanine'in bu akşam çok yılışık bir hali vardı–bir hemşire gibiydi. Beyaz bir yağmurluk giymiş, sarı saçlarını kısacık kestirmişti. "Bir şey yapmıyordum," diye diretti.

"Param bankada," dedi Bayan Houston ona.

"İçeri girip, sizle biraz konuşabilir miyim? Burris hakkında konuşmamız gerek."

"Burris o zıkkımdan bir gün uzak dursa yeter," dedi Bayan Houston.

Bir an için, rüzgârda sessizce kalakaldılar.

"Bazıları için," diye söze girdi Jeanine, "maddi varoluşları çok acı vericidir. Burris yüzünden küplere bindiğinizi biliyorum ve önceliğin kimde olması gerektiğini ben de unuttum, ama bari bir sonraki ulvi hayatında, morantia* hayatında başarılı olması için ona destek olmalıyız."

Bayan Houston sanki tülden yaratılmış gibi, havanın bedeninden geçtiğini hissetti ve gözlerini kapadı. Küçük oğlunun kız arkadaşının, sorunlara bulduğu karman çorman, gnostik dini cevaplar hep başını döndürmüştü. "Şimdi sana söyleyeceğim şeyleri aynen Burris'e söyle: Benim param, daha fazla acıdan başka bir şey satın alamaz ona. Bunu anlamalı artık–ah" –birden duygularına yenik düşmüştü– "bu güzel bir dünya! Esas amacımız mutluluk..."

"Sorun şu ki," diye kesti Jeanine. "Bayan Houston, sorun şu ki yemek yiyemiyor, uyuyamıyor, Düşünce Ayarlayıcısı'nın** varlığından habersiz. Hepimizin, tıpkı size verilen gibi bir Düşünce Ayarlayıcısı vardır. Ve uyuduğunuzda–ah, nasıl işlediğini tam bilmiyorum. Uyuması lazım. Burris'in uyuması lazım. Uyuyamıyor."

* (1928 ve 1935 yılları arasında başka gezegenlerden gelen insanüstü varlıklar tarafından indirilen *Urantia Kitabı* ve İnancına göre) fiziksel ve spritüel gerçeklik arasındaki eşgüdüm. (y.h.n.)

** Urantia öğretisine ve birçok çağdaş Hiristiyan tarikata göre her insanda bulunan, Tanrıyla doğrudan iletişime geçmeye ve ondan yardım almaya yarayan ruhsal araç. (ç.n.)

"Ona yapması gereken şeyin, sefaletini kabullenip dua etmek olduğunu söyle."

Jeanine köpek havlaması gibi çirkin ve içli bir ağlama tutturdu. "Asla dua etmeyecek!" Bahçede duruyor, hayatta her şeye yetermiş numarası yapan kocaman, fasafisodan bir kitap taşıyordu yanında.

Kızın arkasındaki ev karanlıktı. Bayan Houston, dudaklarında toprağın ve tuzun tadını hissetti. "Pekâlâ," dedi, "biraz limonata ister misin? Ayrıca istersen çikolatalı sütüm de var."

"Teşekkürler," dedi Jeanine.

"Ama uyuşturucu için Burris'e verecek param yok. Sadece limonata ve çikolatalı süt, o kadar." Önden yürüyüp içeri girdi.

Jeanine on birden önce gitmişti. Bir yirmi dolar daha boşu boşuna uçmuştu–ama neden? Çünkü oğlumu seviyorum. Onu bir bebekken, kollarıma aldığımda da aynen böyle hissetmiştim. Kırk beş yaşındaydım. Mendiliyle eşyaların tozunu alarak evi dolaştı. Yıllarca talk şovların müdavimi olmuştu, ama Noel'den beri televizyonu yoktu–24 Aralık'ta çalınmıştı. Burris'in çaldığını düşünmek hoşuna gitmiyordu–ama ondan başka kim yapabilirdi ki?

Mutfak ışığını açık bırakarak Kitabı Mukaddes'iyle beraber arka odadaki yatağına çekildi. Bazen Tevrat'tan gözünü kaldırınca, komodinin üstünde duran elektronik saatini görmek, dünyayı bütün o radarlarıyla, mikrodalgalarıyla, tamamen camdan yapılmış Valley Haberleşme Binası'yla birlikte düşünmek kafasını karıştırıyordu.

Kitabı Mukaddes'i karnının üstüne bıraktı ve ışık açıkken uyuyakaldı. Vurularak ölen bir adamı gördü rüyasında.

Pazar günüydü.

James Houston kafasını kamyonetin camından çıkardı ve şiddetli mide bulantısı nedeniyle ağzında biriken salyayı tükürdü. Arabayı Ford Williams kullanıyordu ve kucağında bir bloknot bulunan

Dwight Snow onların arasında oturmaktaydı.

"Neyin var senin ya?" diye sordu Ford, içeriye doluşan rüzgârda bağırarak. Tek eliyle direksiyonu tutuyor, ötekiyle gözlerini ovup asabiyet belirtileri gösteriyordu.

"Bilmiyorum, ahbap," dedi James. "Sanırım dün gece vücudumun hoşlanmadığı bir bok aldım." Yerde, kapının yırtılmış kaplamasına rüzgârı kesmek için dayanmış bir bira şişesi ve şişenin ağzından filizlenmiş yapma çiçekler vardı. "Hem de vücudumun hiç sevmediği bir bok." Çiçeği çıkarıp kokladı ve pencereden fırlattı. Dwight Snow "Hoop!" dedi ve bir sigara yaktı.

James kimsenin duyamayacağı birkaç laf daha etti, zira kafası pencerenin dışındaydı. Gittikçe silikleşen bir manzaranın içine doğru yüz yirmi kilometre hızla ilerliyorlardı. Saat yediye çeyrek vardı; düz, turuncu, huysuz, yarım bir güneşin tepede belirdiği vakitler. Çölde diz boyu kaktüsler on beşer metrelik gölgeler veriyorlardı. Çevrelerinde, onlarca kilometre boyunca her yüzey ya mordu ya da insanı kör edecek kadar parlak. Arkalarında ve güneydoğularında Phoenix şehri dumandan kotarılmış bir rüya gibi yatmaktaydı. "Derler ki," diye seslendi Ford Williams, "Kızarmış yiyecekler kanı bozarmış."

"Şimdi bu ne boka yarar ki yani?" diye sordu James. Rüzgâr ve uğultu yüzünden kendini güçlükle duyabiliyordu.

"Dostum, siktiğimin sabahının yedisi bile değil daha," dedi Ford, "bu yüzden bana sorma."

"Neyse, sadece takip etmeye çalışıyorum. Yani ciddi ciddi konuşacak mıyız, yoksa sabahın yedisi deyip oturacak mıyız?" dedi James.

Ford, "Bu otobana inanmaya başladım. İki üç dakikaya kadar uyanırım tamamen," dedi. Kafasını çevirdi ve Dwight Snow'un kulağına "Kahve!" diye bağırdı. Dwight sigarasından çekip, bir kertenkeleninkini andıran mat gözlerini yola daldırırken hiç tınmadı.

Bir dakika kadar sonra bloknotundan araç markalarına baktı. "On dört numaralı çıkışa gidiyoruz," dedi.

"Topu topu bu kadar mı yazıyor orada?" James tekrar camdan tükürdü. "Oradaki bütün bu ayrıntıları sevdim yani, iyiymiş. Nasıl bulacakmışız orayı?"

"Hemen yolun üstünde. İki motosiklet, kırmızı bir Cadillac ve barut mavisi, spor bir BMW'den bahsediyoruz. Onları gördüğümüzde, varmış olacağız."

"Beş kilometre kadar bir şey var. On dört numaralı çıkıştan bahsediyorum," dedi Ford.

"Bunların hepsi mi yürütülecek? Yani motorlar ve bütün o ıvır zıvır?" diye sordu James.

"Bu adam kendi sınırlarını ha babam zorluyor değil mi?" dedi Ford.

"İki motosiklet. Bir Cadillac, bir BMW," diye tekrarladı Dwight.

"Herif bütçe açığı kadar borç yapmış be," dedi Ford.

"Her bokunu alacağız, sonra marketten su almayan neyle gidecek?"

"Muhtemelen on tane daha arabası var," dedi Ford. "Çeşitli dış kaynaklar tarafından finanse ediliyor."

Dwight sanki işle ilgileniyormuş gibi araç markaları üstüne bazı işaretler çizdi, ama markaları işaretlemekte mantıklı bir taraf yoktu. "Hadi hepsini nasıl alacağımızı düşünmeye başlayalım," dedi.

"Bence silahı ona doğrultalım ve dini vecibemizi yerine getirirken, onu etkisiz hale getirelim," dedi Ford. "Tereyağından kıl çeker gibi."

Dwight rüzgâra ve kamyonetin sesine rağmen duyulabilecek kadar yüksek bir sesle iç geçirdi.

"Hepsini gizlice yürütemeyiz ya," dedi Ford. "Mantıklı ol lütfen."

"Mantıklı mı? Sen o kelimenin anlamını bile bilmiyorsun," dedi Dwight.

James ağzına plastik bir bardak dayayıp içine biraz safra kustu. Bardağı önce Dwight'ın kucağına boşaltacak gibi yapıp onu korkutmaya çalıştı, ardından pencereden dışarı fırlattı. Önündeki torpido gözüne, kapağını açana kadar vurup, içinden kocaman bir Colt tabanca çıkardı.

"Onunla ne yapacaksın?" diye sordu Dwight.

"Dan! diye vuracağım, orospu çocuğunu," dedi James. Pencereden dışarı, çöle doğru rasgele ateş etmeye başladı.

Motosikletlerden biri rüzgârlığı ve selesiyle güzel bir Harley'di, diğeri ise hor kullanılarak erkenden eskitilmiş küçük bir Honda kros motosikleti. James ve Dwight, Honda'yı kolaylıkla kamyonetin kasasına yükledi, ama Harley'i çalıştırıp portatif bir rampa yardımıyla kamyonetin kasasına sürerek yüklemeli, aynı anda zaman kaybetmemek için Cadillac ve BMW'yi çalıştırmalıydılar. "Pek kolay olmayacak bu," dedi Ford. Kısık sesle konuşurken kolları kamyonetin parmaklıkları üstüne yayılmıştı, başı ise sanki her an uyuyakalacakmış gibi kollarının arasındaydı. Kimse orada olduklarını fark etmemiş gibiydi henüz. Ev –aslında sadece birkaç odalı bir kulübeydi– devasa bir kayanın gölgesinde durmaktaydı. Cadillac, evin hemen önüne, bir pencerenin altına park edilmişti. BMW ise Cadillac'ın arkasındaydı, aralarında bir santim bile yoktu. Olası bir el koyma teşebbüsünün önceden sezildiği belliydi. "Pekâlâ, nasıl yapıyoruz arkadaşlar?" dedi Ford.

"Ben derim ki, içeri girelim ve kellesini uçurup, kadınlara tecavüz edelim, yemeklerini yiyelim ve evini yakalım." Bu James'in önerisiydi.

"Plana göre hareket edeceğiz," dedi Dwight.

"Biraz solgun görünüyorsun, Dwight," dedi Ford. "Korktun mu?"

"Son günlerde güneş yüzü görmedim ki," dedi Dwight. "Neyse, devam edelim. BMW benim, Cadillac sende, Harley James'te. Ee, haliyle kamyoneti sen süreceksin," dedi James'e dönerek.

"Ah, tabii, tabii bayıldım buna," dedi ona James.

"Eğer size boktan işleri verip kendime en güvenlisini bıraktığımı düşünüyorsanız beyler," dedi Dwight, "çok haklısınız."

Korkuyla karışık ihtiyatlı bir hamaratlıkla işe koyuldular. Güneş yükselmişti. Etraflarındaki 'Riviera' tipi kanyon* ışıktan bir kaşığı andırıyordu. Dwight BMW'nin kapısını bir ceket askısıyla açmak-

* Ortasındaki alçak vadinin çevresini, sarp uçurumlarla neredeyse tamamen, bir kutu gibi kapayan türden kanyonlar. (ç.n.)

ta biraz zorlandı. Ford, Cadillac'la işini bitirdikten sonra ona yardım etmek zorunda kaldı. Şimdi kimse konuşmuyordu. James, Harley'in kontağının kapağını çıkarmış, yavaşça kamyonetin kasasına bırakıyordu ki Dwight hışımla yanına gelip alçak sesle konuşmaya başladı. "Allah kahretsin, belindeki o şey ne? Lanet kamyonete bırak şunu."

James, pantolonunun kemerinden dışarı fırlamış Colt'un kabzasını tutarken adama baktı. "Kontrolün bende olmasını severim, Dwight."

"İyi de, kontrol sende değil ki–bende. İş yapıyoruz burada. Bizim yaptığımız sıradan, normal bir vatandaşın parasını ödeyemediği mallara yasal olarak el koymak. O silahı taşımakta ısrar edersen, iş gaspa girecek."

"Vurulmak istemiyorum."

"Bu hararet seni kurşunlardan korumaz. Sadece kanunlarla başını belaya sokar. Bu küçük konuşmayı daha önce yapmıştık, James. Bunu kafana sok, tamam mı?"

"Siktir git."

Dwight iç geçirdi. "Artık benimle çalışmıyorsun."

James de iç geçirdi. "Ya, tabii, tabii!" dedi ve gidip tabancayı kamyonetin koltuğuna bıraktı.

Ford kolunu Cadillac'ın camından dışarı çıkarmış, araca düz kontak yaptırıp, ilerlemek üzere işaret vermeye hazır hale gelmişti bile. Dwight onun yanına gitti ve "Kaputu açıp, baktın mı?" dedi.

"Ne fark eder?" dedi Ford. "Marş alır, ya da almaz. Eğer distribütörleri kapamışsa kapamıştır, n'apalım. Götürmek istiyor musun, istemiyor musun?"

"Bunun marş alıp," BMW'yi işaret etti "bunun almaması olmaz. Çünkü o zaman hareket etmediğimiz halde ses çıkar." Cadillac'ın tavanı üstünden, uzaktaki alçak tepelere baktı.

Ford düşük omuzlarıyla bunlara hiç gerek olmadığını belirterek arabadan indi ve mümkün olduğunca sessiz bir şekilde kaputu kaldırdı. Sonra indirip tekrar arabaya girdi; bu kez düşük omuzlarıyla hazır olduğunu belirtmişti.

"Bir deneyeceğiz, tamam mı?" dedi Dwight. Yavaşça mavi

BMW'ye bindi ve göstergelerin altında düz kontak yaptırmaya koyuldu. James, elleri yukarıda, Harley'in üstünde oturuyordu. Dwight, BMW'nin camından havaya kalkan elini çıkardı.

Neredeyse boşalacağım, diye düşündü James. Dwight elini indirdi.

Sevdim bunu, diye düşündü James. Kabloları birleştirdi, Harley marş aldı ve üstünde otururken, bacaklarıyla kuvvet alarak onu rampadan çıkardı. Aynı anda, BMW ve Cadillac'ın egzozlarından patlayarak duman çıkmaya başladı. James motosikletin, kamyonetin kasasında yana devrilmesine aldırmadan aşağı indi. Şimdi iki araba neredeyse ahenkle geri geri ilerliyordu. James rampayı hiç ağırlığı yokmuş gibi kamyonete attı ve kapağı kapadı. Dwight yola çıkmıştı bile ve Ford Williams onun hemen arkasındaydı.

Evin pencerelerinin birinden bir silah ateş etmeye başladı.

Arabalar olay yerinden bir hayli uzaklaşmıştı, ama James hâlâ kamyonete binmekle meşguldü. Ev sakininin kullandığı silahtan cinayete teşebbüs etmeye yönelik ciddi bir tutum ve samimi bir çaba seziliyordu –kurşunlar ortalığı dumana boğuyor ve kamyonetin gövdesinde korkunç takırtılarla çınlıyordu. Bir makineli tüfek, şimdi bittim, diye düşündü James. Kapıyı açmış ve koltuktan Colt'u almak üzere uzanmıştı. Otomotik silah bir an için susmuştu, ancak ardından kamyonetin yan tarafını yeniden yaylım ateşine tuttu. Kamyonetin ne kadar savunmasız olduğunu göstermişti mermiler. James koltuğa yatarak tabancayı camdan çıkardı ve iki kez ateş etti. Kırk dört kalibrelik Colt, ters bir açıyla geri teperek neredeyse parmağını koparıyordu. Sol eliyle kontağın üstündeki anahtarı çevirdi. Havaya rasgele iki kez daha ateş etti, tabancayı koltuğa bıraktı ve kamyoneti vitese takmak için doğruldu. Bittim ben, bittim, bittim–barutun keskin, kükürtlü dumanı arabanın içini doldurmuştu şimdi ve nefes alamıyordu. Evden yeni bir yaylım ateşi daha gelmiş, ancak kamyonetin kalkmasıyla mermilerin menzilinden uzaklaşmıştı. Bahçeden çıkıp, yola doğru hızlanırken müstakbel yaraları bekleyen sırtı şiddetle zonklamaya başladı.

Otoyolun girişinde Cadillac ve BMW onu beklemekteydi. Üçü otoyola tampon tampona, yüz yirmi yaparak girdi. "Konvoy," dedi

James kendi kendine. "Lanet olası konvoy." Kulaklarında sadece çok yüksek, uğursuz bir çınlama duydu. Dikiz aynasından ona ulaşan sabah güneşi kamyonetin içini inanılmaz bir altın sarısına boyamıştı; *conquistador*'ların* altını, saplantıların ve köleleştirmenin altını.

James içeri girerken yüzünü bir mendille siliyordu. Onunki mahalledeki çift katlı üç beş evden biriydi ve mutfak, nedenini kimse bilmese de üst kattaydı. Buzdolabının yanında durmuş, bir eliyle kapısını yarı açık tutup diğeriyle serinlemek için tişörtünün ucunu sallarken nefesi kesilmişti. "Hiç limonatamız yok mu?" diye sordu Stevie'ye.

Kadın formika masanın üstünde yayılmış bir dergiye dalmıştı. Onun yanında bir dikiş makası ve bir yığın indirim kuponu duruyordu. "Limonata mı? Yaptık gibi geliyor. Yapmadık mı?"

James bir bira açtı. "Wyatt nerede?"

"Alt katta. Arka tarafta galiba," dedi Stevie.

"Arka tarafta mı? N'apıyo?"

"Rahat bırak onu, tatlım."

"Ne yaptığını sordum sadece. Bir yere de gitmeyeceğim. Mahsuru mu var?" Pencereden evlerin alçak çatılarına ve dümdüz, toz toprak içindeki mahalleye bakıp mermilerin kamyonetin yanını nasıl delik deşik ettiğini, oysa şimdi hayatta olduğunu düşünürken bir keyif ürpertisi içini kapladı. "Oğlumu sorabilirim, di' mi?" Stevie'yi dergisi, makası ve indirim kuponlarıyla izlerken aynı ürpertiyi, midesindeki bira kadar soğuk ve somut bu duygu yoğunluğunu hissetti ve karısını çok sevdiğini anladı. "Seni seviyorum Stevie," dedi.

Şaşırarak baktı kadın ona. Tırnakları uzundu ve rujuna uysun diye kırmızıya boyanmıştı. Çiçeklerle bezeli bir eşarp koyu saçlarındaki bigudilerin çoğunu örtüyordu. "Ben de seni seviyorum bebeğim," dedi. Elini adama uzattı ve adam bir adım yaklaşıp kendi avucuna aldı onu. Bir dakika kadar böyle anlamsızca kalakaldılar,

* 16. yüzyılda Amerika'yı fetheden İspanyollardan herhangi biri. (ç.n.)

sanki James kadının nabzına bakmak istemiş ve atmadığını fark etmiş gibi. "Kardeşin ve onunla gezen arkadaşı için biraz nevresim ayarladım," dedi kadın. "Millete misafirperverlik taslayabiliriz."

Oğlu Wyatt kapının önünde bir karga gibi feryat etmeye başladı. "O kapıyı kendisi açamaz mı?" Adam, karısının elini bırakıp deliler gibi göbeğini kaşımaya girişti.

"Belki elleri doludur," dedi Stevie.

"Kapının açılmasını istiyorsan insan gibi iste!" diye bağırdı merdivenlere doğru James. Fırının üstünde büyük bir tencere vardı ve adam duvara yakın pencerelerin nemli olduğunu ve duvarların nem yüzünden biraz aktığını fark etti aniden: Karısı güveç veya çorba pişiriyordu. Klostrofobi onu yoklar gibi oldu. Merdivenlerin başına gitti ve tel kapının önünde duran, çenesinin altından geçen bağıyla yeşil bir kovboy şapkası takmış, elleri yanında sallanan, yardım istemek için feryat edip nasıl konuşulacağını veya kapının nasıl açılacağını bilmiyormuş gibi yapan oğlunu gördü. "Bak," dedi James. "Kapıyı kendin aç."

"Bebeğim–" dedi Stevie, çocuk sahte umutsuzluk çığlığını bir oktav daha yükseltirken.

"İki yaşında bir çocuk gibi davranıyor," dedi James kadına ve merdivenlerden aşağı doğru uysal ve kararlı bir tonla seslendi: "Kapa çeneni ve kapıyı aç." Wyatt anlamsız çığlıklar atmaya devam ediyordu, James'in gördüğü kadarıyla –sanki James orada değilmiş gibi–onu görmezden gelerek, annesine doğru ağlıyordu. Neredeyse kontrol edilemez bir öfke babanın yüreğini kavradı. "Eğer bu merdivenleri inmek zorunda kalırsam, çok fena pişman ederim seni," dedi oğluna. Sonra merdivenleri ikişer ikişer indi, kapıyı şiddetle çarparak açtı, Wyatt yere oturmuş, ödü patlamış gibi hıçkıra hıçkıra ağlıyordu. James onu elinden çekip ayağa kaldırdı ve kapıyı gösterdi. Bira kutusunun hâlâ elinde olmasına şaşırmıştı ve kendini yatıştırmak için bilinçli bir çaba sarf ederek bir yudum aldı. "Şimdi uzanacaksın ve bu siktiğimin kapısını açacaksın, ya da seni öldüreceğim," dedi oğluna. Wyatt kolunu kaldırdı ancak, acınası hıçkırıklarla yeniden düştü kolları. "Benimle taşak geçme," dedi James ve çocuğu kendi etrafında döndürüp, büyük gelen şortunun poposuna üç sert şaplak attı. Onu tekrar kapıya döndürdü. "Hadi seni küçük pislik," dedi. "Bana karşı gelme." Wyatt kolunu kaldırıp kapının mandalını tutsa da, çevirmekten aciz bir hali vardı. Çocuğun numara yaptığından emin olan James, onu kendine döndürdü ve elinin düzüyle ve tersiyle yüzünü tokatladı; Wyatt felç inmiş gibi ahşap sundurmaya düştü. Hıçkırıkları sokağa kadar ulaştı. James elinde birayla, çocuğun başında duruyordu.

Duyduğu utanç aniden bu irade yarışını sonlandırmaya itti onu. Tel kapıyı açtı, oğlunu tek koluyla içeri sürükledi ve orada bıraktı; ardından sokağa, komşularının evlerine doğru bakıp kendini parçalanmış gibi hissederek sundurmada dikildi. Birilerinin onları izlediğini düşünüyordu. Birayı kendisiyle, o birilerinin dikizleyen gözleri arasından geçen yola fırlattı; bu beklenmedik olayı anlaşılabilir kılacak bir sözcük arıyordu. Şehrin bu kısmındaki pek az çift katlı evden birine sahibim, dedi hayali bir sorgulayıcıya.

Soğuk bir şeyler içmek için birkaç blok ötedeki Michael'ın Tavernası'na gitmeye karar verdi ve yol kenarında yürürken öğle sıcağında içinde yanan öfkeyi hissetti; tıpkı sıcak günlerde dışarı çıktığında sık sık olduğu gibi, hayal gücünün ötesindeki bir amaçla kocaman alevler arasında dağlanırken gördü kendini. Sadece yolda yürüyerek bir bara gidiyordu, ancak zihninde bu mekânın sonsuzluğu içindeki payını alıyordu. Benliği –ilk kez olmasa da– cehenneme aitmiş gibi geldi; cehennemin ortasında kendini hep neşeli görürdü. James Houston'a dokunmanın, çölü oluşturan ve ateşi dünyanın merkezinde gizleyen muazzam kumluğun bir zerresine dokunmak demek olduğunu düşündü.

Gece vakti toz, dışarıda suyun yüzeyini kaplamaya başlamıştı ve naylon ipinden asılmış sentetik köpükten can simidi havuzun çevresindeki parmaklığa durmaksızın vurmaktaydı. Burris Houston can simidinin ve her küçük delikten daireye girecek bir yol bulan rüzgârın hareket ettirdiği her şeyin sesine yoğunlaşmaya çalıştı.

Oturma odasındaki hasır koltuğa oturdu; minik bir okuma lambasının ışığı olmasa karanlık sayılırdı oda; dizleri çenesine çekilmiş, bir bira ve Jack Daniels içiyor, bir Japon Zero* maketinin duvarda oynayan gölgesini izliyordu. İstemeye istemeye eroini bıraktığından, kendini iyi hissetmiyordu.

Bozguna uğramış bir ulusa ait silahın seyyar gölgesini izleyip, likörünü yudumlayarak ve dışarıdaki parmaklığa dayalı can simidinin sürekli tekrarlayan, neredeyse bir anlam çıkartılabilir sinyallerini dinleyerek vücudu hakkında her şeyi unutmaya çalıştı. Ortamın havasını anlamaya çabaladı–toz ve çöldeki yüzme havuzlarının çevresine palas pandıras serpiştirilmiş konutların kontrplak havasını. Sabır sınırlarını zorlayan bir sabırsızlıkla kadınını bekledi. Aklının gözünde ve buruk kalbinde Jeanine, tuğlalar üstüne oturtulmuş, daha hızlı gitmesi için yenilenen tekerleksiz arabaların dizildiği kaldırımsız bir cadde boyunca salınarak ilerleyen merhametli bir melek gibi elinde parayla yanına gelmişti.

Ama Jeanine'i hayatının aşkı olarak görmezdi. Şansının yaver gittiği, parasının ve uyuşturucusunun olduğu bir dönemde, on dört ay önce, ondan şiddetle nefret etse de bir türlü kopamadığı Eileen Wade ile evlenmişti.

MacDowell'da çalıştığı bir Rock barda, baldırlarından aşağı inen dikişleriyle uzun çoraplar ve seksi külotlar giyerdi hep Eileen. Adam, sahnedeki grubun çaldığı şarkılardan sağır olmuş halde bara doğru eğilir, bu kadın karısı olduğu için özel bir ilgi görüp gururlanırdı. Oraya nasıl geldiklerini bilmeyen kızarmış yüzlü ve sarhoş amelelerin veya altın yüzükler takan, gırtlaklarında sıkılmayı bekleyen kolyeleriyle kokain satıcılarının Eileen'in olduğu tezgâha nasıl yaslandığını görerek daha da gururlanırdı. Güzel bir kadına sırlarını bir bir açmaya, maskelerini teker teker çıkarmaya ve hâlâ kendilerinden hoşlanılmasına o kadar ihtiyaçları vardı ki.

Ama şehrin dağınık barlarında bir yerlerde her şey paramparça olmuştu ve Eileen açıklanamaz bir şekilde bambaşka bir insan olup çıkmıştı–radyodaki bütün o şarkılar adamın yaşadıklarından bahsediyordu. Eileen şimdi, adamın sadece Critter olarak tanıdığı biriyle

* İkinci Dünya Savaşı'nda kullanılan ünlü Japon savaş uçağı modeli. (ç.n.)

beraber yaşıyordu; uyuşturucu tüccarı, her şeyi idare eden bir herifti bu ve Eileen'in hamile olduğuna dair laflar vardı. Ama Burris buna inanmadı. Critter'da bir kadının hayran olabileceği birçok özellik vardı, ama onla ilgili pek de doğru olmayan şeyler de mevcuttu ve Burris ne zaman aklını çalıştırsa, bütün bu durumla ilgili pek de doğru olmayan onca şeyi açıkça görmeye başlıyordu ve bu ona geçici bir şey gibi geliyordu–sanki bütün bunlar aptalca bir hataymış, Eileen'in yakında pişman olacağı şeylermiş gibi. Bunları düşündükçe, bağrındaki ve göğsündeki bu yeni yokluğun acısını çektikçe, elektriklenmiş kemiklerini rahatlatmak için onları viskiyle yıkadıkça Eileen'in şimdiden pişman olduğundan emin oluyor, bütün yapması gerekenin onu sadece bir kez görmek için her şeyi değiştirmek olduğunu fark ediyordu.

Kadının tatlı dili, hali ve tavırları, adamın bütün hatalarına, saplantılarına ve zaaflarına rağmen kadının onu ne kadar da çok sevdiği bir bir gözünde canlanıyor, ona rahat vermiyorlardı. Onların aşkını hiçbir şeyin yıkamayacağı fikri kafasına yerleşti.

Binadan çıktığında rüzgâr hâlâ esiyordu ve kapı kolu neredeyse elinde kalıyordu, ancak adam altı blok yürüdükten, Roosevelt Caddesi'ne, otostop yaptığı bir kaldırım kenarına geldikten sonra duruldu. Sokak lambaları altında ortalığın toz toprakla kaplı olduğu görülebiliyordu; çok geçmez şehrin üstünde yıldızlar parlamaya başlardı. Bu gece pek fazla araba geçmiyordu–Burris, bir tek atmak için bir bara dalıp müşterilerden kendisini istediği yere bırakmalarını istemeyi düşündü. Her şeyin aslında bu kadar basit olması onu şaşırtıyordu: Sadece kadına gidip hazır olduğunu, artık ona geri dönebileceğini ve her şeyin normale döneceğini söylemeliydi. Geçmişte onu kör eden şey gururdu. Bu gece yakasını kurtardığı şey acı, ona karşı artık hissetmediği şeyse öfkeydi. Gurur ve hırstan arındığı için, çözüme doğru kolaylıkla ilerliyordu.

Yanından bir kamyonet geçti, kasasında pantolonunu indirip ayağa kalkmış, kaba etini Burris'e gösteren bir adam vardı. Birisi tam olarak anlamadığı bir şeyler söyledi ve kamyonet bir köşeyi dönüp gözden kayboldu. Şaşırmış ve iğrenmişti. Aniden kalbi sancıdı. Sanki bu küçük düşürücü hakaret, geçmişindeki bazı olayları depreştirmişçesine, aşkının yaralarını sarmaya kalkışacağı bu anın, diğer birçoğundan hiç farkı olmadığını anladı. Eileen eve dönmeyecek veya kendisi onun yanına gitmeyecekti; belki de en kötü ihtimalle, işler onunla gerçekten yüzleştiği tek seferde olduğu gibi cereyan edecekti: Kadın bıkkınlıkla Critter'ı çağırmıştı kapıya ve Burris karısına derdini anlatmak için adamı aşmaya çalışmıştı. "Tatlım?" deyip duruyordu. "Tatlım? Ben geldim, topla pılını pırtını." Critter onu engellemek için başta fazla müdahale etmemişti; ancak her şey berbat bitmiş, Burris kan revan içindeki yüzüyle, isterik bir halde bir ekip otosunun tabanındaki metal halkalara kelepçelenmişti. Blucinine burnundan kanların damladığı karakolda kendine gelene kadar böyle bir şiddetin nasıl ortaya çıkmış olduğunu kavrayamıyordu bile–kadına söylemek istedikleri konusunda o kadar azimliydi.

Akşam giderek soğurken, o şimdi Roosevelt Caddesi'nde durmuş, içi yine hınçla yanmaya başlamıştı. Kadını affetmesine neden olan şey neydi ki? Kadın eğer ona karşı yalnız nefret hissetmiyorsa, nasıl olmuş da bunu yapabilmişti? Yolunu bilmediği için umutsuzca, bir o yana, bir bu yana döndü kaldırımda. Gözüne çarpan moteller, benzinciler ve sokak lambaları salınıyordu. Peki şimdi kadın ondan nasıl nefret ederdi, peki ne zaman sevmişti ki onu?

"Sen bir alkolik gibisin," dedi Jeanine. Burris'in uyuşturucu hazırlayışını izliyordu.

Burris buna bir türlü cevap veremedi. Jeanine'nin aptallığından çıkarsadığı acımasızlık hep cesaretini kırmıştı.

"Mevcut maddi varoluşun içinde yapmakta olduğun şey yalnızca yanlış seçimler. Seçimler yapmak üzere buradayız," dedi kız. "Japonlar ne der bilir misin? Önce insan bir içki içer. Sonra içki, bir içki alır." Öne doğru eğildi. Divanın üstünde oturuyordu. "Sonraysa içki, bir insan alır. Çinlileri ya da birilerini."

"Eğer senin yüzünden bunu dökersem," dedi Burris üç tane kâğıt kibriti yan yana tutarken, "hıncımı alana kadar döverim seni." Kibritleri yaktı ve yanarlarken, tek eliyle onları tutarak, diğer eliyle kaşığı üstlerinde tuttu.

"Burris, izin ver de bir konuşayım sen–yani, sen uçmadan önce."

"Konuşmak mı istiyorsun? Konuş." Burris, kaşıktaki sıvıyı soğutmak için dikkatle üfledi.

"Tek yapabildiğim şey konuşmak," dedi ona Jeanine. "Elimden başka bir şey gelmiyor." Divanda hemen yanında duran büyük mavi kitabına ulaştı–Burris bir an için, imgeleminin bir köşesinde onu, odanın içinde huzurlu ve müşfik kutsal bir varlık olarak gördü, ama dikkatini daha çok kaşıktaki sıvılaştırılmış eroine verdi. Kitabının sayfalarını çevirirken elini burnuna götürdü Jeanine. "Bu şeyi ısıttığın zaman bir sigaranın içi gibi kokuyor hep. Şimdi. İblis, İsa Mikail'e isyan ederek, nefsine yenilenlere ve sahte bir şahsi hürriyete teslim olanlara katılmış oldu."

"Ne diyo'sun ya?" dedi Burris. "Ah." Kitaptan okuduğunu gördü.

"Anladın mı? Şu an bulunduğun yer işte burası, tatlım. Yanlış ata oynuyorsun. Bunu her yaptığında tükenmişliği seçmiş oluyorsun. Ölümü öpüyorsun." Tekrar okumaya başladı: " 'Evrensel sadakatin reddi ve kardeşçe yükümlülüklerin ihmali. Kozmik akrabalıklara karşı körlük.' Bana baksana–bir dakikalığına beni dinleyeceğini sanmıştım."

Burris iğneyi kolundaki damara hafifçe saplarken kendinden çok utanıyordu; bu şeyin yirmi dolarlık değeri soğuk bir şaka gibiydi; neredeyse anlamsız, iyileştirici bir jest olsa da, yine de ona birkaç saat uyumasını sağlayacak bir sarhoşluk parodisi. "Dinliyorum," dedi Jeanine'e. Ardından "Siktir. Keşke bir telefonumuz olsaydı," diye söylendi dalgın dalgın.

"İblis'in neyin peşinde olduğunu anlatıyorum sana. İblis'i biliyor musun? Şeytan'ı? Ama aslında bizim Şeytan dediğimiz şeyin adı Caligastia'dır. Bir prensmiş, Urantia gezegeninin, tahtından kovulmuş prensi olduğunu yazıyor burada."

Jeanine'le olan birlikteliği sayesinde, Urantia'nın, Dünya demek olduğunu biliyordu Burris. "Sen kafayı yemişsin," dedi; merhametsizce söylememişti bunu. Eroin vücuduna yayıldıkça, burnunun iç kısmındaki sinüslerin açıldığını hissedebiliyordu.

Jeanine büyük *Urantia Kitabı*'nı kucağında tutuyor, sanki bir aile albümüymüş gibi dikkatle inceliyordu. "İblis'in İsyanı büyük bir fiyaskoydu. Ama burada, 609'uncu sayfada diyor ki–dinle bak: 'İblis, Şeytani Topraklar'da bütün yetkilerinden mahrum bırakılmışken, orada bu lanetli asiyi engelleyecek ya da onu yok edecek hiçbir evrensel güç veya mahkeme yoktu.' Ve sonra da onun hâlâ iş başında olduğunu söylüyor, Burris–'Böylelikle baş asilerin, hoşnutsuzluk ve bencillik öğretilerini yaymak üzere bütün sistemde dolaşmalarına izin verilmiş oldu.' Şöyle diyor, 'İnsanların ve meleklerin kafasını karıştırmak ve onları yanlış yola sevketmek üzere harcadıkları aldatıcı ve baştan çıkarıcı çabalarına devam etmektedirler.' Tam burada, Urantia'da hâlâ bu önemli işlerini sürdürüyorlar."

"Hım," dedi Burris, "Tam olarak A.D.* olmak üzere değilim, ama işe yarıyor." Sanki tahammül ettiği her şeye karşı nefesini tutmuş gibi iç geçirdi. Sinüsleri tamamen gevşemişti. Hayatta kalanın minnettarlığı, kurtarılmışın o eriyen, dişil minnettarlığı her hücresini içten içe yakıyordu. "Bir melek gibi görünüyorsun şu anda, biliyor musun? O beyaz yağmurlukla," dedi. Biranın tadıyla aniden midesi bulanmış halde yarısı bitmiş Schlitz'ini kıza uzattı.

Jeanine yaklaştı ve hasır koltuğun yanında yere oturdu, birayı aldı ve içti. Adam onu başından öptü ve kız kollarını adamın beline dolayıp kafasını dizlerinin üstüne koydu. "Senden temas titreşimleri alıyorum," dedi ona kız. "Senin kafan iyiyken, benim de öyle oluyor." Gecenin üstüne huzur çöktü. Burris, Meksika eroininin sessizliği ve körlüğü içine gömüldü: boş olmayan bir sessizlik ve karanlık olmayan bir körlük.

* Aşırı Doz. (ç.n.)

IV

Jamie, aslında üç metre kadar uzaktaki evin ne tarafta olduğundan emin olamadan veya belki de Bill Houston'ın eline tutuşturduğu koca bir tabak kızarmış tavuktan dolayı biraz şaşkın, aklı oldukça karışmış bir halde bahçenin ortasında dikiliyordu. O ve Burris, Bill Houston'ın verdiği şu haplardan yutmuşlardı. Bu, bütün aile için geçerliydi. Hatta Bayan Houston'ın kendisi bile oturma odasından oğlunun bayan arkadaşını gözlerken, büyük bir bardaktan votkalı V8* yudumlamaktaydı.

Öğleden sonrasının acımasızca parlayan gün ışığı altında, Jamie'nin bedeninin etrafındaki nur Bayan Houston'a, onu çevreleyen puslu bir hava olarak açıkça görünüyordu, Bayan Houston ne-

* Domates, havuç, biber gibi sebzelerden yapılan bitkisel içecek. (ç.n.)

fesini tuttu. En ufak bir kaçış yolundan, Tanrının nimetinin ona erişebileceği en küçük delikten yoksun bir halde Şeytan tarafından kuşatılmış ve tamamen ele geçirilmişti Jamie. Bu mutlak tutsaklık altında Bayan Houston açıkça görebiliyordu ki, gelecekteki muhtemel gelinine bilinçsiz bir zarafetin yalan dünyasında yaşama ve hareket etme izni verilmişti; çünkü sonuçta ona sahip olan şey İblis'in zifiri karanlığıydı ve İblis fırsat kollamaktaydı. Jamie'yi en sona saklıyordu. Onu tatlı niyetine yiyecekti. Bayan Houston kadın için dua etmeye başladı: sadece çoktan kurtarılmış olanların aralıksız yakarışları, arka bahçede içtiği haplar ve kırmızı şarap yüzünden iyice kafayı bulan ve pantolondan bozma kot şortu ve yüksek topuklu mor ayakkabılarıyla gülünç görünen ve bir tepsi tavuğun anlamını çözmeye çalışan bu genç kadını hapseden duvarları delip geçebilirdi.

William Junior barbekü işini almıştı. Burris ise mutfakta, Jeanine salatayla meşgulken, yaşlı kadının radyosuna bir Kongolu'nun davul çalarken yaptığı gibi vuruyordu. Bayan Houston kalbini oğullarıyla çevrili akışkan bir şefkatin ortasına salıverdi. Oturma odasında, bir zamanlar Harold Carter Sandover'a ait olan büyük koltuğundan, en büyük oğlunun tavuk yaptığını görebiliyor, en küçüğün ise mutfaktan gelen sesini duyuyordu–"Ha-di be-bek, yak ate-şimi!" Burris avazı çıktığı kadar bağırıyordu. Ortanca oğlu James'i ise ön tarafta, işe yaramaz, yeşil Ford'un altına yatmış bir şeyler yaparken görebiliyordu. Bebek arka odada, Bayan Houston'ın yatağında uyuyor ve James'in karısı Stevie banyoda, oğlu ile Jamie'nin kızını akşam yemeği için temizliyordu. Bayan Houston hepsini sevmişti. Bu insanlardan bazılarının, tam da şu anda kendilerini kaderlerine terk etmeleri ve tehlikeye atılmaları onun keyfini bozmayı başaramamıştı. Böyle insanlar arasındaki bu tarz buluşmaları daha önce de yaşamış olduğundan hiç kaygılanmadı: Aile toplantılarının ortasında, işitme mesafenizin dışında kısa ve sert laflar ederlerdi kimi zaman. Sonra korkunç şeyler olurdu

Jamie'nin küçük kızı durup dururken aniden çıkıp karşısına dikilmişti. Bir şeyler söylemek üzere gibiydi. Sözler ağzından çıkmadan önce oturma odasının serinliğinde dünyanın diğer ses ve gürültülerinden uzaklaşmış olan Bayan Houston kendisinin ve çocuğun mutlak bir yalnızlık içinde mühürlendiğini hissetti ve diğerlerinin onları tamamen unuttuğunu anladı. "Mısırın püsküllerini yolabilir miyim?" diye sordu küçük kız. Bayan Houston onun bahsettiği şeyi idrak edemeden çok önce uçup gitmişti ve belki de bir hayaletten başka bir şey değildi.

Tanrının dediği olur, dedi kendi kendine. Son birkaç yıldan beri de buna bir anlam vermeye başlamıştı.

Jamie, yemek masasında sandalyede değil yerde oturuyordu. "Allah kahretsin," diyordu. "Buranın hali ne ya? Her taraf pislik içinde."

Stevie oturmak için herkesin yerleşmesini bekleyerek masanın yanında ayakta duruyordu. "Fazla kalabalık sayılmaz, öyle değil mi?" diye sordu, ayağa kalkmasında Jamie'ye yardım eden Bill Houston'a.

"Sadece geçici bir durum–bilirsin, bir düzen meselesi falan işte." Adamın gözleri batmakta olan iki güneş gibiydi.

Stevie, "Geçicinin anlamı, daha önce farklı olduğu zamanları hatırlayabilmendir. Ama asla aynı olmayacak."

Şimdi herkes mutfak masasının etrafına toplanmıştı, Ellen Bebek ve arka odada, ona biberonundan süt veren Burris hariç. Kâğıt tabaklarda tavuk ve haşlanmış mısır yediler, Wyatt ise salatasındaki dilimlenmiş domatesleri kucağına döktü. Bir süre sonra Burris bebekle beraber geldi; onu dizine oturtup hoplatırken, ağzına tuttuğu biberonundan sütünü içmesini güçleştiriyordu. "Yerim ben onun ellerini. Yerim parmaklarını," dedi. "Gerçek parmaklar gibiler değil mi?" Kendisi bir şey yemiyordu.

"Burris harika bir baba olurdu," dedi Jeanine. Bir cevap yerine, şaşkın bir sessizlik geldi. Devam etti, "Tabii ki, olurdu. Yaptığı şu küçük model uçak var mesela. Kendisi yaptı."

"Keşke Harry burada olsaydı da, Şükran Duası'nı o etseydi," dedi Bayan Houston. "Ama onu tutup o katillerin arasına tıktılar."

Hiç kimseye bakmıyor, sanki yemeğiyle konuşuyordu.

"*Diğer* katillerin arasına," dedi Stevie öfkeyle.

Saat şimdi neredeyse altıydı ve güneş gökyüzünün batı tarafını pembeye boyuyordu. Bill ve James Houston ön taraftaki eski Ford'un gölgesinde durmuşlar, Burris'in, James'in kamyonetiyle cadde boyunca ağır ağır ilerleyişini izliyorlardı. "Geri dönmeyecek," dedi James.

"Dönmeyecek mi?"

"Bu gece dönmeyecek. Hiç para verdin mi ona?"

"Yirmi dolar borç verdim," dedi Bill. Ekleyecek başka bir şey yoktu. Sevdiklerinizin hiçbir sorunu yokmuş gibi davrandığınız o özel günlerden ve ayrıca Burris'in fırsat bu fırsat diye düşünebileceği uygun zamanlardan biriydi.

"Bu bit kadar kerpetenle tamir edemeyeceğiz bunu," dedi James. "Bütün alet takımı da arabada kaldı."

"Sen bu hurdayı tamir etmek için mi uğraşıyorsun? Yani ciddi ciddi?"

James güldü, kerpeteni havaya atıp tekrar yakaladı. "Burada, bütün bu hercümercin içinde olmaktan nefret ediyorum." Evi işaret eden bir el hareketi yaptı. Evle aralarındaki boşlukta tek bir ses bile yoktu. Evin, günün son ışıklarıyla yumuşamış renksizliği, donuktan çok silik gibi görünüyordu ve sahip olduğu huzurdan mıdır nedir, yoldan geçen biri evde bir ailenin toplanmış olduğunu kolayca anlayabilirdi. Ellen Bebek içeride uyumaktaydı. Diğer iki çocuk oturma odasında yere oturup, kocaman, resimli bir Kitabı Mukaddes'e bakarken Wyatt, Miranda'ya Davut ile Calut'un hikâyesini anlatıyordu. Havanın kararmış olmasına rağmen, henüz kimse ışıkları yakmamıştı. İki genç kadın, Bayan Houston'la beraber mutfakta oturuyordu. Jamie, zihninin çekiçlerle dolu vahşi ormanlarından ve bembeyaz körlüğünden dışarıya bakan sandalyesinde koca bir paçavra bebek gibi uslu uslu oturuyordu. Stevie kahve içiyor ve kayınvalidesinin söylediklerini ritmik olarak kafasını sallayarak onaylıyordu: "Ağustosta yetmişime basacağım, Tanrının izniyle."

Stevie, Bayan Houston'ın ağustosta yetmiş yaşına gireceğini biliyordu. O konuşmaya başlamadan önce sözünü kesmek, kadına bunların hepsini daha önce herkesin dinlediğini hatırlatmak Stevie'nin âdetiydi; ama bu gece, kararmakta olan bu evde kocasının annesiyle beraber otururken, bu ailevi hissin uyuşukluğuyla sessiz kalmayı yeğliyor, sanki Jamie, artık hoşça vakit geçirebilirmiş gibi kayınvalidesinin ona hoşça vakit geçirttiği yanılsamasını yaşamasına memnuniyetle izin veriyordu.

"İlk çocuğumu doğurduğumda otuz üç yaşındaydım," diyordu Bayan Houston. "İçimden, Rabbime yirmi yıldır evli, bitik bir kadın olduğumu haykırdım; 1945'teki doğum günümde Papaz John Miller, kutsal bir kilisede elini alnıma koydu; söylemeye utanıyorum ama ardından bir buz pistine çevrildi orası. Ve o ellerin dokunuşundan bir hafta sonra, tarihin en büyük bombasını Japonlara attılar." Bir parça kereviz aldı, sonra sanki ona dokunmaktan ürkmüş gibi yerine bıraktı. "Ve Japonya'ya atılan o bombadan bahsettikleri gün, hiçbir doktora danışmamış olmama rağmen, içimde bir erkek çocuk büyüdüğünü biliyordum." Evine anlatıyordu bunları; bu karşısında duran, bir türlü ısınamadığı ve hareketlerinden kendini biraz küçük gördüklerini sezdiği kadınlardan birine değil.

İki adam bahçede gelecek hakkında konuşuyordu. "Herifin adı Dwight Snow," diyordu James. "Hiç duydun mu? Adam tam bir usta."

"Usta mı? Adını hiç duymadım. Florence'tan mı?"

"Hayır." James elindeki boş bira şişesini, arabanın arka camından içeri attı. "Florence'tan değil."

"Benim tanıdığım insanları tanımayan biriyle çalışmak isteyeceğimi sanmam. Kimi tanıyor? Şimdiye kadar nerelerdeydi?"

"Kimseyi tanımıyor. Şimdiye kadar hiçbir yerde değildi."

Bill Houston ellerini kotunun cebine soktu ve dar bir daire içinde yürümeye başladı. "Anlayamadım James," dedi.

"Bu herif temiz! Ne sicili var, ne sevilmeyen dostları, ne de başka bir şey."

"Ve sen bu herifle bir yere girip iş çevirmek istiyorsun ha? Anlamıyorum."

"Anlamıyor musun?" James kardeşine kızmıştı ve arabanın yan tarafını tekmeleyip kafasını salladı. "O *yakalanmadı* o kadar oğlum, çünkü çok iyi."

"O mu böyle söyledi ha? Sana bunu o mu söyledi, James?"

"Bak, en azından elinde iki yüz bin dolar değerinde elmasları var, şu anda satma aşamasında."

"Malı gördün mü?"

"Gördüm. Ayrıca en azından mal alacak adamları tanıyor. Süt kuzusu değil."

"Ya, sadece–hım," dedi Bill Houston. "Bilmiyorum."

"Bu herif bir gasp alimi derim ben. Bütün bu bok hakkında bir sürü şey *okuyor*. Kendisi bu işi yapıyor, bu işi yapanlarla konuşuyor ve sana diyorum ki herif bu iş hakkında her şeyi biliyor." James, Ford'a sırtını yasladı. "Herifin elmaslarını bir görsen. Küçük gökkuşakları mübarek. Onları eline aldığında, sanki sikini emiyorlar gibi oluyorsun." Kardeşinin yüzüne dikkatle baktı. "Bulaşacak bir pislik aradığını düşünmüştüm, Bill Junior."

"Evet, arıyorum."

"Tamam işte, ben de bu adama kefilim, bu işe de kefilim. Eğer biraz tehlikeli gibi görünüyorsa, Batı'ya hoş geldin ağabeyciğim."

Bill Houston, DC-10 karayolunun, dünyanın miskinliğinde hantal hantal ilerleyen silüetinin, gökyüzüne doğru yükseldiği parlayan uzaklıklara baktı. "Hava hâlâ sıcak," dedi.

"Biraz para kazanmak istiyor musun, Bill Junior? Çünkü ben istiyorum. Burris de öyle."

"Burris mi?"

"Burris de büyüdü artık."

"Burris, ha?" Bill Houston günün son hararetinin üstüne hücum ettiğini hissetti. Teri gözeneklerinden boşanırken kurumuş olsa da hâlâ terlediğini, tuzu yüzünden yanan gözleri sayesinde biliyordu. Kafasını iki yana salladı, ama bu başını daha fazla döndürmekten başka birişe yaramadı. "Burris böyle bir işi kıvıramaz, kıvırabilir mi?"

"O büyüdü artık, Bill Junior. Eğer ortaklı çalışacaksam, onların mümkün olduğunca aileden olmasını tercih ederim."

"Tamam, tamam," dedi Bill Houston. "Hım."

"Biraz para kazanmak istiyor musun?" Kardeşi kollarını kavuşturmuştu. "Para, paradır."

Bu söz, Bill Houston'ın kulağına her zaman hoş gelmişti. "Öyle," dedi. "Para, paradır."

İkisi de eve doğru baktı. Gençliklerinde yıllar boyu ayrı düşmüş, hiçbir zaman can yoldaşı olmamışlarsa da, böyle birlikte duruşlarında çocukluk haylazlıklarından duyulan suçluluğa benzer bir şeyler vardı. "Annem değişti," dedi James aniden. "Konuşma şeklinden hoşlanmıyorum. Sanki karşısında kimse yok gibi konuşuyor."

"Demek istediğini anlıyorum."

"Anlatabiliyor muyum? Bunu kesmesini isterdim."

"Neden bunu ona söylemiyorsun?" dedi Bill Houston.

"Ona söylemek istiyorum, ama sonra birden içimden gelmiyor. Çok garip bir şey."

"Nasıl yani?" dedi Bill Houston. "Neden gidip ona, konuşurken yanlış yöne baktığını söylemiyorsun ki?"

"Peki sen neden söylemiyorsun?"

"Çünkü–bilmiyorum," dedi Bill Houston. Karnı kasıldı ve bu kadar fazla yediğine pişman oldu. "Böyle bir şeyi kendi annene izah etmek zordur," dedi.

Dwight Snow, James ve Bill Houston arka tarafta, James'in pek gurur duyduğu oluklu plastikten yeşil bir tentenin altındaki yıpranmış koltuklarda oturuyorlardı. Kahve içiyor, bir gösterinin başlamasını bekleyen insanlar gibi avludan arka bahçeye bakıyorlardı. Ama orada fazla uzamış kahverengi otlarla, arka kapının ardındaki çitin yanına istiflenmiş çürüyen bir miktar keresteden başka bir şey yoktu.

Çok geçmeden, Dwight sözü aldı. Merkez Cadde'deki First State Bankası'yla ilgili planlarının genel bir tarifi olarak başladığı konuşma, ne kadar çok şey bildiğini gösterme işine dönüşmüştü. "Bu tabancayı yirmi bir yaşında aldım," dedi. "Altı yıl boyunca tek bir siren, tek bir alarm duymadım ve peşimde asla polis olmadı. Ben yüzde yüz başarılı bir haydut oldum hep ve öyle de kalmaya niyetliyim." Gözlerini Bill Houston'ın yüzünden bir an bile ayırmamıştı.

"Hiç ev soydun mu?" diye sordu Bill Houston. Sabah havası giderek ısınıyor, kahve midesini yakıyordu ve Dwight Snow'un her şeyden kendine pay çıkarması, onu sinirlendiriyordu. Ama Dwight'ın o elmasları nasıl elde ettiğini de merak etmekteydi.

"Ev soygunu deliliktir," dedi Dwight. "Kendim bayağı bir yaptığım için biliyorum. Parmak uçlarında yürüyerek içeri girersin, ortam üstünde en ufak kontrolün yoktur ve içeride seni neyin beklediğini bilemezsin. Uykusu kaçan bir herifin yirmi kalibreliğiyle burun buruna gelebilirsin. Ya da her gece silahlı ve paranoyak bir halde yatağında oturan psikopatın tekiyle. Ben gündüz vakti, kendi mahallemdeki bankayla veya kuyumcuyla falan iş yapmayı çok daha rahat buluyorum. Böylece kimde silah olduğunu –bende– bilirim ve ayrıca, bir hamle yapmadan önce, orada tam olarak kimlerin olduğunu, nerede bulunduklarını ve ne yaptıklarını da bilirim. Ortam yüzde yüz benimdir; değilse, evime dönerim. Ertesi gün tekrar gelebilirim, öyle değil mi? Düşman kuvvetleri alt edebileceğimden emin değilsem, 'Pas!' derim, olur biter."

"Şimdi, bankaya gelirsek–pekâlâ, siz, ikiniz de henüz bir banka işine girmemişsiniz. Güzel. Hoş bir sürprize hazır olun. İşe başladıktan on saniye kadar sonra bunu artık bir soygun gibi hissetmezsiniz. Daha çok her gün yaptığınız bir bankacılık işlemi gibidir. Çünkü bu insanlar çek bozmak, kredi vermek gibi işler için eğitilmişlerdir –seyahat çekleri, vesaire– *ve* soyulmak için eğitilmişlerdir. Bu konuda *talimat* almışlardır, anladınız mı. Size güzel bir hizmet vermeleri kıçlarından kan aldırmaları anlamına gelmez, çünkü para sigortalıdır–tek *istedikleri* her şeyin güzellikle olmasıdır. Direnmemeleri, emirlere uymaları ve etraflarındaki riski asgariye indirmeleri emredilmiştir onlara. Eve dandik para götürmek veya alarm sesi duymak istemediğimi, yoksa bir de polislerle uğraşmak zorunda kalacağımı onlara söylerim. Oradaki bütün çalışanlardan tam bir işbirliği talep eder ve bunu beklerim. Talebimin karşılığını *alırım* da. Tutup bir deste banknot mu almaya kalktım hemen şöyle derler, 'Ah, özür dilerim efendim, ama o deste bir alarma bağlı; özür dilerim efendim, şu banknotlar işaretli, bu çekmece sessiz bir ikaz veriyor.' –Size şunu demek istiyorum, beyler. Bu tehlikeli işte kâr, riske göre en az bire yüz ağır basar."

Bu son ifadeden sonra nazikçe arkasına yaslandı ve ön kısmında farklı renkte bir arma taşıyan, plastik bir ağdan yapılma kırmızı beyzbol şapkasını çıkardı. Bu adamda, Bill Houston'ı sinirlendiren şey el kol hareketlerinin bolluğu ve konuşmasındaki kesinlikti: Houston kendi zihninde bu nitelikleri, eşcinseller, öğretmenler ve korkak subaylarla özdeşleştirmişti. Dwight gözlüğünü çıkardı –Bill Houston, adamın işaret parmaklarından birinin olmadığını fark etti– ve koskocaman gözleri ortaya çıktı; deniz kadar mavi ve akışkan gözler, bir kadının ya da çocuğunki gibi uzun kirpikler ve onları örten, bir sürüngeninkilere benzer gözkapakları. Şimdi, katlanmış beyaz bir mendil kullanarak itinayla yüzünü silerken yasadışı işlemlerinin hayalinde kaybolmuş gibi görünüyordu. Houston, adamın sabah güneşi altında parlayan kırmızı şapkasının içindeki astarın, alüminyum folyoya benzediğini fark etti.

Konuşmaları bittiğinde neredeyse öğlen olmuştu. Dwight, geldiği yoldan, yani arka kapıdan gitti.

Bill ve James, artan nemle aptallaşmışlardı ve devasa bir çöp kamyonunun James'in evinin arka tarafındaki dar yolda çalışmasından şaşkına dönmüş bir halde avluda oyalanıyorlardı. Kamyon yaklaşmış, bütün açlığını, içindekileri sağanak halinde içine boşalttığı yeşil bir çöp konteyneriyle gideriyorken, Bill Houston'ın elinden bu durumu olduğu gibi kavramak gelmiyordu. Bulutların durup dururken ortaya çıkıp gün ışığını kapatmasıyla oluşan havadaki ani değişiklik bu nadir anlara çizgi filmlere özgü bir gerçekdışılık havası vermişti. Koca kamyon, daracık yol boyunca ilerleyip her otuz metrede bir duruyor, bir miktar daha kokmuş pisliği yiyip yutuyordu, derken ufukta bir şimşek buluttan yere geçti ve büyük yağmur damlaları etraflarına düşmeye başladı. O damlaların asfalt caddeler üstündeki kokusu nefeslerini kesti. “Bu tip fırtınaları hiç sallamam,” dedi James. Damlaların, başlarının üstündeki tenteye vuruşu sağır ediciydi. “Çok fena yağacak,” dedi James yüksek sesle, “ve ben yavaş yavaş demleneceğim.”

İki kardeş birkaç bira almak için sundurmadan içeri girdi. James birasını limonatayla karıştırmayı severdi. Televizyonun karşısında kanvas bir koltukta oturmuş, yorgunluğunu atmaya çalışan Jamie'yle karşılaştıklarında ağabeyine “Baksana, kızla biraz ilgilensen iyi olur,” dedi. Üstünde bir tişört ve yırtık bir kot olan kadın, bağdaş kurarak oturmuş, *Hayvanların Vahşi Dünyası*'na kilitlenmişti ve kendini içinde bulunduğu bu uçurumun kenarından çekip kurtarmak umuduyla bir bardak buzlu şarabı içmekle meşguldü.

“Dur bakalım, onu biraz kendi haline bırakalım, şunu üstünden atana kadar ne yapacaksa yapsın,” dedi Bill Houston. “Buna karışmayı kaldıramam. Onunkisi gibi bir dert, tam şu anda iyice içinde olduğu türden bir dert yani–bir sürü zımbırtı vardır içinde. Bir saatin içi gibi, anlatabiliyor muyum, James?” Sunucunun safari çadırının dışındaki birkaç leopar yavrusuyla oynaşmasını izlerken konuşmadılar. Jamie'nin, sizinle beraber odadayken bile hakkında konuşabileceğiniz türden bir insan olmaya başlaması Bill Houston'ı rahatsız ediyordu.

Bill Houston, geceleri Miranda'nın yatağı olan kanepeye oturdu. Umut olmayan bir gün önünde uzanıyordu, ancak adam içinde bir can sıkıntısı hissetmiyordu. Gördüğü ilk fırsata sarılmıştı. Bir iş çevireceklerdi. Geri sayım. En sıradan şeyler bile hayata bağlı görünüyordu ve bir sonraki televizyon şovuna büyük bir ilgiyle gözünü dikti. “Piçe bak, yaşlı biri için sırım gibi,” dedi Jamie ekrandaki adamı kastederek. Bir yandan boş bardağı ayak tabanına tekrar tekrar vuruyor, bir yandan da içkisindeki buzu cak cak çiğniyordu.

James mutfaktan iki bira getirdi ve kanepeye, kardeşinin yanına oturdu. Televizyonda gün ortası haberleri çıkmış, Dow Jones'tan söz ediyor, Başkan'ın birtakım önemsiz faaliyetleri hakkında bilgi veriyordu. “Dow Jones da, ne bok oluyor ki?” dedi Jamie. “Hayda!" diye bağırdı aniden, çıplak bacaklarını sanki elektriğe tutulmuşlar gibi gererek. "Tuhaf bir duyguya kapılmışım sanki," dedi.

James kanalı değiştirdi. "Ne duygusuymuş bu?"

"Böyle boklara dayanamıyorum bir türlü. Gerçekten. Demek istediğim, diğer günler beni kafam iyi, fırıl fırıl dönerken, hoplayıp zıplarken gördünüz, ama şimdi o şehrin adını bile bilmiyorum."

James, "Ne şehrinden bahsediyorsun?" dedi.

"Aşk Şehri. Ya da öyle bi' bok. Bilirsin işte."

"Kızım," dedi James. "Senin kafan harbiden fırıl fırıl dönüyor."

"Siz bilmeseniz de ben ne dediğimi biliyorum," dedi kadın.

Doğruldu ve sanki bir kayığın içinde ayakta durmaya çalışıyormuşçasına dengesini sağlayarak merdivenlere, oradan da üst kattaki mutfağa doğru yürüdü.

Bill ve James '*Arayın, Kazanın*' yarışmasının başını izlediler. "Sen kesin adını yazdırmışsındır buna," dedi James. "Yedi yüz seksen yedi dolar. İnşallah bizi ararlar." Bill Houston'un sesi, yağmurun rutubetli gürültüsü içinde kaybolup gitmiş gibiydi.

Jamie yeni bir içkiyle döndü. Stevie dışarıda bir kuzeniyle beraber ikinci el mal satan dükkânları gezerken, beş yaşındaki iki ufaklık Minik Yuva Kreşi'ndeydi. Ellen Bebek beşiğin üstünden aşağı sarkan oyuncak telefonla oynuyordu ve aslında hep aynı kalan şeylere karşı duyduğu bu ilgi devamlı yenileniyordu. Yağmurun avluya sağanak halinde yağıp havayı amonyağın küflü kokusuyla doldurduğu ve haftalardır hiç yağış almamış kenti sırılsıklam ettiği tam bu anda, kandan, zamandan ve mekândan gelen ortak özellikler onları enikonu bir aile haline getirmişti.

Kimse programı izlemiyordu. James mutfaktan bir sürahi limonata ile bir şişe Gordon getirdi. Sek cini, limonata-bira karışımına kattı. Bill Houston bu yağmurlu günde kalp atışlarını keyifle dinleyerek sessizce oturuyordu. Geri sayım. Botlarını çıkardı. "Yani," dedi, "Bir iş yapmak istiyorum –bir fırsatı kullanmak, biraz para kazanmak– bu herif de gelmiş, sanki düşmanla karşılaşacakmışız gibi konuşuyor, James. 'Düşman kuvvetleri altetmek'miş. Götüne sokunca benim sikimi altetsin o, sıkıysa."

James omuz silkti. "Şehirdeki tek adam bu."

"O parmağını nasıl koparmış? Söyledi mi hiç?"

"Yılan ısırmış galiba," dedi James.

"Valla, bilmiyorum. Galiba o da şu Nazi'lere tapan azılı fanatiklerden. Dünyadaki sıradan insanlar arasında yeri yok onun. Farkında olsun ya da olmasın, doğru kodese girecek ve oraya girdiğinde ona bir şapka verip Aryan Kardeşliği'nin gizli bir albayı yapacaklar."

James güldü. "Zaten şimdi de güzel bir şapkası var."

"Tabii–ne yazıyordu üstünde? 'Alterna' mıydı?"

"Alterna," dedi James.

"Ne o öyle? Alterna."

"Bir yılan cinsi olduğunu söylemişti."

"İçine de alüminyum folyo koymuş. O nesi oluyor?"

James biraz sinirli görünmeye başlamıştı. "E-ışınlarından koruduğunu söylemişti bana."

"E-ışınları. E-ışınları mı dedin?"

"Evet."

"E-ışınları diye bir şey var mı gerçekten?"

"Tam bilmiyorum, Bill Junior. Bildiğim bir şey var, o da benim kafamda alüminyum folyo olmadığı."

"Bizim liderimiz bu işte," dedi Bill Houston. "Kafasında alüminyum folyoyla dolaşan toy bir herif."

"Ne diyebilirim ki?" dedi James. "Şikâyetin dikkate alınacaktır."

Ellen her nefesinde daha da ciddileşip, öfkeli feryatlar ederek ortalığı velveleye vermeye, ciyak ciyak bağırmaya başladı. "Bebekten anneye. Anneyi arıyorum," dedi Jamie. "Anneyi arıyorum Anne gel. Anneyi arıyorum." Yağmur yağıyordu. TV açıktı. Nefes üstüne nefes. Geri sayım.

Kadın, Dwight Snow'un erimiş asfalttan pırıl pırıl bir gole dönen Basha'nın otoparkındaki arabasında bira içiyor ve klimanın verdiği rüzgârı yüzünde hissediyordu. Her ne kadar düğmesini

MAKSİMUM'a getirdiyse de, alet sıcağa karşı yeterince güçlü değildi; yüzüne estiğinde, dizleri sıcak kalıyordu ve arka koltuk önden beş derece daha sıcaktı. Dwight ise süpermarkette limon ve tekila almakla meşguldü. Güzel bir arabası vardı; kıpkırmızı döşemesi hâlâ yeniymiş gibi kokan bir Buick Riviera. Kadın buralara nasıl geldiğini hiç bilmiyordu.

Bira kutusunu dizleri arasında tutarak, gömleğinin cebindeki bir zarftan bir amfetamin kapsülü aldı –bir Siyah Dilber, Houston kardeşlerin en küçüğünden nazik bir hediye– ve yavaş yavaş çiğnemeye başladı. Bu hapları dişleriyle kırarak yemeye bayılıyordu; o acı tattan zevk alarak, o siyah tattan–boşuna mı Siyah Dilber demişler adına? Ağzıma başka bir şey koyduğum yok.

Dikiz aynası yüzünü kendisine yansıttı; oyuk yanakları, böceksi gözleri ve dudaklarını birbirinden ayırdığında, her Allahın günü kırmızı şarap içmekten morarmış dişleriyle sanki kudurmuş birinin resmine bakıyor gibiydi. Yapmakta olduğu şeyle ilgili hakikat, göğsünün sol üst çeyreğinde bir yerlerde neredeyse fiziksel bir gerçeklik olarak gizliydi; ama ruhunun kalan dörtte üçünde, bu kimyasal suiistimalle ilgili sözler belliydi: Siktir Git. Bir insanın yaşamak için haplara, haplar için de şaraba ihtiyacı vardır. Başka bir şey daha eklenecek olursa, size söylerim.

Şimdi işin hakkını vermeye başlamıştı işte: Gün daha aydınlık görünüyor ve çevresindeki otoparkta araçların ve figürlerin, rastgele sallanışları yerini bir dansın keyifli ritimleri ve koreografisine bırakıyordu. Radyodaki güneyli sesler dehşet için yakarıyor–

Otuz birinci katta
Altın kaplama bir kapı
Tutamaz Rabb'in kızgın yağmurlarını–

ve kocaman, beyaz bir kovboy şapkası takmış, genç bir Meksikalı'nın sürdüğü krem rengi bir Lincoln çok çok yavaş ilerleyerek görüş alanına giriyordu kadının. Aniden Chicago'da, kardan yayılan ışığın akşama doğru bembeyaz binaları nasıl da pembeye döndürdüğünü düşündü. Titrek bir elle radyoyu kapadı. Altın rengi tırnaklı ayak parmaklarını oynatarak, lastik kayışlı ayakkabılarına baktı. Phoenix'e geldiğinden beri, el ve ayak tırnaklarını ojelemekten, sonra silip yine ojelemekten büyük bir haz duyduğunu, bazen birkaç saatini, biraz kırmızı sofra şarabı içip ellerini ve ayaklarını süslemek için harcadığını keşfetti. Araba kapısının açılması ve sıcak rüzgârın içeri hücum etmesiyle irkildi. Dwight kendini sürücü koltuğuna atmış, arka tarafa *margarita* mezelerini fırlatıyordu. "Sihirli halı," dedi. Radyoyu açtı, klasik müzik çalan bir kanala ayarladı ve hareket ettiler.

Kadının olan biteni anlamasına ancak yetecek bir süredir şehrin doğu banliyölerindelerdi; sonra yüksek kiralara sahip binalar kayboldu ve ardından Jamie ile Dwight'ın karşısına dümdüz araziler çıktı –kıştan kalma pamuk çalıları ve nadasa bırakılmış sıra sıra tarlalar– bütün bunlar sanki karanlık, baş döndürücü ve belirsiz bulutlara dönüşen uzak dağlara ve alçak tepelere doğru devasa bir şeyden fırlatılmışçasına onlardan uzaklaşıyordu. Dwight arabayı bu hiçliğin içine doğru sürdü ve durdu.

"Buralarda hiç şehir falan yok mu?" diye sordu kadın.

"Orada ne var biliyor musun?" dedi Dwight bu uçsuz bucaksız arazinin ortasındaki modern tarzda yapılmış bina kümesini işaret ederek. "Bu bir kolej. Karma bir kolej. Kolejli oğlanlar ve kolejli kızlar için." Öne doğru eğilip parmak eklemlerini Riviera'sının ön paneline vurdu hafifçe, sanki bu hareket camdaki insan yapısı binaların görüntülerini alıp yerinden çıkaracakmış gibi. "Okullarının maskotu, sembolleri –bütün o eğitimlerinin sembolü– enginar. Kafa yapmıyorum, Jamie. Takımlarının adı Enginarlar. Okul renkleri de pembe ve yeşil. Onlar için bütün bunlar bir şaka. Bütün bu toprakların sahibi de onlar." Kesik işaret parmağını, arabanın çevresinde üç yüz altmış derece döndürerek etrafı gösterdi. "Zenginlerin çok fazla parası var. Bununla ilgili bir şeyler yapmak niyetindeyim."

"Parmağını yılan koparmış duyduğuma göre," dedi Jamie.

"Bir çıngıraklı yılan ısırmıştı," dedi. "Panzehire karşı alerjim varmış, o yüzden parmağımı kaybettim."

Kadın, adamı profilden süzdü–Clark Kent'in taktığına benzer bir gözlüğün arkasında, devasa, mavi bir göz; neredeyse çenesine kadar bir favori; uzayan ve giderek gidona benzeyen bir bıyığın yarısı. Beyzbol şapkasının altında oldukça kısa saçları vardı. Bulaştığı pisliklerden nasıl sıyrılabileceğini bilen, ama onlardan sıyrılıp sıyrılmadığı umurunda olmayan birine benziyordu. Bakışı tecrübeli ve keskindi: Tam bir mahkûm gibi görünüyordu. Çevrelerindeki tarlalarda alarmlar ötmeye başladı. "Bill, Chicago'da tecavüze uğradığımı söylemiş miydi sana?"

Adam dikkatini tarlalardan, kadının yüzüne çevirdi. "Birileri o konuda bir şeyler söyledi."

Kadın net konuşmak istedi: "Bana dokunursan, ölürsün."

İki kez göz kırptı adam. İçeride klasik müzik çalıyor –bir çeşit piyano– ve klima soğuk hava kusuyordu. "Buna içerim," dedi adam ve arka koltuktaki alışveriş torbasına uzandı. "Torpido gözünde bir bıçak olacak," dedi kadına, torbayı tarayıp bir limon seçerken.

Türlü türlü haritanın arasından bir sustalının siyah sapı çıkmıştı. Kadın, bıçağı açarken ürktü–düğmeye dokunduğunda neredeyse fırlayacaktı bıçak elinden. Dwight kadının önündeki panelin üstüne bir limon koydu. "Bize iki ince dilim kes, oldu mu?" Torbanın içinden Jose Cuervo Gold şişesini aldı, kapağını açtı ve leziz kokusunu içine çekti.

Jamie, limonu havada sakarca tutarak kesti. Arabanın sağ tarafında bir şeyler kımıldadı, sonra da yok oldu. Kadının başparmağından kanlar akıyordu. "Gözümün bir ucuyla görmeye başladım her şeyi. Omzumun üstünden gibi yani."

Dwight alışveriş torbasından biraz kâğıt yırttı ve kadın bunu baş parmağına sarıp dilimleme işini bitirdi.

Ama tekilayı unutmuş gibi görünüyordu Dwight. "Ordudayken birkaç senaryo yazdım, filme çekilmelerini istiyorum. Eğer kendi finansmanımı bulursam, umudum ciddi anlamda artacak. Bir tanesi *Smokey and the Bandit** serisi için bir devam filmiydi–*Smokey*

* Burt Reynolds ve Sally Field'in başrollerini paylaştığı, içki kaçakçılığı yapan Bandit adlı bir adamla, otostopla onun arabasına binen kaçak bir gelinin mace-

and the Bandit 3. Yatırılan para kat kat geri dönebilir bu işte. Bu yüzden, Houston kardeşlerle böyle bir anlaşma yaptık diyebilirim. Biriyle ciddi olduğun üç Houston kardeş."

"Bana bütün heyecanı kendinize sakladığınızı söylüyorsan unut gitsin. Her şeyi biliyorum." Ama neden birileri ona tam olarak neler döndüğünü söylemiyordu? Öfkenin kızgın telleri kafatasının içinde birden alev alıyordu ve şakaklarından fırlamalarını önlemek için kadının yapabileceği bir şey yoktu. Herkes onu, hasta evindeki bir çocuk gibi karanlıkta bırakmaya çalışıyordu.

"Bak, bilmeni isterim ki, biz öyle kafayı yemiş kovboylar falan değiliz. Bu işte, genelde üç kuruş para kazanmaktan ötesini göremeyen tiplerle çalışırım. Ama bu projeyi bir bütün olarak, bir adım daha ileride görüyorum. Yeteneklerini tartarsın ve potansiyelini artırmak, yani verimli kılmak için gereken ne ise onu yaparsın."

"Peki biri karşısındakine zırvalar ve saçma sapan şeyler söylerse." Kadın, gömleğinden yeni bir hap çıkarmıştı.

"Film endüstrisinde gerçekten güçlü biri olabilirim," diye ısrar etti Dwight.

Bulutlar yabani ve siyahtı ve ağır ağır hareket ediyorlardı. Bu, kadının gördüğü en düz araziydi. Dwight kolunu kadının hemen arkasına, yanındaki koltuğun üstüne koydu, parmakları, hafiften kadının omzuna değiyordu. "Hepimiz bu büyük projenin içindeyiz, hep beraber," dedi adam. Kolu kadını resmen sarmıştı. Kadın bunu son derece tuhaf buldu. "Ama kimimiz bir şey yaparken, diğerleri tamamen başka bir iş üstünde. Olan bu," dedi ve iri gözlerini kadına dikti. "Bu işte sırf kâr ve zarar mantığıyla hareket eden bazı insanlar var" adamın ağzı aniden, açılıp kapanan bir vajina gibi, bir hemcinsinin cinsel organı gibi geldi kadına– "ve doğal olarak, sermaye bulmaya çalışırken eline bir tabanca geçirmiş insanlar. Bir de şu düşük IQ'lu, tetik çekmeye meraklı tipler var; sert çocuğu oynamayı sevenler, özellikle kendilerine karşı. Vurularak ölmeyi, anlamlı bir şey sayılacak kadar matah sanırlar ve bunun o kadar da

---

ralarını konu alan, 1977 ve 1980'de çekilmiş kovalamaca sahneleriyle dolu macera filmleri. Daha sonra, 1983'te, başrol oyuncularının değiştiği üçüncü bir devam filmi de çekilmiştir. (ç.n.)

can acıtmayacağını düşünürler." Bulutların alt kısımlarında bir şeyler oluyordu–güneş, aralardaki boşluğa doğru süzülüp dağlara dokundukça, dağlar tertemiz, altın rengi bir ışıkla yanıyordu. "Bazıları kâr için girer bu işe Jamie, bazılarıysa zarar için." Bu gözler, kadının suratını kemiriyordu. "Sadece şunu bil ki," dedi adam, "taklitçiler elenip gider."

Kadın konuyu birçok açıdan takip edemiyordu; Metedrin'in her bir sözcüğe sıkı sıkı bağlandığı anlarda her şeyi tastamam anlamaktaydı. Hiç beklenmedik bir şekilde, hemen hemen hiç düşünmediği kocası Curt'ün iyi bir insan olduğu fikri düştü aklına. Bu insanlar ise öyle değildi. Başının bir hayli dertte olduğunu biliyordu: Ne yaparsa yapsın, hatalı olacaktı. Karanlık–hiçlik–kapılar ardındaki boş mekânlar ve nesnelerin iç yüzleri–mucizevi bir günbatımının hakim olduğu boş arazilere baktı. "Sen korkunç bir insansın," dedi Dwight Snow'a. "Birileri bir gün defterini dürerse, şaşmam."

Adam, kadının kucağından bir limon dilimi aldı, parmağındaki kahverengi sargıyı açtı ve elini tutarak, solgun, sarı yarımayın üstüne kırmızı bir damla akıttı. "Kan törenlerini duymuş muydun? Yamyamlık ritüellerini?"

"Yok."

"Böyle işte. Şimdi yaptığımız şey." Kanlı meyveyi ısırıp, tekilasını dikti.

Az sonra yine pamuk tarlalarıyla varoşları ayıran sarp yollardan geçmeye, belediyenin yeni tamamlanmış örnek kooperatif evleri peşlerini bıraksın diye, genellikle güneye ve batıya doğru zikzaklar çizmeye başladılar; benzinciler, ocakbaşları, çöplükler ve dökülen, alçak binalar ile, ruhsatsız işlerinin reklamını el yapımı işaret levhalarıyla yapan karavanlar üstündeki parçalanmış panolar ve siyah graffitiyle sıvanmış duvarlarla dolu bir bölgeye girdiler: UCUZ CEPHANE; ALLAH ADINA GARANTİLİ KULLANILMIŞ LASTİKLER; BROADWAY BERBER DÜKKÂNI; EL FALI; SOUTHSIDE ARABA BAKIMI $$20$$. James'in evine döndüklerinde kadın, aşağıda kim olduğunu görmek için başını merdivenin kenarına dayadı. James oturma odasındaki kanvas koltuğunda yalnız başına oturmuş, sürgülü kapılardan dışarıya, arka bahçeye bakıyordu. Kadının farkına vardı, iki parmağını barış işareti yaparak kaldırdı. Kadın Dwight'ı takip edip mutfağa girdi.

"Çalıntı işi yapan aracı herifleri nereden tanıyorsun?" diye sordu, Bill Houston.

Dwight, Jamie'ye bakıyordu. Kadın ise ona bakmayıp, sarı limonları ve misket limonlarını doğramaya devam etti. "Birkaç yıl boyunca hayatımı ev soyup çaldıklarımı satarak kazandım," dedi Dwight. "Daha ince kes," dedi kadına. "Limonu içmek istemiyorum, sadece tatmak istiyorum. Ben de, ev soyarken suçüstü yakalanmış biriyle temasa geçerek bir aracıyla tanıştım." Clark Kent gözlüklerini çıkardı, gözlerini ovuşturdu ve Bill Houston'a baktı. "Adı gazetelerdeydi."

"Ve gidip sana kendi aracısını mı verdi?" diye sordu Bill.

"Ona muhtaç biri gibi gitmedim. Korkması gereken biri gibi göründüm. Aynı şekilde aracısına da öyle göründüm. Artık çok iyi bir aracıya sahibim. Benimle kadeh kaldır," dedi Jamie'ye iki kahve kupasına tekila boşaltırken. Tuzluğu, havaya bakan suratının üstünde tutup, ağzına biraz tuz boşalttı. Uyarıcılarla hızlanmış gözkapaklarının ardında, billûri zerrelerin her birini tek tek görebiliyordu Jamie–ve tuzluğu kadına uzattı.

Kadın da, Bill Houston'a bakarak tuzu kendi ağzına boşalttı. Dwight onun elini tuttu, kendi kolunu kadınınkine dirsekten doladı ve eline bir kupa tutuşturdu. "Suça." Hop, gitti bile. İkisi de limondan bir ısırık aldı.

Jamie tuzluğu Bill Houston'a uzattı ve kendi dirseği adamınkine kilitlenmiş bir halde, elinde bir kupa tekilayla aynı ritüeli tekrarladı. Bacağını adamın dizine doladı. Yüzüne baktı. "Beni olayın dışında bırakmaya kalkma," dedi.

"Kim seni dışarıda bırakıyor?" dedi adam. "Buradasın işte. Hiç umurumda değil."

"İyi," dedi kadın.

"Yani," –adam merakla Dwight'a baktı– "şu iş aramızda kalsa fena olmaz mıydı?"

Dwight üç tane daha dikti. "Onun da aileden biri olduğunu düşünmüştüm."

"Öyleyim," dedi Jamie. "Eğer öyle değilsem şaşarım buna, çünkü her yere bu herifle beraber seyahat ediyorum."

"Seyahat mı?" dedi Dwight. "Süper."

Üçü de birer kadeh daha fondipledi. Ortalığa, bir anlama geldiğinin anlaşılmasına yetecek kadar uzun bir sessizlik çöktü. "Bu mutfakta kimse kimseye güvenmiyor," dedi Jamie. Yanlarından ayrılıp hızla merdivenleri inerek oturma odasına geçti.

Elinde yarım bir limonla bahçeye çıktı. Etrafındaki çıplak toprak yer yer kaynamaktaydı. Sıcaklığın kaç derece olduğunu söyleyebilecek kadar yerindeydi bilinci, ama *ısıyı* hissetmiyordu.

Ya ölürsün, ya öldürürsün.

Başparmağının tırnağını meyvenin eti içine daldırırken, limon gözelerinden çıkan suyun avucuna doğru patlayışını hissetti. *Senin için geliyorlar.* Sırtının teni dalgalandı. Bir şeyler dokunmuştu sırtına. *Yap bunu.*

Neyi yapayım? Kafasını karıştırıyorlardı. Anlaşılmaz, pejmürde kılıklı ve hareketliydiler; iki, üç tanesi aynı anda konuşuyordu.

İçeri girdi. Televizyon açıktı ve şöyle diyordu: *Başkan'ın emrine itaatsizlik edildi. Sadece on gün daha.*

Bill Houston uyandı. Gecenin bir yarısıydı. Kendini tuhaf ve halsiz hissediyordu.

Kardeşinin evinde olduğunu, Ellen Bebek'in ağladığını ve kendisini uyandırdığını anlaması biraz zaman aldı. Jamie oturma odasında bebeğin yanındaydı; ışık açıktı. Bebeği bir şişe süt ısıttıkları mutfaktan tekrar aşağı taşımıştı besbelli. Oturmuş, tek koluyla Ellen'ı kucaklıyor ve göz açıp kapayıncaya kadar, radyoyu açmak için boştaki elini uzatırken, biberonu tıpkı bir telefon ahizesi gibi omzuyla çenesi arasında sıkıştırıp plastik memesini bebeğin ağzında tutuyordu. Radyonun sesini bir hayli kısık bırakmıştı ve Bill Houston'ın bir başka zaman ve bir başka mekândan anımsadığı eski bir Four Tops* nağmesi bir duyulup, bir kaybolmaktaydı. Dirseğinden destek alarak doğruldu; kadını gözetliyor gibi hissetmişti kendini, çünkü şu anda adamın farkında değildi kadın. Kadının üstünde bir tişört vardı, o kadar. Sol ayağının içini mor bir bere kaplamıştı. Senin yaşlarında şu anda çoktan ölmüş yarım düzine insan tanıdım, demek geçti içinden adamın ona.

Ellen Bebek uykuya dalmıştı. Jamie, onu itinayla beşiğine yerleştirdi ve divanda, üstü deri bir ceketle örtülü bir halde uyuyan Miranda'yı yokladı. Spiker, istasyonun adını ve saati söylüyordu –Little Rock, sabahın dördü– ve sonra uzak dağlardaki hava muhalefeti nedeniyle radyo sinyali zayıflayınca, spikerin sesi de kısılıp siliniverdi ve Bill Houston ayaklarının yerden kesildiğini sandığı o nadir anlardan birinde bulurverdi kendini–sanki gecenin devasa karanlığında yanan tek tük ışıktan uyanık oldukları anlaşılan onların ne kadar çaresiz olduğunu ifşa eden bir vahiydi bu. Tanrı konuşmak üzereydi, Tanrı oradaydı, Tanrının ağzındaydılar, bu ışığın içinde. Ve adam hayret ve dehşetle izledi, Jamie'nin memeyi gevşetip mavi plastikten yarı saydam şişeyi dudaklarına götürerek sütü içişini.

Üç kardeş, Dwight'ı sabah dokuzda, Broadway ve Merkez Caddesi'nin kesiştiği kavşaktan aldı. Dwight kızarmış tavuk satan bir dükkânın önündeydi, elinde, tanınmalarını engelleyecek türlü malzemeyle dolu kahverengi, kâğıt bir torba vardı, ayağını ise içinde bir Alman otomatik tabancasıyla, kısa namlulu yirmi kalibrelik yivli bir av tüfeği bulunan zeytin renkli bir kamp çantasının üstüne koymuştu. "Dostlarım ve komşularım," dedi. Bu dakikadan sonra her şey ters gidebilirdi.

Kullandıkları dört kapılı, orta boy Chrysler pek de çalıntı sayılmazdı. Dwight Snow'un rakiplerinden biri ona el koymayı düşünürken Houstonlar, rakipten önce davrandı. Burris direksiyon başından kalkmaya yeltendi, ama Dwight onu eliyle durdurdu. "Sadece anahtarları ver yeter. Bu noktadan sonra, bu arabayla işimiz bi

* 60'lı yılların ortalarında çok popüler olan, ABD'li müzik grubu. (ç.n.)

tene kadar o sürücü koltuğunu terk etmeyeceksin."

"Anahtar yok," dedi Burris. "Kaputu zorlayıp açtık ve düz kontak yaptırdık."

"Güzel. Sorun yok o zaman." Dwight kamp çantasını bagaja attı.

Arka koltuğa, Bill Houston'ın yanına oturdu ve alışveriş çantasındakileri çıkarmaya başladı–James için bir bıyık, Bill için büyük, yuvarlak güneş gözlükleri, Burris için gülünç, beyaz bir sakal. "Kimse, arabadaki birine çok yakından bakmaz," diye açıkladı Dwight Burris'e, "onun için ne kadar yapmacık göründüğün önemli değil. Sadece herkese birer yüz kamuflajı istiyoruz, hepsi bu. Çiçekler?"

Ön koltuktaki James yere doğru eğilip, şehrin kavşaklarında yarı çıplak genç kızların sattığı, yeşil kâğıda sarılı bir demet hediyelik kır çiçeğini uzattı. "Buyur, tatlım."

Dwight çiçekleri aldı ve birkaç tanesini ayırdı. "Baksanıza, neden bunları yakalarımıza takmıyoruz? Klas olur. İmaj hesabı." Ustaca şahbazlığı diğerlerine de ilham veriyordu; o her bir çiçeğin sapını başparmağıyla işaretparmağı arasında tutup çekişi, çiçek verirken her adamın gözlerine bakışı, arabanın dışındaki sahnenin devamlı döngüsünü gözleriyle takip edişi–arka mahalle, Meksika barı, kavşak, KFC, bir sonraki cadde... Yanında oturup ortaklarını izleyen ve güneşin Chrysler'ın içini ısıtmaya başladığını hisseden Bill Houston, ağzını kurutan korkunun azalıp zayıfladığını duyumsuyordu.

"Ne zaman durup, silahları çıkaracağız?" diye sordu James.

"Uff! İşemem lazım. Çok fena çişim geldi," dedi Burris. Bill Houston en küçük kardeşinin ses tonunda yakınmaya benzeyen gizli bir işaret duymaktan hoşlanmadı. Bu, midesini ekşitti. Onu korkuttu.

Dwight öne doğru eğildi ve elini Burris'in omzuna koydu. "Sen bu işteki en zayıf halkasın. Sınırlarını zorlayacağını biliyoruz. Ama sen bizle berabersin çünkü kesinlikle eminim ki bugün senden istenen her şeyi düzgün ve adam gibi yapacaksın. Anladın mı?"

"Evet," dedi Burris.

"İşini biliyorsun. Ne kadar sürerse sürsün ön tarafta park halinde bekleyeceksin. Hiç gelmezsek ne yapacaksın?"

"Hiç hareket etmeyeceğim."

"Aferin, pekiyi aldın! Hiç hareket etmeyeceksin. Ne kadar sürerse sürsün orada kalacaksın. Tedirgin olmaya başlayacaksın, ama hareket etmeyeceksin. Eğer işi eline yüzüne bulaştıracak bir tip olduğunu düşünseydim, bu arabayı başka biri kullanıyor olurdu. Şimdi bir benzincide duracağız ve silahları çıkaracağız, sen de o arada işeyebilirsin. Yedinci Cadde'ye sür."

Burris'in omzundaki el sanki huzur veriyordu. Rahatladı.

Dwight Snow'un yönlendirmesiyle ağır ağır Yedinci Cadde'ye ve sonra kalitesi kuşkulu bir benzincinin bulunduğu kuzeye doğru ilerledi; sağ elini hep gösterge panelinin, başparmağını ise radyonun üstünde tutup istasyon değiştirmek, DJ'in sesini kesmek ve konuşmaları hayatından söküp atmak için düzenli olarak tuşlara basarak.

Bill Houston küçük su dökmek üzere içeri girerken, Burris, tuvaletteki işini bitirip geri geldi ve arabaya dayandı. Bill Houston, Burris'in halinden hoşlanmamıştı. Bu dakikadan sonra her şey ters gidebilirdi. Engin bir öngörülemezlik denizinin en küçük bir damlasının, önemsiz etmenlerin ve kör talihin cilvelerinin yardımıyla, Chrysler'ın yakınlarında bir ekip otosu çıkagelip onları enseleyebilirdi.

Bill Houston benzin istasyonunun duvarlarında müstehcen sözler yazılı, kırık dökük tuvaletinde, helanın başında dikilip tek eli kalçasında fermuarını indirdi, ama lavabonun üstündeki aynayı lekelemiş küçük kan zerrelerini gördüğünde bütün rahatlama arzusunu yitirdi ve midesi taş gibi sertleşti. Şu anda önceden tahmin edemedikleri bir şeye bakmakta olduğunu hissetti.

"Sen ne yaptığını sanıyorsun?" dedi dışarı çıkar çıkmaz, Burris'e. "Burada oyun falan oynadığımızı mı zannediyorsun? Kafayı bulup, sonra da sinemaya mı gideceğimizi düşünüyorsun?"

Dwight o sırada arabadan dışarı çıkıp bagajın etrafından dolaşıyordu. "Bir sorun mu var, Bill?" Teli çözdü, bagaj kapağını kaldırdı ve içi silah dolu kamp çantasını aldı.

"Bu orospu çocuğu içeri gidip uyuşturucu şırıngalamış kendine," dedi Bill Houston. "Aynada kan vardı."

"Aynada kan," diye tekrarladı Dwight.

"Tacoma'daki Kızılderili bölgesinde birkaç keşle iskambil oynardım," dedi Bill Houston kardeşine. "İğneyi vurduktan sonra duvarlara böyle kan sıçratırlardı. O kanın ne olduğunu bilmediğimi mi sanıyorsun?" Dwight'a döndü: "Saklamaya bile çalışmamış be," dedi.

Burris omuz silkti; botlarını inceliyor, sanki birinin üstünde silinmesi gereken bir şey varmış gibi davranıyordu.

"Senin lanet kafanı koparmam lazım," dedi Bill Houston. Neredeyse ağlayacaktı.

"Bunu sonra konuşuruz. Şunları insanların gözünün önünden yok etmem lazım," dedi Dwight ve kamp çantasını tuvalete taşımak üzere ilerledi. "Çiçekleri getir," dedi omzunun üstünden James'e. "Burris, sen arabanın yanında kal."

Bill ve James içeride onunla buluştuğunda, James çiçek demetini tutuyordu; Dwight, "Bence planladığımız gibi devam etmeliyiz," dedi. Çömeldi ve iki kutu mermiyle beraber yerde duran kamp çantasından otomatik bir tabanca aldı. "Eğer iş göremeyecek kadar iyiyse kafası, biz idare ederiz."

James'in söyleyecek sözü yoktu. Gres yağı ve küçücük kan zerreleriyle lekelenmiş aynaya baktı uzun uzun; kendi yansımasını selamlarken, yüz ifadesi hapisten aniden salıverilmiş birininki gibiydi.

"İdare mi ederiz?" dedi Bill Houston. "Yüce Tanrım, idare mi ederiz?" Dwight'ın uzattığı kısa namlulu çifteyi aldı ve sonra da içinde bir düzine fişek olan kutuyu. Duvarlara ve tuvaletin aşınmış zeminine baktı, ancak planlarını iptal etmeleri gerektiğine dair içindeki hissi açıklamaya yardım edecek bir şeyler bulamadı. "Baksanıza," dedi James sonunda. "Papatyaları paketten çıkarsak, nasıl olur." Silahının namlusunu açtı ve fişekleri sürmeye başladı. Bu pompalı bir Remington'dı ve adamın içinde bulunduğu ruh haline rağmen iyi hissetmesini sağlamıştı.

"Belli olmaz. Belki de böyleyken daha incelikle kıvırır işi." Dwight gösterişli Hawaii gömleğini açtı ve tabancayı bir kovboy kemeri ile göğsüne dolanmış, siyah elektrik bandından uydurulmuş bir kılıf içine soktu; silah göğüs kafesinin sol tarafında duruyordu. Bill Houston'ın çiçeklerin paketini açıp, onları tekrar paketlemesine yardım etti; kısa namlulu Remington şimdi aralarındaydı. James iki tabancayı da dolurdu –paslanmaz çelikten dokuz milimetrelik bir Ruger ile kendi uzun namlulu Colt'u– sonra onları tekrar mermi kutularının yanına, kamp çantasına yerleştirdi.

Üçü birden ayağa kalktı ve birbirlerine baktı –Bill Houston ölümcül demeti, James kamp çantasını tutuyor, Dwight ise sol kolunu felçli gibi göğsüne yanaştırmış, öylece dikiliyordu– sevgiye benzer bir şeydi bu, kocaman bir teyit gibiydi, çünkü şimdi birbirlerinin eline düşmüşlerdi.

"Burada harika titreşimler alıyorum," dedi Dwight. "Kimsenin bu işi berbat etmek istemeyeceği de açık. Planladığımız şekilde devam edelim. Eğer Burris sıçarsa, iptal eder, yarın yine deneriz."

İki kardeş de hemfikirdi. Gün bugündü, bu çok açıktı.

Burris, üçü de arabaya binip hiçbiri "Sür," lafından başka bir şey söylemeyince bir kez daha omuz silkti. Beceriksizliğini sezdiklerini biliyordu. "Benim alet nerede?" dedi.

"Çantada. Biz içeri girdiğimizde sen benim küçük canavarı alabilirsin," dedi James ona. "Ben Ruger'ı alıyorum." Bunları söylerken camdan dışarı bakıyor ve öylesine konuşuyordu.

Burris, Dwight'ın emirlerini dikkatle takip etti; sadece söylendiğinde batıya dönerek, sadece söylendiğinde kuzeye, her seferinde bir blok katederek. Becerikli olduğunu bilmelerini istiyordu. Bu yarım torba –ki hiçbir şekilde, ölümcül bir doz olamaz– sadece dikkatini toplaması ve kimi köşeleri yuvarlaması içindi. Güzel bir noktadaydı ve eroinin biricik etkisinin ardında bir iç rahatlığı hissediyordu; böyle kafa bulmayı denemişti, söylemeye ne hacet. Çok aşırı doz almış olabilirdi, bunu anlıyordu. Ama kimi zaman işi doğru kimyasallara bırakmak bir gereklilikti. Dwight, "Burada dur," dediğinde şaşırdı. Merkez Caddesi'ndeki First State Bankası'nın önündeydiler. "Evet, işin en zevkli kısmına geldik," dedi James. 44'lük Colt'u, Burris'in bacağına da dokunarak aralarındaki koltuğa koydu. "Cadde güneşli ve sakin görünüyor," dedi Bill Houston; Dwight ise "Unutma, motor hep çalışacak," dedi.

Burris'in âdemelması ıslak çimentoyla dolmuş, gözleri alev alev yaşlarla bulutlanmıştı. "En çok yedi dakikamızı alacak," diyen sesini duydu Dwight'ın. "Ama farz et ki gelmemiz yedi saat sürdü?"

"Fark etmez," dedi Burris. "Burada beklerim." Her ne kadar diğer herkesin onun pek becerikli olmadığını bildiklerini bilse de...

Boşluğun her santimini tartarak, ağır ağır girdiler içeri.

Girerlerken, James burun deliklerinin acıyla açıldığını ve biraz meninin penisinden damlayarak iç çamaşırını lekelediğini hissediyordu. Tabancanın paslanmaz çelikten namlusu, kur yapan bir parmak gibi bacağına dokundu ve adam içinden ona şöyle dedi: Sen benim her şeyimsin. Önümüzdeki yedi dakikada, benim karımsın, avukatımsın ve paramsın.

Derin nefes alma, dedi kendi kendine ve oksijeni yavaşça içine çekti. Kardeşi, tuttuğu buketi bir elinden diğer eline geçirirken, kır çiçeklerinin kokusu buram buramdı. Banka gözünün önünde, mutlaka sessiz tutulması gereken çok büyük bir çan gibi açıldı. Her bir yüzey alarm gibi çalma yeteneğine sahipti.

James son haftalarda birçok kez bu pencerelerin önünden, ama öbür tarafından geçmişti ve tanınabileceğini düşünüyordu. Fakat nedense onun bütün bu genişliğine, çevrelerindeki bu insanların önemsizliğine hazırlamamıştı kendini, büyük çiçekleri ve uzun, ince su fıskiyesiyle koca mekân sanki bir dev ırkı için yapılmış gibi görünüyordu. Ama çok geçti. Artık ok yaydan çıkmıştı. Bill Houston, muhtemelen bir platformla yerden yükseltilmiş yaşlıca bir korumanın oturduğu yarım daire şeklindeki yüksek güvenlik masasının yanından, adama bakmadan geçti. James, ağabeyinin çek yazılan sıralardan birinin üstüne çiçekleri koyup, elini paketin üstüne yerleştirerek vezne kuyruğuna bakışındaki soğukkanlı tavırdan memnundu. Dwight arka tarafta, memurların bölümüne ilerledi; sırtını, birkaç adam ve kadının dikkatle bir şeyler okuduğu ve kendilerine iltimas isteyen müşterilerle muhabbet ettiği kimi sıralara döndü, sol elini Hawaii baskılı gömleğinin düğmeleri üzerine koydu.

James temkinli bir şekilde korumanın C şeklindeki masasının yanına gitti ve ona yaslanıp sağ elini gömleğinin bel hizasındaki kenarına koyarak parmaklarıyla Ruger'ın kabzasına hafifçe dokundu. Düzgün giyinmiş, gümüş saçlı koruma nazikçe solgun gri gözlerle James'e baktı; James'e, her ikisi de birbirlerinin zihinlerine bakıyor ve her ikisi de durumun koşullarını ve parametrelerini tam olarak anlıyormuş gibi geldi. Az kalsın onunla çene çalacak –Burası şu, hesap açtırana hediye veren banka mı? Sizi Perşembe günkü bovling maçından mı tanıyorum?– sinyal verilene kadar da muhabbete devam edecekti. Ama derken, bu insanın gözlerinden her şeyi anladığını gördü ve donakaldı: *o biliyor*. Biliyor; beni konuşturacak; Allah kahretsin Dwight, bir işaret ver yoksa bu işi ben kendim başlatacağım.

Dwight işareti verdi. Silahlar çıkarıldı.

Dwight açık seçik bir şekilde bağırdı: "Bayanlar baylar: Sizin paranız, benim paramdır."

James, Ruger'ı korumanın burnuna dayadı. Bill Houston gücünü ilan etmek için tüfeğini havaya kaldırdı ve kimse tek bir kelime etmediği, çık çıkarmadığı halde bağırdı: "Her şeyin tamamen sessizce bitmesini istiyoruz!" İşitilebilen tek ses, her şeyden habersiz fıskiye havuzuna biteviye akarken, suyun hareketinin çıkardığı sesti–James'in atardamarlarında ve tabancayı tuttuğu avucunda bile hissettiği o çok hızlı nabızda çağlayan kanınkiyle karışmış bir ses. Orada bulunanlardan çoğu –bu sabah bir düzineden fazla değildi müşteriler, kimisi vezne kuyruğunda, birkaç tanesi sıraların yanında, iki-üç tanesi de banka memurlarıyla masalara oturmuştu–gözlerini kaçırmak için bir bahane buluyor ve henüz bu haydutlar için tehlike teşkil ettiklerini ve kıpırdamalarının isteneceğini anlamıyordu. Bir adam çiçek demetinin yırtılmış, yeşil ambalajı yanındaki çek defterine başını eğmiş bir şeyler yazmaya devam ediyordu, ayağının dibinde dağılmış rengârenk kır çiçeklerine aldırmadan –bacaklarını açmış, hemen yanıbaşında duran silahlı adamı görmezden gelerek– bu esrarengiz ve şiddet dolu olayla her türlü bağlantıyı reddediyordu.

Olayın içindeydiler.

Arkada, Dwight bulduğu en yüksek görevliyi itip kakmakta, James'in duyamayacağı kadar kısık bir sesle bir şeyler söylemekteydi. Bill Houston silahı veznedarlara ve arada kalan müşterilere doğrultmuştu. James, Ruger'ı korumanın yüzüne öylesine bastırmıştı ki adamcağız neredeyse paslanmaz çeliğin kokusunu alabiliyordu; para gelene kadar adamın silahını almalı, ardından bir ve iki numaralı veznelere geçmeliydi. James ve Bill'in arasında tam olarak etkisiz hale getirildiği söylenemeyecek bazı müşteriler vardı. Sayıca azdılar –öyle olduklarını da biliyorlardı– ama bu bankayı, dördüncü bir silah olmadan soymak adam başı en az on bin dolar demekti.

Şimdi Dwight konuşuyordu: "Pekâlâ, İkinci Aşama'dayız, denetim ve hareket." Veznedarlara: "*Alarm* istemiyorum." Memurlara: "*Alarm* istemiyorum." Veznedarlara: "Çekmeceleri *açık* istiyorum. Parayı *deste* halinde istiyorum. *Alarm* istemiyorum." Memurların arkasındaki kasayı işaret ederek, "O kasayı görüyor musunuz? O kasadaki nakdin tamamını üç dakika içinde istiyorum. *Sen* ve *sen* üç dakika içinde kasadaki bütün nakdi temizleyeceksiniz. Başlayın *şimdi*. Bu kısımdaki herkes: Eller dizlerin üstünde, hemen sağ tarafımdaki vezneye doğru yere yatın. Kıpırdayın *şimdi*. *Eller* ve *dizler*." Veznedarlar, memurlar ve müşteriler kendilerine söyleneni yaparken, beş saniyelik aralarla ritmik olarak tekrarlıyordu: "*Alarm* istemiyorum, *işaretli banknot* istemiyorum. *Alarm* istemiyorum, *işaretli banknot* istemiyorum."

Para gelmeye başlamıştı. James vezne tarafındaki saate bakmak istedi, ama aklına daha iyisi geldi. Korumanın silahsızlandırılmasını tamamlamak üzere ağır ağır masanın etrafından dönerken adamın yüzüne baktı. Yüzü korkunçtu. Düzgündü, gümüş saçlarla çevrelenmişti ve kıpkırmızıydı. Gri, neredeyse beyaz gözlerin baktığı bir şey yoktu; adam belki de, bir çeşit nöbet geçiriyordu.

Burris kendisininkinin –böyle çaresizce arabadan izlemenin– en zor iş olduğunu düşünüyordu.

James'in korumayı hallettiği ilk anlarda, Burris sadece James'i ve Bill Junior'ı görebiliyordu. Ardından mekânın arkalarından Dwight çıkagelmişti; insanları bir araya toplayıp yere yatırırken, elindeki Alman yapımı otomatik tabancayı sanki yükselen sel sularından kaçırır gibi yüksekte tutuyordu.

Bu sahne Burris'e pencereye dayanmış hareketli bir diyagram, planlarındaki zayıf noktaları açığa çıkaran bir görüntü gibi geldi. Büyük bir bankaydı. Dwight ilerleyince, alanın neredeyse yarısını tek başına kontrol altında tutmak zorunda kalmıştı Bill Houston. James'in ateş gücü sıfırlanmıştı; korumanın silahı alınana kadar bir yararı yoktu. Mekânın, Burris'in görüş alanına girmeyen iç taraflarında insanlar neredeyse kimsenin nezaretinde olmadan kasayı boşaltıyorlardı. Burris beklenmeyen bir felaketle yüzleşmeye hazırlandı–çekini bozdurmak için bir polis gelebilir, silahlı bir vatandaş parasını kurtarmak adına ateş açabilirdi; ama bankaya ve müşterilere hâkimiyetlerindeki zayıflığa tanık olmak, en ufak bir direnişin bile bastırılamayacağını bilmek, her şeyi mahveder, onları bir kaosa sürüklerdi–bu düşünceler yüzünden içeri dalıp, herkese ateş etmek geçti içinden. Bu bir hileydi! Bir dalavereydi! Blöf yapıyorlardı, güce sahip oldukları izlenimi yaratmaya ve gözdağı vererek parayı alıp kaçmaya çalışıyorlardı. Başaramayacağız, diye düşündü. En küçük bir aksaklığın bile üstesinden gelemeyiz. Kurtarayım kendimi, kurtarayım kendimi. Bu delilik.

Giriştikleri iş işte şimdi gerçekten de zıvanadan çıkmaya başlamıştı. Bankanın içinden patlama sesleri duydu ve James'in korumanın silahını almak üzere masasının arkasına dolaştığını, sonra aniden sanki kemerinden çekiliyormuş gibi geriye sıçradığını gördü. Koruma şimdi ayağa kalkmıştı ve bankayı tepeden görebilsin, oradaki en güçlü kişi olsun diye üzerinde durduğu yükseltilmiş masadan dolayı normal bir insandan daha uzun görünüyordu. Elinde siyah bir altıpatlar vardı ve onu tekrar ateşleyip James'i karnının bir yerinden yaralarken, Burris'in gördüğü kadarıyla yüzü kararlı ve kendinden emindi. Yüzü gergin ve solgundu, rengi neredeyse saçlarının gümüşüyle aynıydı. James arkaüstü düştü, Burris artık kardeşini göremiyordu.

Koruma yapılacak bir sonraki şeyin ne olduğunu bilmiyor gibi görünüyordu. Öylece dikiliyordu. Dwight veznelerin arkasındaki alanın güvenliğini sağlamak adına, sağ omzunun üstünden şöyle bir baktı. Burris orada düğmelere bastıklarını *hissedebiliyordu*, yerin altında çalıp, bacaklarına yükselen alarmların gümbürdeyen sessiz titreyişlerini *hissedebiliyordu*.

Koruma, kendi şaşkınlığı içinde balmumundanmış gibi duruyordu.

Burris koltuğunu terk etmiş ve kendi halinden habersiz bir halde, arabanın açık kapısı yanında ayakta duruyordu: bir bankanın önündeki kaldırımda takma sakallı silahsız bir haydut. "*Biri şu piçi öldürsün,*" diye bağırdı.

"*Öldürün şu orospu çocuğunu,*" diye bağırıyordu Burris.

Kardeşi vurulmuştu. Haklılığın çukurundan yalvarıyordu, "*Öldürün şu herifi!*"

Bill Houston da öldürdü.

Çatışma bir kez başlamıştı ya, Bill Houston sonsuza dek sürmesini istiyordu. Silahını korumaya doğru tutup ateş etmek, duvara boya püskürtmek gibiydi, her noktayı kapamaya çalışmak istercesine. Hiçbir hayat belirtisi olmadığından emin olmak istedi. Ayağa kalkıp Bill Houston'ı öldürmemesi için korumada zerre kadar can kalmasın istiyordu. Koruma, C şeklindeki masasının ardında hareketsiz, ağzı açık bir halde yatmış, çenesi bir yana sarkık, boynundan ve saçlarıyla kulağının arkasından kan süzülürken, Bill adamın göğsüne iki kez daha ateş etti; tüfeği korumanın üstüne tamamen de boşaltabilirdi; ancak fişeklerini harcamak istemediğini, çünkü o fişeklerin şu anda etraflarını çevreleyen bütün paradan daha değerli olduğunu hissedince, kendini tuttu. Silahtan çıkan duman başının etrafında katmer katmer yükseliyor, ışığın fıskiye havuzuyla oynaşıp, ona ihtişam katıyordu. Yüreğinin derinlerinde, bir ömrün bütün gerilimi çözülüp bala dönüşüyordu. Kulağındaki çınlamadan başka bir şey duymuyordu.

Jamie, James'in kamyonetini sürerken –tam olarak ne zaman olduğunu söyleyemese de, bir süre önce ödünç almıştı– bir tekneyi kullanıyor gibi hissediyordu. Arka tekerlekler ön tarafa bağlı değil gibiydi. Sabahın ilerleyen saatlerinde, sıcak, asfaltın üstüne tuhaf sıvılar yayıyordu ve dünya düzenini yitirmiş gibi görünüyordu. Kadın, arabanın transistörlü siyah radyosunu açmıştı ve radyonun mırıltısı, trafiğin sesi içinde kaybolup gidiyordu. Kadının el attığı her şey lastiğe dönmekteydi.

Koltukta otururken, bir eliyle arabanın camının kenarına diğeriyle de kontrol paneline tutunan Miranda, Marshall adlı ucuzluk dükkânından alınmış yeni elbisesinin içinde, tıpkı Paradise'da satılan minik bir oyuncak bebek gibi Jamie'ye baktı. Minik bir şarkı söylemekteydi: "Gitmem, gitmem, gitmem lazım" ve bir süre sonra bir telaş, sanki bu kelimeleri şakıyınca hepsini gerçeğe döndürecekmiş gibi sesini bir ivedilik sarıp sarmalamış, ardından şarkıyı bitirip nakarat kısmını uydurmuştu–"Anne gitmem lazım tuvalete gitmem lazım anne tuvalete gitmem..."

"Sus alla'şkına," dedi Jamie, ardından radyodan çok net bir ses geldi: "Sadece yirmi gün sonra." Bir korku dalgası ayaklarını sarmalayıverdi. "Benim de gitmem gerek." dedi.

Şimdi şehir merkezinde, kadının tek yön olduğunu düşündüğü bir yoldaydılar. Park yeri bulmak için kafasını çevirdiği sırada, görüş mesafesinin uzaklarında bir yerde yağmur suyu gibi uçuşan çiçekler gördü bir an için. "Hemen gitmem lazım, çünkü tutamıyorum," demişti Miranda çaresizce. Jamie, kamyonetin motorunun, çevrelerini derin bir homurtuyla sarmalayan zonklayışını ve bunun ötesinde, insan kulaklarıyla duymaktan aciz oldukları yaz sıcağının o ta içten küt küt atışını, düşüncenin, hatta bizzat gerçekliğin nabzını sanki şimdi ete kemiğe bürünmüş gibi duyumsadı ve zamanın bir sonraki anının her şey demek olduğu hissine yenik düşüp, sert bir fren yaptı. Radyo hafif hafif şöyle seslendi ona: "248-KURTAR hattını arayın." "Aman Tanrım," dedi Jamie, gözlerinden yaşlar boşanmaya başladı. "Burada kal," diye seslendi Miranda'ya ve arabadan indi.

"Anne!" dedi Miranda, korkarak ve koltukta zıplayarak.

"Burada kal!" diye seslendi ona Jamie pencereden. Arabayı caddede bıraktı. Bir restoranda ankesörlü bir telefon buldu. Kotunun cebinde üç çeyreklik vardı ve üçünü de telefona atıp, tuşlara bastı: 248-KURTAR. "Phoenix Birlik," dediler telefonu açınca.

"Ben Jamie," dedi kadın. Korkudan dili damağına yapışmıştı.

"Jamie mi?" dediler. Sonra, "Peki, merhaba Jamie. Senin için ne yapabiliriz?"

Terden dolayı, ahizeden gelen sesi hışırtılı duyuyordu. Güçlükle soluk almaktaydı. "Bana bir mesajınız var mı?" dedi sonunda.

"Aa–mesaj mı?" diye sordu ses. Seste, o makinelerin ölgün doğasına uygun yalın bir yardımseverlik tonu vardı. "Anladığımı sanmıyorum Jamie."

Kadın telefonu kapattı, utançtan kafası zonkluyordu. Etrafındaki duvarların üstündeki yazıların bir başka dilde, piramitlere ve gamalı haçlara benzeyen tuhaf harflerle yazılmış olduğunu fark etti–hiçbirini anlayamıyordu, ama bir iki tanesi "Aman Tanrım!" ve "Aman Tanrım!" der gibiydi.

"Neredeyse altıma yapacağım!" Jamie geri dönüp bir kez bile arkasına bakmadan arabayı hızla çalıştırdığında, Miranda'nın yeni elbiseleri gözyaşlarıyla ıslanmıştı. Yalnızca yarım blok ötede birkaç arabanın sığabileceği boş bir kaldırım kenarı vardı. Jamie, arkadaki Miranda'ya doğru uzandı ve kendisi de inmeden önce, onun kapısını açtı. "Baksana," dedi yeşil kapıcı üniformalı bir adama, "tuvalet bulabileceğim bir yer söyler misin bana?"

Beyazı neredeyse kendi derisinin rengi kadar koyu renkli, kan çanağı gibi gözlere sahip bir Kızılderili olan adam sigarasıyla karşılarında duran binayı gösterdi. "Belki şurada bulursunuz," dedi. Jamie kızını elinden tutup sürükleyerek beton merdivenlerden çıkardı ve binaya soktu.

Bu bir karakoldu. Jamie içinden, vay-vay-vay, dedi. Hepsi etrafındaydı ve her şey yepyeniydi. Bluzu sırtına yapışmıştı. Orada burada birkaç insan ve polis vardı, ama karakol boş görünüyordu. Geniş mekân, algılanamaz bir şekilde bir büyüyüp bir büzülüyordu. Kadın, zihninde bilinçli bir çabayla bütün bunları kendinden iyice uzaklaştırıyordu.

Ön taraftaki masanın arkasında üniformalı bir adam, beyaz ve sarı kâğıtları incelemekteydi. Hafifçe kafasını sallayarak Jamie'ye selam verdi ve baktı. "Ne vardı?" Kadın, kendi teni üstündeki radarın farkına varmıştı. Adamın yüzü biftekten yapılma kompüterize edilmiş titrek titrek ışıyan bir duvar gibiydi.

Aniden teslim olurcasına, sadece kendini utançtan arındırmayı isteyerek, "Bilmiyorum," dedi kadın. Her şeyi itiraf etmiş gibi hissetmişti.

Miranda, "*Tuvalete* gitmek istiyorum," dedi. Polis ayağa kalktı, ufak tefek bir adamdı. Miranda'ya dikkatle baktı ve güldü. "Bir saniye daha dayan!" dedi yolu gösterirken. "Beş metre daha dayan!"

Jamie kızıyla beraber bayanlar tuvaletine gitti ve onunkinin yanındaki kabine girdi. Külotunu indirdi ve oturdu kendini güvende, güvende, güvende hissederek –bir tuvalette kilitli, polisin bağırsaklarında– ve bir anda sidik torbasının ne kadar sıkışmış olduğunu anladı. Asla bitmeyecekmiş gibi görünüyordu. İki ayağını da salladığını, çenesini başı ağrıyana kadar bir sıkıp bir bıraktığını fark etti. Valla, daha bitmediyse, bilmiyorum artık, diye düşündü. Sidiğinin şırıltısı bir yaklaşıp bir uzaklaşıyordu. Birkaç saniye için sanki yeni ölmüş bir insanmışçasına yalnızca hatırlıyormuş gibi geldi olanları –alışverişi boşverip polisi atlatarak kapağı eve atmaya karar verdi içinden– suyun şırıltısında, dayanma sınırında onu yakalamak için fırsat kollayan silik sesler, sözcükler duyabiliyordu.

Sinemanın karanlığına giden yolda, bir karton patlamış mısır satın aldı Burris. İçinden bir tane bile alıp yemesine ihtimal yoktu, ancak ne yaptığını biliyor gibi görünmek istiyordu. İkindi vaktiydi ve çok korkuyordu.

Tavandaki küçük yuvalarında loş ampüller aşağıya, bütün bir sinemada filmin sonunu sabırla bekleyen, bir elin parmaklarını geçmeyecek sayıdaki müşterinin bulunduğu koltuk sıralarının üstüne azıcık ışık veriyordu–hepsi erkekti ve hiçbirine eşlik eden biri yoktu; her ne kadar ön taraflardan biri yanında biri varmış gibi yüksek sesle kendi kendine konuşsa da. II. Dünya Savaşı'ndan önce inşa edilmiş, hüzünlü ve gösterişli bir sinemaydı bu. Burris gözlerine güvenerek koridorun başında beklerken, duvarlardaki gereksiz perdelerin damladığını, adeta çürüdüğünü görmekten ziyade, sezinledi. En ön sırada seçtiği koltuk, oturur oturmaz acı bir çığlık attı. Düşünmeksizin elini patlamış mısıra attı ve atar atmaz, eline değen yağdan midesi bulandı. Patlamış mısırı bir kenara koydu, pantolonunun arka cebinden bir şişe Jack Daniels çıkardı ve yarısını bitirene kadar, yaklaşık on saniyede bir şişeden bir fırt alarak tam bir körlükle perdeye daldı. Etrafında insanlar aksırıp tıksırıyor ve bir adam karanlığa ciğeri beş para etmez hiçbir kaltağın uğrunda, bir melez tarafından lime lime edilmeye değmeyeceğini anlatıyordu. Sonra konuşmayı kesti.

Ekranda iki adam bir Vahşi Batı barında ellerinde bıçaklar kavga ediyordu.

Burris o an için bunlardan hiçbirini anlayamadı. Boğazı ağrıyordu ve başında korkunç bir zonklama vardı. Klimalı salon oldukça serindi, ama o soğuğu fark eder etmez terlemeye başladı. Boğazı giderek daha çok ağrıyordu; sanki âdemelmasına bir tenis topu takılıp kalmıştı ve durmadan büyüyordu; sonra aniden ciğerlerinde hıçkırıklar patlamaya başladı. Ağlayarak ve öksürerek koltuğunda iki büklüm oldu, salyası sinüslerine kadar ulaşıp gözlerini ve burnunu yaktı. Gözyaşları yanaklarından aşağı sel gibi sözülüyordu. Hıçkırıklarını tutmaya çalışırken bir gıcırtı sesi çıkarıyordu. Sinema perdesindeki barda kalabalık anlamsızca bağırıp çağırırken, salonda Burris'in arkasındaki insanlar sessizce oturuyorlardı.

Kısa sürede tekrar koltuğuna yaslandı ve rahatlamış, sakin bir halde perdedeki ışığın kendi üstünde oynamasına izin verdi. Ama ne yapacağını bilmiyordu –bir daha asla onu tanıyan birini göremezdi ve her yabancı tehlike arz etmekteydi– işte o zaman yakalanacağını anlamıştı. Neredeyse tamamen yatıştığını hissettiği panik, kendi derinliklerinden bir yerden tekrar doğmaktaydı. Yüzü hem sıcak, hem soğuktu. Tüylerini diken diken eden bir duygu kollarını ve bacaklarını sararken, o kollar ve bacaklar sanki uyanıyor gibiydi. Şişenin içindekini bir dikişte bitirdi; az kalsın kusuyordu. Uzun yağmurluklar giyip ellerinde çifteler ve tüfekler taşıyan atlı adamlar bir toprak yol boyunca ilerliyor, bir ormana dalıp açıklıktaki kulübeye yaklaşıyorlardı. Burris de bu silahlı adamların hikâyesinde yer almayı istedi–tıpkı kendisininki gibi bir hikâye, ancak sinemaya giden insanlar işin aslını, o devasa hakikati göremiyordu: Bu adamlar sahip oldukları her şeyi bir dakikalık huzur için feda edebilirlerdi.

Ağzı bir karış açık, viski yüzünden neredeyse kendinden geçmek üzere perdeye bakarken gözlerinde birden dehşetli bir ifade belirdi ve midesi içten içe yanmaya başladı. Sanki acelesi yokmuş, bakmaya ya da hatırlamaya değmez biri gibi görünmeye çalışarak, pislik içindeki yüz numaraya koştu; oradaki iki oturaktan birine girip midesi bulanmış, allak bullak olmuş bir halde oturdu.

Burris sinirden ağlamak istiyordu çünkü tuvalet pislikle dolup tıkanmıştı ve içinde soğuk, korunmasız bir halde, pantolonu bileklerinde, kolları belinde oturduğu kabinin kapısı yoktu. Bağırsakları onu sarsan bir kasılmayla kımıldadı ve kendini daha iyi hissetmeye başladı. Belki de böyle mutlak çaresizliği içinde otururken içeri kimse girmezdi. Rahatlamak için tuvalete giren başına buyruk, hiçbir şeyden korkusu olmayan adamların, bütün kokuların kendisinden çıktığını sanacaklarını hissediyordu.

Etrafta kimse yoktu; cinsel organ resimleriyle etrafını kuşatan duvarlara alelacele kazınmış edepsiz, tacizkâr mesajlardan başka onu kendisiyle baş başa kalmaktan alıkoyacak hiçbir şey yoktu. Tam da şu anda, Burris'in ruhsal tasavvuru emin olabileceği tek durum üstünde perçinlenmişti: kendinden nefret eden, bitik ve umutsuz bir insan olduğu. Şu anda biri geçip karşısında duracak olsa Burris Houston'ı olduğu gibi görebilirdi–nihayet çıplak; nihayet, olduğu gibi. Nasıl olsa, yakalanacağını biliyordu. Gözaltına alınacaktı ve canı yanacaktı. Bunu bir an önce yapmalarını diliyordu. Gömleğinden doğru dürüst yazmayan ucuz bir tükenmez kalem çıkardı ve solundaki duvara ağır ağır yazdı:

Sikinizi emerim mımmm

Altına devam etti:

Ne zaman gün ve saat ver

En alta geçti:

Siktirin gidin homolar

Birinin geldiğini zannedip bağırsaklarının yeniden kasılmasından korksa da, aceleyle silindi ve pantolonunu çekti. Yarı sarhoş olsa da vücudunu kasıp kavuran korkuyla aynada kendine baktı ve hiçbir şey görmedi. Orada kimse yoktu. Çabucak çıktı. Gösterecekleri bir sonraki film *Koma*'ydı ve bir dakikasını bile kaçırmak istemiyordu.

Ancak yerine oturduğunda, silahlı haydutların hayatlarındaki amansız ve korkunç olayların hikâyesi hâlâ perdedeydi ve bitecek gibi de görünmüyordu.

..

Sanki bu filmi daha önce TV'de görmüş gibiydi: İç Savaş'ın ardından yedikleri hain damgasıyla başları derde giren Missouri'li James kardeşler çatışma ve kaçışla dolu bir hayat sürerler. İlk tren soygunlarını yapanlar onlardır. Aralarında büyüdükleri taşra halkı onları devletten korumaktadır. Bir insanın komşusuna böylesine güvenebildiği o zamanlar nereye gitmişti?

Burris kendini bu adamlarla özdeşleştirebiliyordu. Yasanın sınırını bir kez geçtiler mi, bir taşın tepeden aşağı yuvarlanarak yoluna çıkan her şeyi beraberinde götürmesi gibi gelirdi arkası; ta ki insanlar, mekânlar ve şeylerin oluşturduğu müthiş bir heyecan sizi bir kan gölünde boğana kadar. Buna karşı ne yapabilirdiniz ki? FBI ya da başka biri tarafından arandıkları için –şimdi onlara Pinkertonlar* dendiğini duymuştu Burris– James kardeşlerin iş aramalarını bekleyemezdiniz; işte sonunda yaşlanmalarına ve muhtemelen artık İç Savaş'ı umursamamalarına, düşmanlarına karşı öfke duymamalarına, çocukluklarının geçtiği ormanda, ailelerinin koynunda, dostlarının yanında gezmekten, avlanmaktan, hayatlarını yaşamaktan ve nefes almaktan başka bir şey istememelerine rağmen, bir kez daha haydutluğa sürüklenmişlerdi. Altı çete üyesinin kendilerini bu diyarın efendisi gibi hissederek Minnesota'nın Northfield kasabasına girmeleriyle her şey ters gitmeye başladı. Bankadaki veznedar kasayı açamayacağını söylüyordu ve öfkeyle karmaşanın hipnotize edici bir anında biri çıkıp herifin beynini dağıttı. Northfield halkı ise her tarafı tutmuştu –fıçıların ardında, ahşap çatılarda ve yalakların altındaydılar– iki kardeşi ve onların yoldaşlarını bankanın kapısından çıkar çıkmaz pusuya düşüreceklerdi. Adamlar, caddenin bir ucundan diğer ucuna kadar iğrenç yabancıların yaylım ateşinden başka bir şeyle karşılaşmadılar. Burris daha önce bundan daha korkutucu bir şey görmemişti. Anlayamadığı şey, sizi tanımayan, sizi daha önce bir kez bile görmemiş insanların, neden sizi ölü görmek için kendi hayatlarını tehlikeye atacak kadar nefret dolu olduklarıydı–o banka koruması neden korkudan iki beyaz aynaya dönmüş gözleriyle doğrulup zavallı James Houston'ı silahla delik deşik etmiş, kendini de bu çaba sonucu harcamıştı.

Burris, kardeşlerini neden terk ettiğini bilmiyordu. Bilinçli bir seçim değildi bu. Bir bakmıştı kaldırımda duruyordu, ardından neredeyse aynı anda Tuzlu Nehir'in kıyısında Chrysler'dan inmiş, yürüyordu.

Boğazının yine şiştiğini hissediyor ve ağlamak üzere olduğunu biliyordu; ama James çetesi bir o yana bir bu yana boşalttıkları yok edici bir mermi yağmuruyla etrafı yavaş yavaş ve acımasızca kırıp geçirirken, tozlu caddenin iki tarafını da kapatan gözü dönmüş vatandaşlarca bir kurt sürüsü gibi kuşatılmış bir haldeyken bile acı, keder veya korku nedir bilmiyordu. Kasabanın ana caddesi üstünde

* Pinkertonlar: Amerikan İç Savaşı sırasında haydut ve kalpazanların izini sürerek kanuna teslim eden, ardından, günümüzde de faaliyet gösteren dedektiflik şirketini kurmuş İskoç asıllı aile. (ç.n.)

bir ileri bir geri, düzenli bir şekilde diziliyor, bir kaçış fırsatı arıyorlar, giderek eksiliyor, ama atlarından düşen yaralıları hemen topluyor, kardeşlerini eve götürmek için her şeyi, ama her şeyi göze alıyorlardı. Burris, yalnız adamlarla dolu sinemanın karanlığında yüzünü yakan gözyaşlarıyla çenesini sımsıkı kapalı tutmuş, şartlar ne olursa olsun, durum neyi gösterirse göstersin, sonuç ne olacaksa, iş nereye varacaksa varsın bu orospu çocuklarının hiç de korkudan altlarına etmeyeceklerini sonunda anlamıştı. Korkmuyorlardı, vazgeçmiyorlardı: ve asla, ama asla birbirlerini yüzüstü bırakmıyorlardı.

Burris bir vücudu varmış gibi hissetmiyordu şimdi, tuvalet aynasında kendisini göremiyor, elbiseleri içinde kendisini neredeyse hiç hissetmiyordu, çünkü olayların gidişatı onu bir insandan, bir hikâyeye çevirivermişti. Houston erkeklerinden biriydi: eli kanlı H.C. Sandover'ın piç kurusu oğlu, katil Bill Houston'ın kardeşi. Hiç hayal edemediği biriydi artık; büyük bir ailenin, kandan daha güçlü bir şeyle birbirine bağlanmış bir kabilenin üyesiydi. Bize istediğinizi yapabilirsiniz, diye düşündü; ama hiç yokmuşuz gibi davranamazsınız. Karanlıkta onu çevreleyen her şeyin sahte, tek gerçek şeyin ise kendisi, işkence edilen perdeden yağan ışıkla yıkanan bedeni olduğunu düşündü. James kardeşler kan kaybeden yoldaşlarını ormanda terk edip, cinayetler ve hapis günleriyle dolu bir geleceğe elleri boş gidiyordu: geçmişe tıpatıp benzeyen bir gelecek.

Mekânda yüzlerce makine, başları sesin içinde boğmak için birbiriyle rekabet ediyor, sessizlik kadar uçsuz bucaksız ve somut bir gürültü çıkarıyordu. On binlerce boş plastik şişenin buluşup ayrılışları bir hummanın zangır zangır titrek havasını veriyordu; bu, her yönde sonsuza dek uzayan, ama yine de kendi içine hapsolmuş bir sualtı bovling salonu gibiydi–ki Burris'in anladığı kadarıyla, evrenin durumu da buna benzemekteydi. Bu tür bir ses fırtınasında kulaklar bilincini kaybederdi. Makinelerin, metalik uykuları içinde ürkünç bir hal aldığı ve bağırma gereksinimi hissedilmediği molalar dışında hiç kimse konuşmazdı. Ama yine de, makineler çalışırken her işçi çalışmanın bütün yaygarası içinde diğer küçük sesleri işitebilirdi. Burris'inkine komşu olan altı numaralı üretim hattında, bir kadının çalışırken büyük purolar içmek ve dökülen Sony radyosunda bütün gece aynı nostalji kanalını dinlemek gibi bir ayrıcalığı vardı ve Burris bu şarkıları sanki duyarak değil de daha çok bilerek, altıncı hissiyle açıkça işitebiliyor gibiydi.

Onu gelip tutuklayacaklardı, belki de tutuklamazlardı.

İşi beş numaralı üretim hattında ana konteynere yükleme yapmaktı. Bir forklift ona her birinde on iki boş plastik şişe bulunan dört yüz seksen karton kutuluk bir yığın getirirdi. Koca yığını bir arada tutan ipleri bir maket bıçağıyla keserdi Burris. Her kutuyu kaldırır, dikine çevirir, daha büyük bir kutuyu doldurana kadar seksen kutunun içindekileri boşaltırdı. Bu büyük kutu onu her seferinde işi seksen kere tekrarlamaktan kurtarmıştı; parmak ucunda durup kutuyu başının üstüne kaldırmak ve ana konteynerin içine doksan altı boş şişe atmaya dayanan işinin en önemli parçasıydı bu. Bir gürültü denizi içinde, purolu kadının radyosundan "*Louie Louie*" şarkısı yükseliyordu. Burris hareketlerini tempoya uydurdu.

Dağ gibi bir kadın ana konteynerin dibinde, üzerine sahibi belirsiz beyaz şişelerdeki suyun aktığı taşıma bandının önünde konteynerin ağzına doğru oturuyor, bant üstündeki şişeleri ikişer ikişer dikine çevirip düzeltiyordu. O ve Burris, aylardır beraber çalışıyor ve aynı hizmette bulunuyorlarsa da Burris, gürültü ve kadının çirkinliği yüzünden onunla konuşmayı hiç istememişti. Kadın, derin bir keder taşıyan şişmiş yüzü bir çocuk tarafından el hamuruyla yapılmışa benzeyen, kambur sırtlı, yaşlı biriydi.

Burris boşalttığı sekiz karton kutuyu üst üste istifledi ve şişeler ipek perdenin altındaki hat boyunca ilerlerken, saçları minik demetler halinde toplanmış siyah bir gencin, artık etiket ve talimatları yapıştırılmış olan bu şişeleri dokuz on dakika önce içinde geldikleri kutuya tekrar doldurduğu taşıma bandının sonuna doğru itti yığını. Onun yakınlarında yaralı yüzüyle sıska, yaşlı bir adam, hızlı çalışmaktan dolayı mağrur, doldurulmuş şişeleri dört yüz seksenlik gruplar halinde düzenliyor, çelik şeritlerle bağlayıp, ciddi el kol hareketleriyle "gel gel" yaparken bir forklift adamın jestlerini umursamayan şoförüyle bütün kutuları binanın dışında bekleyen kamyonlara ve oradan ülkenin bütün mutfak ve banyolarına taşıyordu. Burris bu yaşlı adamdan nefret ediyordu, çünkü Burris bu işten nefret ediyordu ve yaşlı adam işine değer veriyor gibiydi.

Bugün işteydi, çünkü gidebileceği başka bir yer gelmiyordu aklına. Biraz sarhoştu ve artık filmler için parası kalmamıştı.

Yetkililer silahsız olduğunu görebilsin diye bir tişört ve kot şort giymişti.

Öğle yemeğine yarım saat vardı ve vardiya değişiminde tuvalette takas edilmiş anfetaminlerin etkisi altında sıkı çalışan bir erkeğin güç ve zarafetini hissediyordu. Şekilleri döndürüyor, kaldırıyor, boşaltıyordu; döndürüyor, kaldırıyor ve boşaltıyordu. Muazzam bir gürültü her şeye hükmediyordu, ama o da buna dahildi, bir parçasıydı bunun, bu vahşi mekanik tufanın bir sakini olarak döndürüyor, kaldırıyor, boşaltıyordu. Büyük kutu dolmuştu. Döndü, tuttu, çekti, kaldırdı ve şişeleri ana konteynere boşalttı. Binanın çift kanatlı kapıları açıktı ve bembeyaz lambaların olduğu meydanda ekip otolarının fren yaptığını Burris'in de gördüğünü itiraf ettiler. Purolu hanımın radyosunda "*Like a Rolling Stone*" çalıyordu şimdi ve Burris de bunun bir parçasıydı; her şey küçük şişelerin, gündelik Amerikan yaşamı içinde kaybolduğu devasa bir girdaptı. İç kulağında bir şeyler –duymaktan çok, biliyordu sanki– *Burris, Burris* diyordu dönüp, kaldırıp, boşaltırken: Burris'in göğsüne kısa namlulu bir tüfek doğrultan bir polis memuru. Memurun ağzı, kızarmış yüzü üstünde bir volkan gibi patlıyordu ve *Burris, Burris Houston* sesi Burris'in kendi benliğinde de yankılanıyordu. *Baktıkça içine boşluğun, gözlerindeki* de belli oluyordu ve dehşete bürünmüş halde yürüyüp, dışarı çıkarken radyo cevabını da veriyordu: *Nasıl hissediyorsun. Söyle nasıl hissediyorsun.*

V

Bill Houston ilk gün ranzanın alt katından sırtını kaldırmadı ve uyanık mı, uykuda mı olduğunu bilemedi. Zihninde kırmızı kareler ve üçgenler dönüp duruyordu.

İkinci gün tuhaf bir duygu ile uyandı ve ranzasının kenarında duran sol kolunun suyun akıntısında sürüklendiğini fark etti. İsa Mesih kurtar beni. Bize ne yaptıklarına bir bak. Hepimiz boğulacağız.

Devlet dairelerinde görülen türden soluk bir yeşile boyanmış demir parmaklıklar belki de orada değildi bile. Aralarındaki boşluklar yeşil renkli havaya tutturulmuş renksiz kaplamalardı belki.

Üstteki ranzanın kenarını tuttu ve doğruldu. Komşu hücrelerden gelen sorular ve bağırışlar binanın tesisatıyla ilgili bir sorun olduğunu anlamasını sağladı. Çoraplarını çıkardı –ayakkabıları ve tişörtü alınmıştı– ve bir tuvalet-lavabo takımına uzanan yol boyunca, on santimlik bir gelgite doğru yalpalayarak iki adım attı. Duvara ve aynaya ulaştığında –hücresinin sonundaki lavabonun üstüne kaynakla tutturulmuş cilalı yuvarlak bir metaldi ayna– çok uzun zaman önce bitirmeye ant içtiği bir yolculuğun son durağına vardığını anlamıştı. Bitmişti işte. Şimdi bir başkası başlıyordu.

Burada yalnız başınaydı; aşırı şiddete eğilimli olduklarına inanıldığı için tecrit edilen özel tutuklulardan biriydi. Başı, ensesinden kafatasına ve oradan burnunun direğine dek şiddetle ağrıyordu: Aynada iki gözünün de morardığını görmüştü. Bereler, kaburgalarının altından bütün göbeğini çevreliyordu. Bu anda her şeyden, masumiyetten, özgürlükten veya yeni bir şanstan daha çok istediği şey Seven-Up'lı bir Seagram's Seven viskisiydi. Sonra onu sakin bir ortamda, sıcak yabancılarla beraber içtiğinin hayalini kurdu: cilalanmış meşe masaların ve taklit deri taburelerin olduğu bir barda. Bu ihtiyacının göğsünü saran ateşi boğazına sıçradı; gözlerinden yaşlar akıp akmadığını anlamaya kalmadan musluğu açtı ve yüzünü yıkadı.

Suya doğru eğilerek metal duvardaki perçinlere baktı; çivilerin yeşil başları soyuluyor, vişne rengindeki astar boyaları meydana çıkıyordu. Lavabo taşmaya başlamıştı. Zihnini bir baş dönmesi kuşattı; eğilip lavaboya bağlı aynı tıkalı borudan sola doğru çıkan metal tuvalete dizini dayadı.

Ağır ayakkabıların gürültüsü ve mahkûmların feryatları, iskeledeki kovaların gıcırtıları, çelik kapıların gümleyişi, bölmelerden taşan suyun sesi –küfreden ve ikide bir tahta bezlerini demir parmaklıklara vuran adamlar– bütün bunlar büyük bir gemideymiş hissini yaratıyordu ve bu iki deneyim –bahrî ve cezaî– Bill Houston'ın kavrayışında bir an için birbirine karışıverdi ve geçici olarak güverte altında görevlendirilmiş olabileceği fikrine sıkı sıkıya sarılmaya çalıştı.

Bir keresinde Pearl Harbor'da bir tersanede, bir destroyerde –San Diego'dan gelme, sıcaktan kavrulan, boğucu *Somerville* adlı bir gemi– geziniyordu, onun lanetli, durağan sessizliğine, devamlı hareket ederek yaşamadaki başarısızlığına iyiden iyiye yabancılaşarak, kendini geminin içine salıvermişti. O öğle sonrası, yasak bir mezara izinsiz giren biri, karaya çekilmiş bir geminin yola çıkmaktan ve denize açılmaktan veya görevini yarım bırakıp uzaklaşmaktan başka bir şey yapmaktan aciz tayfasıydı. Şimdi de aynı şeyi hissediyor, ama çıkıp gidemiyordu. Bu sefer onu yakalamışlardı. Bu seferden sonra, artık bir başka sefer olmayacaktı.

Gardiyanlar onun adam gibi görünmesini sağlayıp geçici bir süre için özgür insanların arasına çıkarmaya geldiğinde, adam onların verdiği tıraş bıçağını geri çevirdi. "Sen bilirsin," dedi şişman gardiyan ve adama bir gömlek uzattı, diğer şişman gardiyansa ona botlarını iade etmişti. İkisi de şişmandılar. Üçü, iki yanında kafesler dizili koridor boyunca Maricopa Vilayet Hapishanesi'nin ana binasındaki A Kanadı'nın kontrol birimine doğru ilerlerken, gardiyanlar devasa cüsseleriyle adamı bir güzel aralarına almışlardı. Yanlarından geçtikleri mahkûmlar sakindi, Bill Houston'ın soluna veya sağına gözlerini dikiyor, ancak hepsi onun geçişine hemen hemen hiç saklayamadıkları ve başka hiç kimsede tanık olmadığı donuk bir hevesle veriyordu dikkatini. "Bu sefer harbiden boka bastım, değil mi?" dedi gardiyanlara. Makinelerle soğutulan havada terliyor ve gardiyanların hep yaptığı gibi, onunla da aptalca çene çalmalarını istiyordu biraz. Ama normalde edilen laflara ilgi gösterip alayla yanıt veren mahkûmların tek tip, buz gibi sessizliğinden olsa gerek, istim üstündeydiler ve ağızlarını bıçak açmıyordu.

Onu kapılardan ve koridorlardan elleri kelepçeli geçirip taze boya kokan binanın İkinci Dünya Savaşı öncesinden kalma bir bölümüne, oradan da, boya sıçramasın diye yere serilmiş kâğıtların ve seyyar merdivenlerin etrafa saçılmış olduğu bir hole götürdüler. Orada çalışan boyacılar selam vererek yanlarından geçen bu gardiyanlarla lafladılar. Kimi çevrelerde hâlâ adının bilinmemesi Bill Houston'ın zihnini rahatlattı. Tavanda iki pervanenin bezgin bezgin döndüğü ve bir işçinin radyosunun sessizce çaldığı tadilattan geçirilen geniş bir görüşme odasına kadar ona eşlik etmelerinin ardından, avukatını ilk kez gördü. Bu Bill Houston'a tahsis edilen aynı avukattı–bir altmış boylarında, yuvarlak gözlüklü, bıyıklı, kovboy tarzı ince bir kravat takmış, içinde muhtemelen hiçbir şey olmayan plastik bir evrak çantasını sıkıca kavramış, on iki-on üç yaşlarında görünen bir baro avukatı. Bill Houston, onun karşısında masaya oturdu ve "Bana hiç güven vermiyorsun," dedi.

"Eğer özel avukat parasını karşılayabilseydin burada olmayacaktım," dedi avukat. "Şimdi, şunu farz ediyorum. Senin insanları öldürmekten hoşlanmayan bir insan olduğunu farz ediyorum. Senin para istediğini, kan istemediğini farz ediyorum. Senin adam öldürmeye meyilli olmadığını farz ediyorum."

"Değilim," dedi Bill Houston. "Öyle olsun istememiştik."

"İşte jüriyi ikna edeceğimiz şey de bu. Senin aptal ve talihsiz olduğuna, ama genelde iyi bir insan olduğuna ikna edeceğiz onları."

"Kardeşim nasıl?"

"Hangisi?"

"Olaya karışan sadece bir tane vardı. James."

"James yaşıyor. Daha sonra bir daha ameliyat olması gerekecek. Burris de şimdi olaya dahil edildi. O da gözaltına alındı, Ek Bina'da şu anda, ayrıca Dwight David Snow denen bir adam da öyle. Kimse benimle konuşmak istemedi, ama benim tahminim, muhtemelen onları James ispiyonladı."

"Hayatta yapmaz." Bill Houston avukatının önünde aniden ağlayabileceğini hissedip çenesini sıkı sıkı kapadı.

"Çok kötü yaralanmış, William."

"Uzlaşmaya falan gidemez miyiz? Adın neydi?"

Avukat bıkmış görünüyordu. "Ben Samuel Fredericks, herkes beni Fred olarak tanır. Veya daha doğrusu," deyiverdi, "Freddy olarak." Kendi adından bile bıkmış görünüyordu. "Savcılık sana şöyle bir anlaşma öneriyor: Sen birinci dereceden cinayeti üstlenip pişmanlık bildirirsin, onlar da seni idam etmek için ellerinden geleni yaparlar. Savcı muavini bunun neredeyse serbest kalmak demek olacağını söylüyor."

"Allah kahretsin," dedi Bill Houston. "Acıtır mı?"

"Ne?"

"Can acıtır mı. Gaz." Bill Houston başını kollarının arasına gömdü ve içinde onu kusmaya zorlayan bir ıstırabın üstüne abandığını hissetti. "Eğer can acıtmıyorsa, tamam." Bir şeyler hissetmek için uzattığı diliyle görüşme masasının demirini yaladı. Kendi ağzından "gaz" dediğini duyması iç burkucuydu. Başka birinin, bir katilin hayatını yaşamaktaydı. "Acıtır mı?"

"Hayal bile edemezsin," dedi Fred.

Karşısındaki hücrede, alt katta yatan biri olmadığı halde ranzasının üst katında yatan bir herif vardı; sağ kolunu gözlerinin üstüne atar, sol elinin parmaklarıyla yüzünün üstündeki tavana çakılı bütün çivileri uyuyana kadar tek tek incelerdi. Bill Houston vaktinin çoğunu hücresinin parmaklıklarına yaslanıp göreli bir özgürlüğün nefesini onlar yoluyla alabilirmiş gibi kollarını koridora uzatır, adamı seyrederdi. Yatağına uzanmak istemiyordu, çünkü sırtüstü yatarken düşüncelerine karşı korumasızdı–öldürdüğü adamın sevdiklerinin yüzleriyle dolu bir geçide açılan bir kapıyla karşılaşmanın korkusu. Hayatlarını nasıl yaşayacaklarını bilen normal insanlar olan koruma görevlilerinden oluşan bir kalabalığın içinden geçmenin. Kurbanın ölü yüzüne bakmak zorunda bırakılacaktı. Kendisiyle ilgili berbat bir şeyler, bir katil olmasından bile kötü, bütünüyle inanılmaz sayılacak kadar esaslı, gerçek bir şeyler keşfedeceğini hissediyordu. Tanıkları düşledi. Camın ardında, yaşamları allak bullak olmuş akrabaları–ona ne kadar eziyet etseler, kendileri de o kadar ıstırap çekerlerdi ve adam artık kimseye bir bedel ödeyemezdi. Can yakan şey ceza değil, cezanın yeterli olamayışıydı. Bu hayaller ve düşünceler, adam hücresinin dikey parmaklıklarına sarılarak ayağa kalktığında daha az mevcut değildi, ama daha az gerçek, hatta gerçekleşmesi daha zayıf gibi görünüyordu; sanki onu hayatına özgürce dönmekten alıkoyan şeye toslayıp geçerek kendisini geleceğe karşı koruyan şeyi öğrenmişti.

Bölmenin karşısında, pes etmiş komşusunun hareketsizliği Bill Houston'ı bir şeyler yapmaya itti. Ara sıra hücresinde yürüyordu, bazen de onu bitkin düşüren, ancak geçici olarak sakinleşmesini sağlayan hırıltılı jimnastik egzersizlerine kaptırıyordu kendini. Bir kalem ve defter almak için dilekçe verdi ve düşünceleri Jamie'ye yöneldiğinde, onların yanarak, kâğıdın üstünde bir mesaja dönmesine izin verdi–her gün üç dört kelime; alim falan değildi:

Ayrılık zor. Hâlâ her gün seni düşünüyorum. Burayı su bastı beni buraya getirdiklerinin ikinci günü oldu–Sonra herkes iki tane aşçının yaptığını anladı–kasten yapmışlar ve mutfaktaki tesisatın içine etmişler–Umarım herkese üzgün olduğumu söyleme fırsatın olur. Bu pusula avukatım Freddy tarafından ulaştırılacak. James ölmediği için mutluyum.
Sana karşı hislerim var söylemesi zor bilirsin–Burris'e kırgın olmadığımı söyle, başka biri de olabilirdi.
Ayrılık zor. Ama kısmet bu belli mi olur? Belki güneşli bir gün yine buluşuruz Jamey.

Sevgilerle
Wm Houston Jr
Burris'e hâlâ kardeşim olduğunu söyle

"Bana bildirildiğine göre talebin reddedilmiş, A-Kanadı'nda, televizyona yakın bir hücreye nakledilmezmişsin," dedi Frederick. "Televizyon hükümlüler içinmiş. Sen henüz sınıflandırılmamışsın, şiddete meyilliymişsin, vesaire, vesaire. Televizyon yok."

"Tamam," dedi Bill Houston. "Bana aman üzülme, dert etme, falan demeye kalkma. Zamanı gelince kusuncaya kadar TV izleyeceğim hücremde."

Fredericks avucunda Bill Houston'ın mesajını tutuyordu. "Bunu yerine ulaştırmaya çalışacağım. Bu arada, galiba Jamie'nin hastanede olduğunu bilsen iyi olur."

"Ne oldu? İyi, öyle değil mi?" Fredericks ona Camel sigarası getirmişti, bir tane yaktı. Gerçek endişelerinin bu insanlar tarafından fark edilmesini istemezdi.

"Hastanede," dedi Fredericks. "Ayrıntıları bilmiyorum. Bir tür sinir krizi falan geçirmiş."

"İyice yıprandı tabii, değil mi?"

Fredericks, Houston "Ya çocuklar?" diyene kadar ona merakla baktı.

"Çocukları bilmiyorum. Bir çocuk olduğunu bile bilmiyordum. Tahmin ediyorum çocuklarla ilgilenilecektir."

"Peki. Neyse," dedi adam kül tablasını Fredericks'e doğru iterek. "James nasıl?" Ancak Fredericks sigara içmiyordu.

"James hızla iyileşiyor. Gayet iyi. Ayrıca davalarınızı ayırmayı düşünüyorum, çünkü Dwight Snow nüfuz sahibi, kurnaz bir avukat bulmuş. Kendi başına olacakmış."

"Kendi başına mı?"

"Nâkil oluyor. Başka bir bölgede, ayrı bir davada yargılanacak. İyi bir durumda–sicili temiz ve ondaki silah ateşlenmemiş."

"O piç benden uzak olsun da."

"Bunu duymamış olayım."

"Saklayacak bir şeyim yok." Bu, Jamie'den öğrendiği bir şeydi.

"Her neyse, James'in silahı ateşlenmiş, ama o silahı temizlemediğini, tam doldurmadığını söylüyor."

"Doğru. Onun kurşun sıktığını hatırlamıyorum."

"Sizi beraber yargılayabilirler, ama bunun işleri nasıl karıştırabileceğini görmeye başladılar. Ayrıca Burris'i de kesinlikle ayırabilirim–onun durumu Dwight Snow'unkinden bile daha temiz."

"Bunların hiçbirini anlamıyorum. Bana birkaç dergi ve sigara getir yeter. Pes ediyorum," dedi Bill Houston.

"Tamam, ama ben sana stratejiden bahsediyorum. Bu strateji seni hayatta tutmak için tasarlandı. Hepinizin ayrı yargılanmasını istiyorum, ama nasıl olacak şu anda bilmiyorum. Seninle James'in beraber yargılanmanızı isteyebiliriz. Savcılığı biraz gevşetmeden hiçbir şey yapamayacağımızı tahmin ediyorum. Sorun şu," dedi ve Bill Houston'ın sabırsızca oynattığı elini kendi eliyle kapatarak durdurdu. "Savcılıkta herkes çok garip davranıyor. İstedikleri şeyden şüphe duymaya başladım, bizim planımız tam tersini istemek olacak. İşbirliği yapmayacağız."

Bill Houston sigara izmaritinin üstündeki kâğıdı soyuyordu.

Her iki adam da, onun idare tarafından verilen plastik çantaya sigaranın tütününü atana ve parmak uçlarında kalan son zerreleri üfleyene kadar kalın parmaklarının küçük, dikkatli hareketlerini izledi. "Tekrar deneyemez misin? Yani, anlarsın, TV'nin olduğu tarafa kaydırsalar beni?"

Frederick hızlı ve sert bir hamleyle kolunu kaldırarak masanın üstündeki kül tablası ve evrak çantasını itti; iki gardiyan –hücresi dışında nereye gitse Houston'ın peşinde olan aynı ikili– içeriye şöyle bir baktılar, ama yaklaşmadılar.

Avukatın yüzündeki ifade kendini nasıl hissetmekte olabileceği ile ilgili hiçbir şey söylemiyordu. Ses tonu, sanıkla konuşurken kullandığı tonla aynıydı. "Sen bir zavallısın, William. Sen ciğeri beş para etmez birisin. Kişisel sorumluluk nedir bilmiyorsun, kendi hayatın söz konusu olduğunda bile. Ama senin kıçını kurtaracağım."

"Hop, böyle gözdağı bokuyla beni korkutamazsın."

"İyi o zaman," dedi avukat, "çünkü ciğerlerin kızardığında korkmuş olmanı istemeyeceğim. Nalları diktiğinde de korkmuş olmanı istemeyeceğim."

Bill Houston ayaklarını uzatarak, bacak bacak üstüne attı ve gözlerini ayakkabılarına dikip, binlerce kez söylediği şeyi yineledi. Bunu hücresinde sessizce duvarlara söyler, uykusunda haykırarak komşu odalardakileri uyandırırdı: "Onu ben öldürdüm."

Kadın, bu alçak iç mekânları kuşatan geniş, içi yanan yerlerin pekâlâ farkındaydı, ancak pencereler yüksek olduğundan burada tutulanlar dış dünyadaki hiçbir şeyi göremiyorlardı. O pencerelerdeki tel parmaklıklar bu sabah yere kafesten gölgeler düşürüyordu, böylece Jamie ayağında tek kullanımlık kâğıt terliklerle yeni dağıtılan elbiselerini taşıyarak odaya girerken, ışıktan dörtgenlerin içinden geçiyordu.

Koğuşun karşılıklı duvarları boyunca sekizer yataklık iki sıra, çoğunun üstüne serili rahat, yeşil veya kırmızı ekose yatak örtüleriyle iki yanda dizilmişti. Küçük bir levha olmasa çıplak sayılabilecek sarı renkli duvarların sadeliğini bozan tek şey tel ağlarla kaplanmış lambalardı. Levhada şu yazıyordu:

BUGÜN
4 Haziran Salı
SİZİN GÜNÜNÜZ

Birkaç yaşlı kadın yataklardan birinde oturmuş, iskambil kâğıtları ve üstü oyun taşlarıyla dolu bir tahtayla bir şeyler oynuyor, kösele gibi suratıyla bir başka yaşlı kadın sıraların arasında volta atıyordu. Bu kadınlar ve orada bulunan diğer birkaçı tıpkı Jamie'ninkine benzeyen buruşuk, pamuk entariler giymekteydi. Hemşirenin ona işaret ettiği örtüsüz bir yatağın üstünde iki kadın, yolcularmış gibi yan yana oturmuştu. Jamie'ye normal geldiler, ama sıradan kadınlardan daha ufaklardı ve birinin yüzü beyaz bir makyajla kaplanmış, katı bir halde bulaşmış koyu kırmızı bir rujla korkunç bir hal almıştı, bir 'Voodoo' bebeğine benziyordu–ve Jamie onlara yaklaştıkça, diğer kadın hiçbir insanın çıkaramayacağı sesler çıkarmaya başladı. Bebek-kadın başını salladı ve "Başkan demeye çalışıyor," dedi. Öteki korkunç sesler çıkarmaya devam etti ve bebek-kadın "Çok hızlısın Allie–yavaşla!" diye konuştu. Sonra Jamie'ye döndü ve "Para Bakanlığı'ndan bahsediyor," dedi.

Jamie, kadının boğazının çevresindeki kat kat derinin üstünde sesi olmayan insanların kullandığı şu mekanik konuşma aletlerinden olduğunu görmüştü şimdi. Şu an tartışılan mesele kadını müthiş heyecanlandırmış, aleti tutan eliyle bile hareketler yapıyor, farkında olmayarak onu sallayıp anlamsız sesler kusmasına sebep oluyordu. Arkadaşı, "Bu Yaşadığımız Çağ. Yaşadığımız Çağ diyor," dedi.

"Affederseniz," diye rica etti Jamie, "ama koca kıçlarınız benim yatağımın üstünde."

Hemşire yatak sırasının sonundaki duş odasından, elinde Jamie için getirdiği bir çarşaf yığınıyla geldi. "Alice, bu senin yatağın mı? Senin yatağın mı bu Bridget? Bridget, bu senin yatağın mı?"

Alice ses aletini boğazına yerleştirdi ve "Silktir," dedi.

"Alice," dedi hemşire. Gülmemek için kendini zor tutuyor gibiydi.

"Salttak."

"Kaltak demek istiyor," dedi arkadaşı Jamie'ye.

"Lütfen kalkın yataktan." Hemşire elindeki çarşafları yatağın üstüne, kadınların hemen yanına atıp iki eliyle birden kışkış anlamına gelen hareketler yapmaya başladı.

İki kadın aynı anda ayağa kalktı. "Hemşireler bütün doktorlarla iş pişiriyor," diye açıkladı bebek yüzlü kadın Jamie'ye.

"Rahibeler de rahiplerle yapıyor," diyerek onayladı Jamie.

İkisi bir yöne, hemşire aksi yöne ilerledi, ancak hemşire kapıya iki yatak mesafede durdu. "İstediğiniz kadar süt içebilirsiniz."

"Ne yapabiliriz?"

"Midenin sağlığı için, tatlım. Doktor Wringley talimatlara bunu da koydu."

Hemşire yataklardan birine oturdu, bir ayağının parmaklarını diğerinin iç kısmına koydu.

"Biraz süt ister misin?"

"Tabii–bu süt meselesinde neden bu kadar heveslisiniz? İçinde bir şey mi var?"

"Tamam, tatlım," dedi hemşire. "Bunu daha sonra konuşuruz."

Jamie yatağa çaprazlama uzanıp kafasını katlı çarşafların üstüne yerleştirdi ve ayaklarını yere uzattı. Burun deliklerine Wheeling'in ılık, karanlık havası içinde yüzerek ulaşıyordu hanımellerinin güçlü kokusu, bir de, çelik fabrikalarının soluğu olan rüzgârlar. Zamanın içinde bir şeyleri değiştirmeyi başarabilse, bütün çocukluğu bu duvarlardan oluşan mekânın hemen dışındaydı işte; çünkü şimdi her şeyi anlayabiliyordu; zaman hakkında, onun gidişatı ve yönünün nasıl değiştirilebileceği ve kör, ölü insanlar ormanında, tahta insanlar ormanında anbean meçhul bir şekilde vuku bulmakta olan birçok şey hakkında.

"Sen neden buradasın?"

Jamie doğruldu. Yandaki yatağın kenarında sarışın, kendi yaşlarında sıska bir kadın oturuyordu.

"Mamie Eisenhower koğuşundayız," dedi kadın. Herkese verilen gri renkli pamuk entari vardı üstünde, ancak kollarını ve ön tarafını gizli bir yazıyla kaplamıştı.

"Gözetim altındayım," dedi Jamie. Ama bunun anlamı kısa bir süre için de olsa aklına takıldı. Dirseklerini dizlerine dayadı, kafası ve saçları önüne düştü. Zemin on beşe on beş santimlik, her birinin ortasında küçük, bakır taçlar bulunan gri kareler şeklindeydi.

Kadın bir şey söylemedi. Bir çocuk dalgınlığıyla bacaklarının arasını kaşıdı. Güzel sayılırdı, ama dişleri saçları kadar sarıydı ve şakaklarında minik, mavi damarlar vardı. Biraz süslenmeye ihtiyacı var gibiydi. Kırılmış, bir kenara atılmış gibi görünüyordu. Jamie konuştu. "Peki senin hikâyen nedir? Yani, neden buradasın?"

"Ben mi?" dedi kadın. "Ben kaçığım." Gülmeye başladı; o gülüşün sesi daha çok şunun gibiydi: ra-ta-ta-ta-ta. Jamie kadından hoşlanmıştı, ancak aynı zamanda onun yüzüne sıkı bir tokat yerleştirmeyi de istiyordu.

Bir Torazin* uyuşukluğundan birilerinin bağırışıyla uyandı kadın. "*Çavuş!*" Tavan önce uzaktaydı, sonra yüzünün birkaç santim üstünde, ardından yine uzakta. "*Çavuş!*" Yatakta doğruldu. Gündüzdü. Saçı kısacık kesilmiş, entari yerine hep mavi bir erkek şortu giyen iri kadın, hemşireyle konuşuyordu. Yüzü kıpkırmızı, gözleri pembeydi. Beyaz giyinmiş iki erkek hastabakıcı bir metre geride, hemşirenin iki yanında saygılı bir şekilde duruyordu. "Çavuşu görmek istiyorum!" diye diretiyordu kadın. "Nerede olduğumuzu biliyor musun?" dedi hemşire. "Çavuş burada değil. Burada çavuş falan yok." Diğer bütün hastalar sessizce ve parlak gözlerle olan biteni izliyordu. Cüsseli kadın, ellerini kalçalarına yerleştirdi ve kontrol edilemez bir şekilde, boğazından bir şeyler çıkarmaya çalışıyor gibi çenesini oynatarak öksürüp tıksırmaya başladı. Hastabakıcılardan biri onu arkadan kurtkapanına aldı; kadın, onu yerden kaldırdı-

* Literatürde Klorpromazin adıyla yer alan, algı bozuklukları ve psikoza karşı kullanılan düşük yoğunluklu yatıştırıcı ilaç. (ç.n.)

ğında, adamın bacakları küçük bir çocukmuş gibi boşlukta sallanıyordu. Diğer adam kollarıyla ikisini birden sardı ve üçü de devasa bir valsle Sakinleşme Odası'na, tamamen küçük fayanslardan ve odanın ortasındaki bir oluktan oluşan bölüme doğru ilerlediler.

Karanlığın içinde, solunda duran örtüsü sarkık yatak boş ve gümüşiydi. Jamie uyanık olup çığlıkları duyan tek kişiydi. Yan tarafta uyuyan yaşlı kadın yatak sıraları arasındaki koridorda ağır ağır volta atıyor ve gölgesi banyodan gelen ışıkla en uzak noktada beliriyordu; saçındaki topuzla çaresizliğin eğri büğrü bir figürü gibiydi. Jamie'nin gözünde birçok ardıl imge kadını takip ediyordu ve Jamie başını şiddetle sallasa da, bir türlü yok olmuyorlardı. Yaşlı kadın göbeğinin oralarda bir şeyler taşıyor gibiydi. "Catherine'imi kaybettim! Catherine'imi kaybettim!" diye ağlıyordu bir sis düdüğününki gibi bitmek bilmez ve kederli bir sesle. Jamie gözlerini bir an için kapamak zorunda kaldı, çünkü banyodan gelen ışık gözlerini yakıyordu. Tekrar açtığında, yanındaki yatağın çevresine çekilmiş, içi ışık dolu perdeleri ve onların üstünde oynaşan insan gölgelerini gördü. Duyamayacağı kadar kısık bir sesle mırıldanıp bir fesatlık planlıyorlardı–siyah bir karartı aceleyle gelip içeri giriyor ve "Ona kateter takmalıyız," diyor, ardından diğer karartılar hafifçe söyleniyordu, "Kateter, kateter, kateter." Jamie dizginlemez bir halde titremeye başlamıştı. Çığlık atmak istiyor, ama sesini olması gereken yerde bulamıyordu. Bilinçaltının parçalarından ve yataklarındaki deli insanlardan yardım diler gibi sağ tarafına döndü. Bir göz kırpmasıyla gözünün önündeki avuç dolusu sıcak kum tanelerinden kurtulmak istediğinde her şey değişiverdi ve işte sabah olmuştu. Yaşlı kadın yanındaki yatakta oturuyor, bir derginin sayfalarına göz atıyordu.

"Voleybol zamanı, çocuklar," dedi Hemşire Helen.

"Voleybol mu?" dedi Jamie onaylaması için Sally'e bakarak.

Sally oyun oynamak için çok aç ve güçsüz görünüyordu. Yatağına sırtüstü uzandı ve sarı saçlarından bir tutamı mavi damarlı yüzünün üstüne atarak bir çeşit transa girdi. Voleybol.

"Raphael!" diye seslendi Hemşire Helen melodik bir şekilde.

"Çıkıp oynamam mecburi mi?" diye sordu Jamie ona. Geçen gece, şafak sökene kadar korkunç çığlıklar gelmişti Sakinleşme Odası'ndan. Bu çığlıkları, voleybol fikri ile birleştiremiyordu zihninde.

"Doktor Wrigley spor yapmak için seni zorlamıyor," dedi Helen ve yanına gelmekte olan Meksika kökenli, tıknaz hastabakıcı Raphael'e baktı. "Voleybolu sevmiyormuş," dedi Hemşire Helen yatakta Sally'i göstererek. İkisi Sally'i tuttu –Raphael ayaklarından, Hemşire Helen ellerinden– ve onu bir çuval gibi koğuştan dışarı çıkardılar. Sally gülmeye başlamıştı, onlar da öyle.

Birkaç dakika sonra hemşire soluk soluğa geri geldi. "Baksana," dedi Jamie, "bizim deli falan olmamız gerek yani, di' mi? Yani deliler nasıl voleybol oynar ki?"

"Fiziksel etkinlik önemlidir Jamie. Ayrıca deli lafından hoşlanmıyorum. Siz iyileşmeye çalışan hastalarsınız. Burası da hastane, tamam mı?"

Jamie yine ensesinin gerildiğini hissedebiliyordu. Buranın bir hastane olduğunun farkındaydı Allah için.

"Bence sen de voleybol oynamalısın. Pazartesi doktor gelince ona sorarım."

Jamie kızmıştı, çünkü aslında voleybol oynamak için can attığını fark etmelerini istemiyordu. Telaşlandı. Hemen şimdi dışarı çıkmak isterdi. Neden hemşire hemen voleybol oynayabileceğini söyleyemiyordu ki?

"Aslında," dedi Hemşire Helen, "madem istiyorsun, neden şimdi dışarı çıkmayasın ki? Bir kişi için her zaman yer vardır."

"Benimle kafa mı buluyorsun?" diye bağırdı Jamie. "Bunu sana kim dedi ki?" Hayretler içindeydi. Başını elleri arasına aldı. "Beynimi okuyorlar! Bana ne yapıyorsunuz siz?" İçinde bulunduğu berbat durum onu sıkıştırıyordu. Ancak bununla yüzleşmek istemezdi.

Yatağın üstünde ayağa kalktı, zorlukla dengesini sağlayarak parmağıyla Hemşire Helen'ı gösterdi. Çok önemli bir şeyler açıklamak istiyordu, ama düşünebildiği tek laf "Ya! Ya! Ya! Ya!" oldu.

Raphael geldi. Bir de doktor önlüğü giymiş bir oğlan. Onu tutup iğne yapmaları gerektiğini düşünmeleri kadını çılgına çevirdi. Kafatasında sinirler yerinden fırlıyor, sesler anlamsızca yankılanıyor ve her şey hızla beyaz bir leke haline dönüşüyordu.

Doktor bacak bacak üstüne atıp, kadının yatağına oturdu–daha önce görmediği, yeni bir doktordu bu. "Yani neden bahsediyoruz bi' saattir?" dedi kadın.

"Pekâlâ," dedi doktor, "esasında neden bahsetmek istersen ondan bahsedebiliriz. Seni endişelendiren, rahatsız eden bir şeyden mesela. Bir fincan kahve ister misin?"

"Kahve mi?" dedi kadın. "Neden bana boyuna kahve vermeye çalışıyorsunuz? Zaten yeterince öksürüyorum. Veremliyim," dedi doktora, "bu yüzden böyle zayıfladım."

"Peki o zaman, sana birkaç soru sormama izin ver. Bana günü ve tarihi söyleyebilir misin, Jamie?"

"Bilmem falanca ayın on beşi, bin dokuz yüz siktirgit yılı. Anlamadığımı falan mı sanıyorsun?"

"Belki anlıyorsundur, ama burada seni aptal yerine falan koyduğum yok. Tarih duvarda yazıyor zaten." Duvardaki levhayı gösterdi:

BUGÜN
27 Haziran Perşembe
SİZİN GÜNÜNÜZ

"Bunu sormamın tek nedeni senin hangi günde olduğumuzla ilgilenip ilgilenmediğini görmek. Bana şu anda nerede olduğumuzu söyleyebilir misin Jamie?"

"Allahın belası bir tımarhanedeyiz."

"Hastanenin adını söyleyebilir misin bana?"

"Arizona Devlet Hastanesi."

"Harika. Çok iyi. Şimdi–lütfen bu çok kolay soruları sormama itiraz etme, tamam mı? Sadece ne kadar ilerlediğimize bakıyoruz. Şimdi hastanenin hangi kanadında olduğumuzu söylemeye ne dersin?"

"Kanat mı? Kuş kanadı gibi mi? Güvercin falan mı? 'Bir Güvercinin Kanatları'* mı yoksa?"

"Yok, pek onu kastetmedim. Hastanenin bu bölümünün adını soruyorum sana. Hani bütün bölümlere ünlü birinin adı verilmiş ya."

"Bölüm mü?" Bir saniye için –sadece bir an– doktorun yüzünde bir şeylerin belirdiğini gördü. "Kim olduğunuzu bilmiyorum bayım," dedi, "ama defolup gitmezseniz işiniz biter." Bir gelincik ya da onun gibi bir şey.

"Tek düşündüğüm şey çok yorgun olduğum," diye kendi kendine söyleniyordu Jamie. Sürekli midesi bulanıyordu ve söz konusu şeyin bir korku, düşüncelerinin yarattığı, saf bir dehşet olduğunu görecek kadar uzun bir süre, olup biten her şeyi dürüstçe kabullenirken içini kavrayan ve midesi bulanana kadar onu sıkan nadir anlardan biriydi. "Kendini toparlayıp günlük programlar yapmalısın artık," dedi hemşire ona bir sır verirmişçesine. "Siktir git," dedi Jamie. Böyle konuştuğu için üzgündü, ama gerekliydi bu. Dünyanın parçalanmakta olduğunu anlamak için haberleri dinlemen yeterliydi. Vaktinin gelmesi yakınken, her şeyin ortasında neyin patlak vereceği hakkında hiçbir fikri yoktu.

Kodesteki havanın sıcaklığı sabitti. Adam çöl sıcaklarının başladığını ancak gelip geçene bakarak anlayabiliyordu. O sıcaklar, yeni gelenlerin yüzünde parlıyor, her vardiya değişiminde kendisini selamlayan gardiyanların gözeneklerinden boşanıyordu–adamla-

* Henry James'in bir romanına gönderme. (y.h.n.)

rın bu değişimlerdeki ilk işi, hücre blokunun sonundaki paha biçilmez sanığı yoklamaktı. Dışarıda sıcaklık yükselirken, Bill Houston esaretinin pençesinde ezildiğini hissediyor ve Frederick'in ona haftada iki kez getirdiği haberlerden anladığı kadarıyla kendini kaybedenlerden saymak için yeterli nedeni bulabiliyordu.

"Çok ciddi bir durumla karşı karşıyayız," dedi avukat. "Daha önce yanlış bilgilendirilmişim, o yüzden seni de yanlış bilgilendirdim. Cromwell var ya, hani şu çatışmada ölen herif, onu polis sayacaklarmış. Polis değil aslında. Emekli olmuş. Ama meseleye bu açıdan yanaşmayacaklar. Olabildiğince teknik davranacaklar."

"Burada oturup sana bütün kanunları tek tek okuyacak değilim, ama seni suçlamak için dayanak olarak kullandıkları her yasanın fotokopisini sana getiririm. Sen de bir göz at, konuyla ilgili diğer yasalara da bak bir, ölüm cezasıyla ilgili olanlara da bak William, çünkü bizi bekleyen şey bu. Bu orospu çocukları kelleni istiyor. Hiç de öyle değilmiş gibi davranamam, çünkü öyle işte." Bunların hiçbirinin gerçek olmadığına dair bir hareket yapacakmış gibi Bill Houston'ı gözledi.

Sanık elleriyle buyur, devam et der gibi yaptı.

"Demek istediğim, önümüzde anayasal, hukuki geçerliliği tartışılmaz, yepyeni bir ölüm cezası yasası var ve bir de bakıyoruz ki bunu uygulamaları için bütün şartlar hazır; yarından tezi yok önlerine gelen ilk katilin kıçına tekmeyi basacaklarını söylüyorum, bu da sensin, William–ve ayrıca burada, Florence'ta, elektrikli sandalyeye mahkûm olmuş geriye kalan en yaşlı hükümlü kişiyi de, ki bu çocuk katili Richard Clay Wilson gibi görünüyor, onu da doğru gaz odasına yollayacaklar herhalde. Yani bütün bunları yapabileceklerine inanamıyorum. Çocuk gibiler. Yeni bir yasa çıkarmışlar ve illa birini öldürecekler."

Haziran sonuna doğru, Burris, James ve Bill'in belirlenen takvime göre –ayrı ayrı– yargılanacakları belli olmuştu. Bill Houston bütün tanıklarca teşhis edilmişti. Artık avukat çaresiz ve çoğunlukla sinirli görünüyordu. Houston avukatları bilirdi; bir avukat kaybettiğinde anlardı. Kararı geciktirmek için yaptıkları hiçbir şey kabul görmedi. Gelen kararların esası, korkutucu ve değişmez görünüyordu. Frederick delilleri çürütmek, tanıkları yalanlamak veya ettikleri yeminin geçersiz olduğunu ispatlamak için yaptığı her hamle sonunda, karşısında İstinaf Mahkemesi'ni buldu. Houston'ın duruşması sanki onu koruyacak bir savunma makamı yokmuşçasına hiçbir engele takılmadan yaklaşıyordu. "Akıl sağlılığını kontrol etmek için seni bir yere göndereceğiz," dedi Fredericks müvekkiline. "Ama seni temin ederim, normal olduğunu bildireceklerdir."

Koridorun karşısında, kayınpederini acımasızca dövüp kemiklerinin çoğunu kıran İtalyan tipli yeni bir herif Bill Houston'a nasıl gittiğini sordu. Bill ona gerçeği söyledi: "Tahtalıköyü boylayacağım."

"Haydi Irene'i aşağıya, randevusu için Revir'e götürelim," diyecekti hemşire–o hemşire ya da bu hemşire, hangi hemşire olduğunu cidden umursamıyordu.

"Haydi gel kantine gidelim," diyecekti hemşire. "Bütün gün o yatakta yatıp tuhaf fikirlere kapılmana izin veremeyiz."

"Nerede olduğunu biliyor musun?" diyecekti hemşire. "Tarih Dört Temmuz. Burası Helen Keller koğuşu."

Yataktan çıkmamakta haklıydı. Jamie kalkıp bir şeyler yaptığında her şey normaldi, ama ne zaman uzansa ve hayatı düşünse, zihnindeki dünya resmi, çevresinde dökme bir sınır ile olmayacak bir şekilde parlamaya başlıyor ve hiçbir şeyin göründüğü gibi olmadığını, tarihin 4 Temmuz olmadığını, bu azgın yılışık tahışelerin akıp giden zamanı yakalayıp durdurduklarını ve her şeyin sürekli tekrarlandığını anlıyordu. Duvarların içinden gelen, diğer insanları kurtarmak için kendini öldürmesi gerektiğini günler boyu tekrarlayıp duran talimatları duyuyor ve aldığı her nefeste kendi cinayetini yaşayarak, hiç değişmeden cayır cayır yanan bir anın içine yeniden ve yeniden doğuyordu. Giderek ondan uzaklaşan sonsuz sayıda yeşil ve beyaz karelerden yapılmış bir yerde uyanıyordu sık sık. Bir seferinde, sadece bir an için bütün durumu anlar gibi olmuştu: tamamen küçük taşlarla kaplı, zemininde bir oluk olan ufak bir odaydı burası ve yorgana benzer bir şeylerin üstünde uyuyakalmıştı. Ama hemen ardından sanki bütün bunlar gerçek değilmiş gibi oluyordu. Çok, çok daha korkunç bir durum söz konusuydu. Tek bir yeşil karenin durumuna bağlıydı her şey ve kadın hangisi olduğunu bilmiyor, ama kalbini kaplayan mutlaklık, bir onu, bir bunu, bir şunu gösteriyordu; bu da kadını çıldırtmaktaydı. Dudakları çatlamış, kolları yara bere içinde kalmıştı. Küçük odanın kapısını açıp şırıngayla içeri girdiklerinde –hemşire ve ona ne yapması gerektiğini söyleyen küçük maymun adamdı bunlar– kadın kollarına ne olduğunu hatırlayıvermişti.

"Pekâlâ!" dedi hemşire, sanki bu her şeyi açıklıyormuş gibi. "Bugün Madam Curie kanadına taşınacağını hatırlıyor musun?" Çarşafı nasıl güzelce sereceğini biliyordu.

"Ne?" dedi Jamie hemşirenin yatağı yapışını izlerken.

"Taşınma günü! Ah–" Hemşire hayal kırıklığına uğramıştı. "Eşyalarını toplamamışsın. Nereye koydun onları tatlım? Diş fırçanı, küçük günlüğünü?"

"Hemen söyleyeyim sana," dedi Jamie. "Burada herkes birbirini götten sikiyor. Yani, bok ye, tamam mı! Seni amcık kaltak orospu." Hemşirenin yüzünün kızardığını hissedebiliyordu.

"O ağzını tutsan iyi olur," dedi hemşire.

Jamie bin kez daha amcık, kaltak, orospu demeye karar verdi ve hemen başladı.

"Tamam kızım," dedi hemşire. "Haydi doğru Curie kanadına. Eğer kendine gelmezsen sonunda Mathilda kanadını boylayacaksın."

"Hiçliğin Ortası'nı* mı?" dedi Jamie. "Öldürürüm seni!"

"Lane! Raphael!" Hastabakıcılar belirdi ve hemşire Jamie'ye döndü, "Yazık ediyorsun kendine. Dosdoğru uçuruma yuvarlanıyorsun."

"Sana bir büyü yapayım da gör!" dedi Jamie.

---

* Gnostik Hıristiyanlık inancında Araf benzeri kutsal ve kötücül bir yer. (ç.n.)

Hemşire Kara Büyü'ye benzer bir şeyler söylüyor ve Lane ile Raphael, Jamie'yi kollarından tutup taşırken Jamie bağırıyordu, "Kara Büyücü mü dedin bana? Ha? Söyle."

Temmuz sonuna doğru Curie kanadından Jan Dark koğuşuna sevk edildi. Burada bütün duvarlar ve zemin küçük taşlardan oluşuyordu ve zeminde altmış yedi taşlık aralıklarla oluklar vardı. Oluklardan ikisinin arası ise altmış sekiz taştı. Ama asla emin olamazdı Jamie. Hiçbir şey kesin değildi ve bir kez her şeyi sayıp bitirdi mi, kaç tane olduklarını bilmek için bir daha saymak zorundaydı. Oluklar hep aynı ve ana koridor hep sekiz yüz yirmi taş uzunluğunda kalsa da emin olmalıydı, ama olamıyor ve tekrar tekrar sayıyordu. Yalanın bir sayı içinde gizlendiğini biliyordu. Hiçbir şey olmaması, sadece bir düşünceden ibaret olması gereken bir yerdeki bu sayılardan birinin tam ortasında, gözünüzde bir toz zerresi vardı.

Kadını ne zaman tellere bağladıkları o yerden geri getirseler, onlar geçerken duvarda aynı şeyi, kendi resmini, kaderiyle ilgili bir mesajı, hazırlanması için yalvarışını görüyordu: Alev alırsanız, YERE YATIP YUVARLANIN yazısının altında kestane rengi bir arka plan üzerindeki karman çorman, çocukça, turuncu bir çöp adam olan parlak bir afiş. Gece yarısı yanındaki yatakta yatan kadına tecavüz etmişlerdi. Onlar sabırsızlıkla kadının etrafını paravanla kapatırlarken, Jamie'nin kulakları kafasının içinde gürlüyordu. Bu insanlar, gecenin içinde bir o yana bir bu yana koşturmuşlar, kadının parçalarını banyoya götürüp yemişlerdi; sabah olduğunda ondan geriye hiçbir şey kalmamıştı.

Işığın kızıllığı ve ısının beyazlığı kadını uyandırdı. Alevler içindeydi.

Yatak anlık bir okyanusun üstünde sarsıldı ve ardından hastanenin karanlık koğuşunda duruldu. Yanan şey elbiseleri değil, etiydi.

Kadından gelen ışık, duvarlara ve yere esasında ne olduklarına karar veremeyen gölgeler saçarken, kadın yataktan atlayıp yatağın ayakucunda bir süre dikildikten sonra kendi ateşinin ıstırabıyla kıvrandı. "*Yanıyorum*!" Kendini yere atıp bir o yana bir bu yana yuvarlanmaya, kıvranmaya başladı. Odadaki herkes kahkahalarla gülüyordu. Her yerde kırmızı ışıklar ve sirenler vardı. Kadın ciğerlerini su gibi dolduran dumandan ötürü nefes alamıyordu. Bu suydu, kadını söndürmeye çalışıyorlardı–ancak yanıyordu işte. Yok hayır, bu su değildi. Üstüne işiyorlardı şarıl şarıl. Hepsinin büyük, pofuduk ayakkabıları vardı. Palyaçoydu bunlar, kadını içinde bir oluk bulunan devasa bir küvete atıyorlardı.

Kadının altındaki küçük taşlar hafif hafif dalgalanıp soluk alıyordu. Duvarların hamursu yüzeyleri gözünün önünde dizginlenemez bir biçimde olgunlaşıyor, yüzüne bir çağrı veya mesaj çarpmaya hazırlanan akciğerler gibi dur durak bilmeden nefes alıp veriyordu. Havada, neredeyse anlamlı bir şekilde dizilmiş çizgiler ve piramitler, kadın anlayamadan değişen yazılar uçuşuyor ve oda kirli bir manayla kabarmış dev bir kinâye haline geliyordu. Derin bir nefes alıp ağlamak istedi, ama ciğerlerinin zaten dolu olduğunun farkına vardı. Nefesini verdiğinde, oda sahip olduğu gerilimden bir an için kurtulmuş göründü: Bu balon gibi şişip sönme işinin, aldığı diğer nefeslerle bağlantılı olduğunu anımsayınca perişan oldu. Meydana gelen bu korkunç, çok korkunç şey aslında nefes alıp verişiydi.

Her şeyin ritmi ve düzeni hiçliğin içinde kaybolup gitti; öyleyse bu oda ortada yoktu, şimdi mevcut olduğu söylenemezdi; belki bu nelerin meydana geleceği veya asla gelmeyeceği ile ilgili bir rüyaydı. Kendi sesinin gürültüsü bir elektrik şoku gibi incitti kulaklarını, ama bitkin düşene kadar bağırması, nefes almanın tek yoluydu.

Sesinden öteye şöyle bir baktı ve meleği gördü.

Bir tümörün karikatürü gibi kulakları olacaktı onun. Gelen ışıkta sapsarı görünüyordu, ama üstü oynak gölgeler ve hareket eden dövmelerle kaplıydı. Yüzü değişip duruyordu. Sesi, bir treninki gibi çok uzaktan gelecekti. Vücudu sağlam, güzel ve kılsız, kanatları beyazdı ve yanıyordu, kafası ise sürekli değişmekteydi –bir kartal başı, bir keçi, bir böcek, bir fare, neredeyse fark edilmeden döne döne uzamış boynuzlarıyla bir koyun– ve mesajda kelimeler yoktu. Bütün mesaj sadece zamanın ritminden ve yönünden oluşacaktı. Evet, şimdiydi.

"Zaman geldi," demişti melek.

"Geldi mi?" diye sordu kadın. "Can acıtır mı?" Meleğin yüzü, kadının o ana kadar gördükleri içinde en güzeli olacaktı.

"Ah yavrum," Melek ağlamaya başladı. "Hayal bile edemezsin," dedi.

Eyalet Hastanesi'nde Bill Houston'ın akıl sağlığı tetkik ediliyordu. Aşırı güvenlik önlemleriyle donatılmış odasından, kavrulmuş çimlerin uzandığı elli metrelik alana, üstünde çentilmiş ve süslü dökme demir bulunan alçak taş duvara ve uzakta, hayatında bir daha bu kadar uzun inceleme fırsatı bulacağını beklemediği bir kavşağa baktı.

Kollarını göğsünün üstünde kavuşturmuş, tel parmaklıklı pencerenin önünde duruyordu. Kendini bu manzaradan söküp dışarı çıkarmak istedi ve bir an için, önemli bir şeyi düşündü –şu anda bu hastanenin bir yerlerinde bulunan Jamie'yi düşündü, ona huzur diledi; veya kendisinin bu insanları deli olduğuna, doğruyu yanlıştan ayıramadığına nasıl ikna edeceğini düşündü– ama aslında tek istediği gün batımının zaptettiği bu sıradan caddeye biraz daha bakabilmekti.

Her yutkunuşunda sözlerinin yarısını yutuverdi. Söylenecek şeyler karnının içinde bulanıyor, asitle yıkanıyordu; ancak kendi kafa karışıklığı, bu alelade caddede gerçekleşen debdebeli işlere benzedikçe, onu susturuyordu. İdam edileceğini ve öleceğini, gördüğü her şeyin ondan sonra da var olacağını anlıyordu. Haftalardır yalnız olduğu için, her şeyden korkmaya, içinde bulunduğu anın içine konuşmaya başlamıştı; çok geçmeden yıkılıp çökeceği, ifşa edileceği, yok edilip yeniden doğacağı fikrine tekrar tekrar ve artan bir güçle kaptırmıştı kendini. Bunu gelip geçen eski bir duygu olarak görürdü, ancak şimdi gelmişti ve gitmek bilmiyordu. Tek başına yaşıyor, tek başına düşünüyordu. Cinayetin doğası onu kendi içinde yalnızlaştırıyordu; hiç bu kadar yalnız olmamıştı.

Ben yaptım, dedi dışarıdaki benzin istasyonuna. Hazırım, gidelim. Acıyla başa çıkabilirim, ama korkuyu haklayamam.

Bütün gece Yirmi Dördüncü Cadde'ye baktı; orada bütün olan bitene, ucuz arabaların tamir edilip depolarının dolduruluşuna, fahişelerin, vatandaşların ve yabancıların, Van Buren'den kopmuş birkaç tipin gelip geçişine baktı; onları gözlerindeki moteller ve bu sıcak karanlıkta rahat bir yer arayışlarındaki heveskârlıkla görmeyi diledi. Korktuğu şeyi hiç de umursamadığı anlarda oluyordu bu. Akşamın çöküşünün, sokak lambasını veya şu benzin istasyonu gibi küçük bir işyerini başka bir şeye dönüştürmesi gibi, zaman da başka bir şeye dönüşmüştü. Sonra aniden, ama çok usulca bir şeyler ortaya çıkıverdi ve vakit Şimdi'ydi. Zaman ortadan ikiye yarıldı ve adam onun yüzünü gördü.

O, El-Evvel'di. Tanrıydı. El-Lahza'ydı.

Sonra kayboldu, fakat kaybolamazdı. Şimdi bir adamın mavi Volkswagen'ine bindiği, bunu yaparken de görevliye teşekkür edip arabanın kapısını sıkıca kapadığı bir dünya vardı gözlerinin önünde. Bir sokak lambasının floresanının, bakım istasyonunun üstünde yay gibi uzandığı ve bir diğerinin, hemen altındaki su ve yağ birikintisinin üstünde dümdüz yattığı bir dünyaydı bu. Adamın bir rüzgâra kapılıp uzaklaşabileceği bir dünyaydı, ama asla kötü, düşüncesiz veya anlamsız bir şey alıp götüremezdi onu. Bir gaz odasına girip ebediyen ölebileceği ve asla ölmeyeceği bir dünyaydı.

Şimdi biraz güneş ışığı geliyordu içeriye. Bir meşalenin alevinden kaçınmak ister gibi baktı tel parmaklıktan dışarı, mor bir huzurun yıkadığı bir dünyaya. Ayaklarının karaya bastığını hisseder gibiydi. Bu senin ebedi hayatın. Bu *sürekli*. Bu *bir kez* olur.

İki yanında iki adam, kadını dirseklerinden tutuyorlardı. Kapı açıldı. Kadının ayakları yere dokunmuyordu. Terliklerinden biri düştü.

"Son durak, yavrum. Hiçliğin Ortası'nın keyfini çıkar."

"Size ne bok oluyor be? Siktirin gidin başımdan," dedi kadın.

"Bu cidden güzel," dediler. "Burası Şeytan'ın seni yiyeceği Yokoluşu Arayış merkezi."

"Şeftalini yiyecek yani senin. Kanlı dişlerle," dedi diğeri.

"Seni yağ bağlamış ruh. Ölünce ruhların siğillerini emersin. Burası Sıfır Noktası," dediler.

"Bekleyin bir dakika," dedi Jamie. "Bekleyin bir dakika." Cevap sadece bir söz uzaklığındaydı.

"Harika!" dediler. "Bunu neden şimdi yapmıyorsun? Gecenin bir yarısı."

"Yokoluşu Arayış onu yiyene kadar," dediler.

Kadın yüzünün ısındığını hissedebiliyordu. Tutunacak hali kalmamıştı. "Bomba burada mı?"

"Sen söyle," dedi adam. "Sence burada mı?"

Adamı kelepçelenmiş ve prangalanmış bir halde Maricopa Vilayet Mahkemesi'nin sekizinci katına çıkardılar. "Hiç şansın yok," dedi Fredericks, Bill Houston'ı zincirlenmiş görünce. Durumu protesto eden derin bir nefes aldı ve çok akıllı biri gibi görünen, uzun, kır saçlı bir beyefendi olan savcı –ki Bill Houston avukatı olarak onu görmek isterdi– dostça elini uzattı ve gardiyanlara başıyla işaret verdi.

Gardiyanlar adamın kelepçelerini nazikçe çıkardılar ve Bill Houston avukatının yanındaki bir sıraya oturdu, fakat Fredericks bununla tatmin olmamıştı. Müvekkilinin, mahkumlara giydirilen bu elbiseyle kolayca etkilenen jüri üyelerinin karşısına çıkmak zorunda olması canını sıkıyordu. Neredeyse inme inmiş gibi görünüyordu. Houston onu hiç böyle heyecanlı, böyle haksızlığa uğramış ve istismar edilmiş görmemişti–ancak bunun gibi, sonu gelmez bir ilamlar ve itirazlar maratonunun ardından sadece sınırlı ve adım adım bir zafer kazanmayı umut etmekten başka yapabilecek bir şeyi olmayan taraf için, bu türden şov türünde bir savunmayı anlayışla karşılıyordu. Gelecek buluşmalarda William H. Houston Jr.'ın ucuz bir elbise giymesine izin verilecekti, ancak duruşmanın açılış gününde, kaderini tayin eden jürinin önünde, bir suçlu gibi görünmesini sağladıkları adamın dikkatinden kaçmayacaktı.

Bununla beraber jüri şu anda orada değildi. Yerel adliyeden gelen üç-beş kişilik bir ekip hazır bulunuyordu; araç gerecini çıkaran bir stenograf, üç savcı, iki cezaevi ile iki adliye sarayı gardiyanı ve birkaç izleyici. Üçüncü sıradaki annesini görünce, Bill Houston önemsiz bir suçtan yargıç karşısına çıkan bir genç gibi hissetmekten alamadı kendini.

Yüksek tavanları ve hâkim kürsülerinin uğursuz hantallığı, nerden geldiği belli olmayan floresan aydınlatması, süssüz ve kutsal Modern Havaalanı dekoru, halılarının şık sessizliği ve merkezi havalandırmasıyla o salonun içinde küçücük görünüyordu kadın. Pembe bir elbise giymiş, oğlunu izlerken kendi yüzünün sağlıklı ve canlı olduğunu cümle aleme göstermek için başından çıkardığı, bir iğne ve peçesi bulunan, siperliksiz, pembe bir şapka takmıştı. Geçmişteki bütün duruşmalarında da böyle arzı endam etmişti kadın: çünkü yalnızca, sevdiklerinin yasalarla mücadele ettiği böyle önemli günlerde birileri onun farkına varabiliyordu. Onun gibi insanlar, bu muhteşem odaları inşa edip içini atadıkları çalışanlarla dolduranlar tarafından genellikle görmezden gelinirdi –ya da en iyi ihtimalle biraz üzülürler ve biraz merhamet ederlerdi o kadar– ancak nihayetinde, herkes bu mekânların onun gibi insanlar için inşa edildiğini şimdi anlamak zorunda kalıyordu–ve şimdi *siz, bizim* için çalışıyorsunuz. Şimdi bizi cezalandırma görevi sizin. *Son olan, ilk olmalı.** Bütün bu trajediden bu kadar haz almak kadını utandırdı, ancak hâlâ zor bir gün olacağa benziyordu –bunu kabul etmeliydi– çünkü oğlu manşetlerdeydi.

Bill iyi görünüyordu. Alt sınıftan bir insan gibi iş elbiseleri giydirmişlerdi ona, ama yine de iyi görünüyordu. Yemek yediği ve spor yaptığı aşikârdı. Hep böyle olurdu. Kendi haline bırakıldığın-

45. İncil'de, Matta 20:16 bölümündeki, "*Son olan ilk olmalı ve ilk olansa, son: çağrılan çok olacak, ama seçilen az,*" ifadesinde geçen ve fakir, güçsüz insanları hor görmemeyi, çünkü en aşağıda görünenin bile, en büyük imana sahip olabileceğini belirten söz. "*Parayla imanın kimde olduğu belli olmaz*" şeklinde de çevrilebilir. (ç.n.)

da hem umutsuz, hem tehlikeliydi; ama gözaltındayken kendini toparlardı. En büyük oğlu, ancak kilitli yerlerde evinde hissederdi kendini.

Güpegündüz Jamie'yi öldürüverdiler. Güpegündüz kadının bileğini kavramış, "Seni Allah'ın belası kokot bunu yapamazsın, seni Allah'ın belası kokot, seni Allah'ın belası kokot," diyordu. İki taneydiler. "Duvara bok bulaştırdın, sen temizleyeceksin," dedi. Kadının bileğini kavradı ve elinin koskocaman görünmesine yol açtı. Kadın kendi elini tutup, fırlattı ve o, eli geri getirip yerine taktı. Kadın boğuluyordu. "Sorumluluk," dedi o. "Dehşet."

Kadının bileğini kavrayıp elini zehir gölünün sularına batırdı.

Kadının kulaklarından siren çığlıkları yükseliyordu. Zehirli, pis bir ölüm gölünün suları. Her şeyi istediniz. Ben de size verdim işte. Şimdi hiçbir şeyim.

"Bunlar temiz duvarlar," dedi. "Duvarlara bulaştırdığın şeyleri ateşe vermeni sağlıyoruz."

Benim. Bütün istediğiniz bu.

"Zehir ve Ateş Gölü'ndeki Sorumluluk ve Dehşet," dedi.

Elini bağırsaklarındaki pislikle yazdığı gizli yazılara değdirdiklerinde, kadın duraksadı. Olayın muazzamlığı yüzünde infilak etti.

Bu duvarlardan yıkanıp silindim.

Ama bu benim, dedi. Hâlâ buradayım.

Nerede hata yapıyorum?

O gizli, korkunç sözcüğün olduğu yerde alevler vardı şimdi.

NEREDE HATA YAPIYORUM?

"Bu, bir aydır söylediğin ilk mantıklı şey," dedi. İki taneydiler.

Buraya kadarmış, diyordu kadın ve beyninden geçen elektriği hissediyordu. Buradan çıkış yok. Bu kadar. Ebediyen buradayım. Tamamen saçmaladım.

Yavrum, dediler, beni kendine fena halde hayran bırakıyorsun. Bütün bu zamanı boyunca neye ihtiyacın olduğunu anladın mı? Sorumluluk. Kendine saygı. Peki bunları nerede bulabilirsin?

Adının üstündeki alevlerde.

Günler geçtikçe, Bill Houston asla bir tanık olarak çağrılmayacağını anlamaya başlıyor, davaya karşı olan ilgisini kaybediyordu. Onun yerine konuşacak olan hiç kimseye güvenmiyordu–kendisinin kim olduğunu yalnız o bilirdi. Tek istediği bu insanı jüriyle paylaşmasına izin verilmesiydi. Mahkûm ettikleri adamın kim olduğunu bilmelerini istiyordu sadece ve bütün bu gösterinin nedeninin kendisi olması, annesinin davayı izlemek için günbegün gelmesi, jürinin onu tanımaya hiç de niyetinin olmaması onu kızdırıyordu. Oyuncak arabalarla oynayan bir oda dolusu çocuğun arasındaki bir yetişkin gibi hissediyordu kendini. Kendisinin kim olduğunu anlamalarını sağlamak, onları yarattıkları küçük, özel dünyalarından söküp çıkarmak anlamına geliyordu.

Bezgin düşlerinde, silahını banka korumasına çevirdiği o ana tekrar tekrar dönüyordu. Koruma, paniğin ve heyecanın kimyasıyla donup kalmıştı ve Bill Houston tam da tetiğin üstündeki parmağını gerginleştirdiği anda, bu durumdan sıyrılmanın daha iyi bir yolu olduğunu anlamıştı. Bir şekilde adamın silahını alabilir ve hayatını bağışlayabilirdi. Kalp atışları arasında geçen bu süre, hareketin sonuçlarını iyice tartabilecek kadar uzundu. İşte tam o anda böyle bir seçeneği olduğunu fark etmek kendini *iyi* hissetmesini, hayatın *gerçek* olduğunu anlamasını sağlamıştı; böylece de tamamen kendisi olmuştu. Bunu, şu insanlara itiraf etmek isterdi, çünkü bir daha asla böyle bir deneyimi dinleme fırsatları olmayacağını hissediyordu. Bildiği en önemli şeyi ifşa etmek istiyordu sadece: Ben yaptım. O bendim.

Duruşmasını büyülü bir duvarın ardından izledi, azıcık bir enerjiyle, çeyrek saniyelik bir çabayla o tetiği çekmiş olmanın, hiç çekmemiş olmaktan ne kadar da farklı olduğunu hayretle düşünerek. Ne var ki bu, şık elbiseleri içinde bronz bileklerine takılı donuk donuk parlayan altın saatleriyle, kimi zaman büyük bir ciddiyetle konuşup, kimi zaman birisiyle şakalaşan, üstünde burada olup biten her şeyin nedenlerinin yazılı olduğu kâğıt tomarlarını nazikçe sallayan bu insanların karşısına çıkmasına yol açmıştı. Ayrıca bu, banka koruması Roger Cromwell'in yaşamdan bir şeyler beklemekte olduğu yerde hiçlikten koca bir boşluk yaratmıştı–Bill Houston'ın kulaklarını sağır eden bir sessizlik. Söylenemeyecek bir sözdü, çünkü ne denmiş olabileceğini anlayamazdı kimse. Bir yumruktan büyük olmayan, bir kalp kasından geniş sayılmayacak bir vakumdu bu; her şeyi içine çeken, Bill Houston'ın, etrafında hareket ettiğini gördüğü bütün makinelerin dengesini bozup hepsini allak bullak eden bir vakum. Bir şeyler söylediler; başka bir şeyler söylemeyi ise başaramadılar. Ayağa kalktılar; yerlerine oturdular. Yargıç kürsüsüne yığıldılar, jüriye danıştılar ve birbirlerinin yanından geçerken, başka kimsenin anlayamayacağı yüz ifadeleri ve küçük mimikler takındılar. Fredericks neler döndüğünü ve kanıtların nasıl da sallantıda olduğunu anlatmak için sürekli olarak adamın yanına geliyordu. Ama Bill Houston'ın aklından atamadığı şey, tetiği çekmekle çekmemek arasındaki ince farkta yatan dikkate değer güçtü. Parmağın ufacık bir hareketiyle onu yarım santim aşağı çekmek: İşte böylece buradaki erkek ve kadınların bir araya gelip sanki onu ipte sallandırmaktan başka amaçları yokmuş gibi, en ufak bir detayı atlamadan ya da işin kolayına kaçmadan, iddilarının ve yasalarının gerektirdiği şekilde amansızca birbirlerine bilgiçlik taslamalarına yol açmıştı.

Yirmi numaralı Geçit'ten; tek kelime etmeden geçtikleri çelik tünelden; tuşlar, şalterler ve düğmelerden oluşan bir bilgisayar çağı panelinin bulunduğu cam bir kontrol kulübesinden; üst aramasından; uyarılardan; her ayakkabının topuğuna V şeklinde bir çentik açılmasından ve ayakkabıların adama geri verilmesinden sonra; sürgülü kapılar açılıp kapandı ve adam, haki üniformalı tek bir HB-6 gardiyanıyla beraber hücrelerin aralardaki bariyerlerden birbirini göremedikleri için bağıra çağıra sohbet eden adamların arasından çıplak geçti. Geçtikleri yeşil kapıların her biri demir parmaklıklı değil, yekparc metaldendi ve her birinin ortasının üstünde ve solunda küçük bir pencere vardı. Arada bir alakasız bir yüz gözlerini dikiyordu.

Eşyaları ranzasının üstündeydi. Onların buraya taşındığını ve onu beklediğini görmek adama kendisini özel biri gibi hissettirdi; sıradan mahkûmlara bu muameleyi yapmazlardı. Yeni eşyalarında defo olup olmadığını kontrol etti: bir çift sarı, deri iş ayakkabısı –ayakkabı numarasını nereden biliyorlardı? dosyasında mı vardı?– iki mavi, pamuklu iş tulumu, iki blucin –çok büyüktüler; hakkında her şeyi bilmiyor olmaları adamı memnun etmişti– dört çift beyaz iç çamaşırı, dört beyaz tişört, sekiz beyaz çorap, iki beyaz mendil, iki beyaz havlu. Mendil. Ne zaman mendil vermeye başlamışlardı? Kasığına serili bir tişörtle ranzaya uzandı ve etrafındaki konuşmaları dinlemeye koyuldu–kadınlar, uyuşturucular, para ve arabalar hakkındaki konuşmalar. Bill Houston bu konularda sessiz kalacak bir tip değildi, ama kimsenin yüzünü göremeyince söze girecek fırsatı bulamıyordu. Ayrıca bir de, lafın arasındaki duraklamalarda söze girmek farklı bir şeydi; konuşmanın bitip bitmediğini anlayamıyordun. Birileri konuşmak üzere veya çoktan uykuya dalmış olabilirdi, bilemezdin. Bu durum telefonda konuşmak gibiydi, ama kimse "Alo," veya "Hoşçakal," demiyordu.

Varmak için uzun zaman önce yola koyulmuş olduğu yerdeydi. Işıkları söndürdüklerinde kendinden geçmişti.

Güneş doğudaki duvarın üstünden aşacak kadar yükselmişti. Önce tamamen gölgede kalan HB-6'nın küçük idman sahasının şimdi en batıdaki köşesinde göz kamaştırıcı parlaklıkta bir ışık çizgisi belirmişti. Dışarıda sadece yedi-sekiz mahkûm ve bir çift gardiyan vardı. Bill Houston avlunun karşı tarafında, yanındaki iki adamla yerdeki bir şeye doğru eğilen H.C. Sandover'ın farkına vardı.

Onlara en yakın gardiyan, o anda kim bilir hangi hınzırlığı düşünen bir avuç katili izlerken sinirli göründüğünden, Bill Houston olduğu yerde, güneşte kaldı. Buradaki üçüncü gününde, hâlâ yüksek çözünürlüklü yüzey ve açılara alışma aşamasındaydı. Gölgelerin siyahlığı, çöl binalarının bronzluğu ve ışığın gaddar beyazlığıyla ilgili bir şeyler Bill Houston'ın aklına İspanyol sefarethanelerini, Meksika'yı, açık ve anlaşılır şeyleri getirmişti. Bu mekânda öyle bir nitelik vardı–ışık ve sessizlik; ağır ağır devam eden şeyler.

Gardiyan şimdi üç mahkûma daha yaklaşmış, neredeyse aralarına girmişti ve hepsi bir şeylere gülüyordu.

Bill Houston da yanlarına gitti ve H.C., onun dikkatini elinde oynadığı büyük bir kara kurbağaya çekip adama gözlerini kısarak baktı. Sarı saçları omuzlarına kadar uzamış ve ağarmıştı. Parlak mavi renkli, küçük, yuvarlak gözlükleri vardı ve kafasında korsan tarzında, bir şapka gibi bağlanmış kırmızı bir bandana vardı–şapka takmak yasak olsa da. "Burada posta olarak kullanabileceğimiz bir şey var, Billy!" dedi.

"O kurbağa hiçbir yere gidemez, beyler," diye atıldı gardiyan.

"Sen ne dersin, Billy?" dedi H.C. "Başarabilir değil mi? Benim bütün hayat felsefem buna dayalıdır. Vaziyetin gösterdiğinin ötesinde bir gerçekliğe inanırım. Eğer içeri girecek bir yol biliyorsa, dışarı çıkacak bir yol da biliyordur." H.C. kurbağayı ters çevirdi. Hâlâ yerde çömeliyordu ve bu haliyle bir kurbağaya benziyordu. "Vaziyetin gösterdiği şey beni buraya getirdi zaten." Kurbağa bir insan yumruğundan büyüktü ve çeyrek kilo çekiyor olmalıydı. "Annen için bir mektup iliştirebiliriz buna Billy," dedi H.C., ayağa kalktığında neredeyse Bill Houston kadar uzun olduğu görülüyordu. Diğer iki adam nasıl olduysa kayboluverdi. Gardiyan birkaç metre öteye çekildi.

"Annem benden haber almayı öyle istiyordu ki..."

"Kadıncağızı görmeyeli neredeyse altı yıl oldu Billy. Altı yıl."

"Benim de öyle."

"Bu bir asrın yirmide biri eder. İnsanın böyle bir durumda bazı şeyleri net hatırlayamadığını söylememe gerek var mı?"

"Nasıl olur da ona hiç yazmazsın?"

"Ona yazmam gerekmedi ki. O bana yazıyordu."

"Yani bir şey demeye çalışmıyorum." Bill Houston bir özrünü düzeltmek ister gibiydi. "Ben sadece, şey–"

"Ben yalnızca güzel bir şeyler yazma kısmını ona bırakmıştım; öyle ya, o da benim hesabıma küçük bir suçluluk maddesi ekleyebilsin değil mi? Bazı şeyleri net hatırlayamıyorsun Billy, ama bazı şeyler de cidden net, berrak bir hale bürünüyor." Bill Houston güneşten ziyade, üvey babasından gelen sıcaklığı hissedebiliyordu. Hiçbir zaman bir evden fazla bir şeyi paylaşmamışlardı, ama şimdi bu adama ne kadar kırgın olduğuyla ilgili bir şeyler söylemek istiyordu. O söyleyecek bir söz bulamadan, "Tanrım, iğrenç kokuyorsun," dedi H.C.

"Ne?"

"Zehir gibi midemi bulandırıyorsun. Her yerinden siyanür kokusu geliyor Billy."

"Bana Billy diyen son kişi sensin."

"Hadi ben kaçtım." H.C. sanki önemli bir amacı varmış gibi, avlunun karşı tarafına, ağırlıkların bulunduğu yere geçti ve uzun saçlı bir Kızılderili'nin güneş ışığının vurduğu bir sıraya sırt üstü yatarak, yüzünün üstünde yaklaşık doksan kilo kaldırıp indirmesini izlemeye koyuldu. Kızılderili zorlanmaya ve halter duraksamaya başladığında, H.C. barın altına tek parmağını koyup adamın ağırlığı son kez kaldırmasına yardım etti. Bill Houston eğer illa birini öldürmesi gerekiyorsa, bunun H.C. olmasını istedi içinden. Hâlâ yedi düvelde olmayan çene var sende. Annemi kendine köpek ettin. Sabah öğlene döndükçe sıcaklığın duvarlara tırmandığı bu avluda dikilirken, kafasında bütün olan bitenin düğümlenip onu nasıl da kör ettiğini, aklını nasıl da karıştırdığını, bir daha düşünmeye bile başlamayacağı, nasıl gerçekleştiğini anlamaya muktedir olmayacağı işlerin, annesinin ve tanıdığı diğer insanların hayatlarının ve kendi hayatının onu nasıl bedbaht ettiğini hissetti. Ama şimdi her şey dupduru ve anlaşılır bir hale büründü, çünkü bir anda bu hapishane avlusundaki herkesin kendi kabuğundan, kendi hayatından sıyrılıp suyun üstünde ondan uzaklaştığını görür gibi oldu. Geriye kalan yalnızca ıvır zıvırdı.

Of be, burası elli derece falan herhalde. Sıcaklığı kulak zarlarında ve gözlerinin ardında hissedebiliyordu. Bundan kurtulmak için başını salladı, ama zaten her şey dayanılmayacak kadar net ve berraktı.

Bayan Houston, hastaneleri mutlak ölüm mekânları olarak düşünmesi gibi, Phoenix Havaalanı'nı da karanlık ve trajediyle özdeşleştirmeye alışmıştı–ailelerin parçalanmasıyla, kırık kalplerin karman çorman hayatlara doğru hareketiyle, asla geri dönmeyecek insanların yüzünü son kez görmeyle. İşte havaalanı şu anda tam da böyle, kâbus gibi ve yabancıydı –Miranda ve Ellen Bebek'i buradan götürecek uçak sabaha karşı 3.45'te kalkacaktı– ayrıca uluslahararası bir uçuş merkezinden çok bir otogara benzeyen eski havaalanından fiziksel olarak da farklıydı. Yeni havaalanında üç ayrı terminal ve içinde gıcır gıcır betona çizilmiş yeşil çizgileri ve onları buradaki yollardan, sayısız havayolu irtibat bürosuna taşıyacak çok sayıda asansöre ulaştırmaya ant içmiş okları ve işaret levhalarını izlemeden kimsenin doğru yolu bulamayacağı dev bir çok katlı otopark vardı; bu yazıların anlamını çözmek, bu okları takip etmek ve kendini Miranda, bebek, Stevie ve Jeanine ile anlaşılmaz bir yapıya sahip bu tuhaf yolculuğun içine bırakmak, Bayan Houston için ruhsal bir anlam kazanmaya başlamıştı.

Kendilerini, küllerinden doğan dev bir mozaik Anka Kuşu'na doğru yirmi-yirmi beş metre boyunca taşıyacak bir yürüyen merdivende bulduklarında, yaşlı kadın Cennet'in kapısı önünde beklemenin nasıl bir şey olacağını anlamış ve dünyevi hayatın ne kadar da önemsiz bir şey olduğunu görmüştü.

Bir eliyle Miranda'nın elini tutarken, diğer eliyle çocuğun yepyeni ekose valizini taşıyordu. Miranda şimdilik sessiz, çevredekilerden dolayı ürkmüş ve Stevieler'den buraya kadar kamyonette yaptıkları bütün yolculuk boyunca uyuduğu için biraz sersemlemişti. Ama oyuncakların, şekerlerin ve bitkin yolculara satılmaya hazır bütün zımbırtıların yakınında olduğunu sezdiğinde, canlanan uyanıklığı minik elinden hissedilebiliyordu. Bayan Houston onu daha sıkı tuttu.

"Belki yarının gazeteleri çıkmıştır," dedi Stevie. Ellen Bebek'i göbeğinin üstünde, Bayan Houston'ın daha önce hiç görmediği türden, Snugli denen, bebekler için yapılmış bir tür ters sırt çantasında taşıyordu. "Her gün yeni bir şey çıkıyor," dedi Stevie, ama Snugli'yi kastetmiyor, gazetelerdeki Houston Çetesi'nden bahsediyordu. Gözlerinde kederin pembeliği ve bereleri vardı. Herhangi biri bütün bu olanların onu mahvettiğini görebilirdi.

Ancak bu Bayan Houston'ın başına üçüncü veya dördüncü defa geliyordu ve bunu atlatmasını bildi. "Artık bugünün gazetesi diyebiliriz," dedi. "Vakit perşembe sabahının üçü oldu bile." Geliniyle konuşmak için dönünce, ağır ağır ilerledikleri yürüyen merdivende son sırada duran Jeanine'e takıldı gözleri. Jeanine, beyaz, kolsuz bir parti elbisesi içinde iyice bronzlaşmış teni ve berrak gözleriyle kameraları arayan yıldız adayı genç bir aktris gibi görünüyordu. Bu gece büyük, mavi *Urantia Kitabı*'nı yanında taşımıyordu. San Francisco'ya gidip, bir Hertz Araba Kiralama kızı olacaktı.

Yürüyen merdivenden inip eşyalarını yüklenirlerken, Stevie bebeğin seyahat çantasının fermuarını açtı ve her şey içinde mi diye baktı. "Dört buçuk gibi ona bir şişe ver–veya ne zaman isterse, bas bas bağırmaya falan başlarsa ver bir tane. Fazladan bir tane daha koydum. Birkaç tane bez de var, ama altını değiştirmen gerekmeyecektir muhtemelen. Biraz da şu şekerpancarlı Gerber mamalarından koydum." Jeanine'e mavi kamp çantasını uzattı. "Şekerpancarına bayılıyor."

"Bizim saatimize göre mi dört buçuk, onlarınkine göre mi?" dedi Jeanine.

"Saatler aynı, tatlım."

"Orası California," dedi Jeanine. "Tamamen farklı bir zaman dilimi."

"Yazın öyle değil," dedi Bayan Houston, "çünkü gündüz saati uygulamasında değiliz. Tanrının saatindeyiz."

"Babasını nasıl tanıyacağım?" diye sordu Jeanine.

"Sanırım çocuklarını tanır, değil mi?" dedi Stevie.

Uçuş kapıları ve güvenlik alanının girişine yaklaşıyorlardı–taşıma bantları, katı çalışma tarzı ve X-ışınlı gözler. Bayan Houston ona acı verecek bir endişe dalgasını savuşturdu. "Hah, tamam," dedi Stevie ve yirmi dört saat açık bir hediyelik eşya dükkânına ilerleyip bir gazete satın aldı. "Her gün yeni bir şey çıkıyor," diye konuştu kendi kendine.

"Hep yerel haberler bölümünün birinci veya ikinci sayfasında çıkıyor," dedi Bayan Houston. Hâlâ Miranda'nın elini tutarken, diğer eliyle gazeteyi bir kol boyu uzakta tutup, Ellen Bebek'in kafasının üstünden okumaya çalışan gelininin ardından yürüdü. Ellen uyanık ve tetikte, sol elinde sıkı sıkı tuttuğu lastik diş kaşıyıcısı ile Stevie'nin yanağına vurmaya çalışıyor gibiydi. "Ölüm Evi'ne Nakledildi," diye yüksek sesle okudu Bayan Houston. "Buna inanamıyorum." Jeanine'e döndü. "Bunun Tanrının iradesi olduğuna inanamıyorum."

"Bilmiyorum. Hiçbir şey bir anlam ifade etmiyor," dedi ona Jeanine.

"Yarından itibaren HB-6'da olmayacak artık," dedi Bayan Houston. "Onu Ölüm Evi'ne koyacaklar, bir çeşit bekleme odası. Artık," diye ekledi, "beklemeyi öğrenmesinin zamanı geldi."

Stevie bir anda öfkelenmişti. Talihsizlikleriyle ilgili her şeyi yanından atıp kurtulurmuşçasına kayınvalidesinin elindeki gazeteyi dürttü. "İki hafta içinde oğlunu öldürmek niyetinde olduklarını anlamıyor musun?"

Bayan Houston bu fikri küçümsemişti. "Bir insanın ruhu asla ölmez." Gazeteyi bütün havaalanını işaret ederek salladı. "Bütün mesele bu."

Stevie'nin kızarmış gözlerinden yaşlar boşandı. "Ben yalnızca onu koklamak istiyorum. Lanet olası ruhunu koklayamam ki!"

O ağlarken hepsi bitirmesini bekledi. "James'den bahsediyorum," dedi onlara.

"Biliyorum," dedi Bayan Houston. "Ama en azından o idam edilmeyecek. Yakında iyileşince onu göreceksin. Ve eğer istiyorsan onu koklarsın." Eline asılıp, "Bayan Houston, Bayan Houston!" diye tutturan Miranda'ya baktı. "Uçak neredeyse kalkacak," dedi çocuğa. "Ne istiyorsun?"

"Gazeteler annemin öldüğünü yazıyor mu?" diye sordu Miranda.

Üç kadın sus pus oldu. Sonunda Jeanine konuştu: "Ne?"

"Öldüğünü söylüyorlar mı?" diye tekrarladı Miranda.

"Hayır tatlım." Jeanine ne diyeceğini bilemiyordu. "Hayır–annen *ölmedi*. Sadece *dinleniyor*."

"Dinlenmek ölünce olur," diye açıkladı ona Miranda. "Bir hastanede *iyileşmek* için dinleniyor, *ölmüş* de dinleniyor falan değil."

Miranda yeni elbisesini bacaklarının arasında büzdü. "Tuvalete gitmem lazım."

Jeanine onu güvenlik alanının bu tarafında kalan tuvalete götürdü. Miranda'yı beklerken aynada kendine baktı. Saçları yine uzamaya başlamıştı ve onlara daha yeni perma yaptırmıştı. Elbisesi bembeyazdı. Kırmızı bir ruj sürmüştü. Bir katili tanımak, ona yaşaması gerektiğini öğretmişti.

"Stevie?" diye seslendi Miranda, sesi kabinden yankılanırken.

"Ben Stevie değilim, tatlım. Jeanine'im."

"Ah," dedi Miranda. Sonra tekrar seslendi: "Jeanine?"

"N'oldu?"

"Hım..." O an, sanki suyun altında cereyan ediyordu. "İşim neredeyse bitti, Jeanine."

"Güzel," dedi Jeanine.

Miranda gitmeye hazır olduğunda, Jeanine musluklardan birini açtı ve kızın ellerini yıkamasında ısrar etti. Miranda ayak parmaklarının ucunda durarak, el parmaklarının en ucunu kısacık bir süre için suyun altına soktu ve ardından elektrikli kurutucunun altında durup sıcak havanın yüzünde dolaşmasını hissetti.

Kurutucu durdu ve kız öylece bekledi. Neredeyse Jeanine'inkiyle aynı, beyaz bir elbise giyiyordu ve umuma açık boş bir yerin fayansla döşenmiş, beklenmeyen sessizliğinde yalnızlardı. Kollarını Jeanine'e uzattı. "Beni ayyaya kaldırı mısın?"

Jeanine bir an için bunu anlayamadı.

Ardından anladı ve kızı geniş aynanın önüne doğru kaldırdı. Fayansların pusunda yok olup gidecek gibi görünen, yan yana dizili birbiriyle tıpatıp porselen lavaboların üstünde kendini gördü Miranda. Yüzünü bir o yana bir bu yana çevirerek, her şeyin durmadan çoğaldığı aynada kendini dikkatle inceledi. "Bu ben değilim," dedi Jeanine'e.

Elini kendi göğsünün beyaz kıvrımlarına yerleştirdi. "Bu benim."

VI

Ölüm Evi'nin üç-on bir vardiyasının gardiyanı Brian, her zamanki gardiyan üniforması olan kolalı haki elbisesini giymişti. Ama Bill Houston ve tutukluyu nakleden gardiyanlarla beraber, yaşamının son iki haftasında mahkûmu barındıracak kırmızı kiremitten küçük eve girer girmez, gömleğini çıkardı ve Ölüm Evi'nde olduğu sürece bir daha da giymedi. Ancak sivil görünümlü resmi şapkasını hep kafasında tuttu, aynalı Air Force güneş gözlüklerini de öyle, ki Bill Houston deneyimlerinden bunların net görüşü engellediğini ve ancak bir serserinin sevebileceği türden bir şey olduğunu bilirdi. Anlaşılan, Brian'a göre, sahip olduğu görünüm, sahip olmak istediği görünümün bir başlangıcıydı. Daha yirmi üç, yirmi dört yaşlarındaydı.

"Pekâlâ," dedi Bill Houston yeni yuvasının kapısında üç gardiyanla beraber dikilirken, "pek de öyle zindana falan benzemiyor."

"Değildir," dedi Brian. Ciddi ve sinirli bir adamdı. "Kurudur burası."

Bill Houston, beton zeminin orasına burasına saçılmış, hortumla yıkandıktan sonra geride kalan birkaç su damlası hakkında kendisini temin etmek niyetinde değilse, gardiyanın neden kuruluktan bahsettiğini anlayamadı. Sağ tarafında kapısı olmayan bir kapı boşluğunun ardında yan yana iki küçük hücreden oluşan Bekleme Odası vardı. Solundaysa, geniş bir cam pencerenin ardında bir radyo kanalının stüdyosuna benzer küçük bir oda bulunuyordu. Burası tanıkların odasıydı.

Hemen önünde gaz odası vardı ve eski püskü bir ulaşım aracından pek de farklı görünmüyordu. Hava geçirmez ağır kapısı açıktı ve Brian ıslık çalıp haki gömleğini çıkararak keyfine bakarken, o deri kayışlı, devasa, metal koltuğa aptallaşmış bir inanmazlıkla bakıyordu.

"Otursana," dedi Brian. "Kendini evinde hisset."

Bill Houston gülmeye çalıştı. Ama beceremedi.

"Yo-cidden. Kimse bir şey demez. Denemek ister misin?"

Bill Houston gardiyanın bu teklifi herhangi bir yaptırım gücü olduğundan değil, kendisinin gerçekten kabul edilebileceğine inandığından yaptığını anladı.

Bahçeden gelen bir grup adam girişin yakınlarında toplanmıştı–yakıcı güneşin altında şapkasız, aralarında dikilen ve sanki onların mahkûmuymuş gibi görünen uzun boylu bir gardiyanın nezaretinde kanlarını satmak için revire giden adamlardı bunlar. Brian onlara içtenlikle seslendi: "Bugün küçük bir deneme yapmak isteyen var mı?"

Adamlar kahkahalarla güldüler–ürkmüş av kuşlarının feryadı gibi bir ses patlamasıyla. Ses bütün alana yayıldı ve onları cüceleştiren duvarlardan yankılandı.

Tamam demeye, tabii demeye, evet demeye yönelik, sadece kendisine ait olmadığını sezdiğini ani bir güdü yerleşti Bill Houston'ın içine. Ama hiçbir şey söylemedi. Merakın hemen ardından, buradaki insanların cinayet işleyip paçayı sıyırabilecekleri bilgisi, şanslarını denemek isteyebilecekleri şüphesi, hapishane kuşlarına özgü o alışılmış korku ve titreyiş yerleşti içine. Hücrelerinde kapana kısılmışken gazla öldürülmek bu mahkûmların toptan rüyasıydı. Tuhaf hayallerinde hapsedilmişliklerinin sınırları onlarla konuşurdu; onlar da gelecek şey her neyse onu, bir başka ismi, altın çağları veya Yokoluşu Arayış'ı beklerlerdi. Bill Houston damarlarındaki kanın hücum ettiğini biliyordu –bu adamların gereksindiği şeyin duvarlara sindiğini hissediyordu– ve kendini bir kurban, ölümünüyse aptalca hatalarından daha önemli bir şeyler için bir bedel haline getirmek istiyordu. Eğer Brian ona, bunu yapmanın birilerine faydası olacağının garantisini verebilse, kapıyı açar ve hemen şimdi kendini öldürtebilirdi.

Eşikten bir metre kadar içeri girdi ve odaya baktı. Koltuğun oturulacak kısmı gazın çıkışını sağlamak üzere üstünde delikler açılmış dökme demirden bir kasanın üstünde duruyordu. Beşer santimlik iki düz boru, tanıkların penceresinin hemen altından gelip delikli metalin altına bağlanıyordu. Adam bu boruların, küçük siyanür toplarını koltuğun altındaki asit banyosuna ulaştırdıklarını düşündü. Kol ve bacaklar için yapılan kalın, deri kayışların, kendisinden önce burada bulunanların terleriyle karardığı açıkça görünüyordu.

Söyleyecek sözü yoktu ve buraya kısılıp kalmanın nasıl bir şey olduğu konusunda onlara anlatacak bir şeyi olmadığı anlaşılınca, diğer mahkûmlar revire doğru yollandı.

Gardiyanlar sabırla Bill Houston'ı beklediler, Bill Houston ise ayakta beklerken ölümünün gerçekleşeceği mekândan dehşete kapılmıştı; bu mekân son tahlilde bir dalgıç hücresine veya bir lunaparkta bir oyuncak denizaltına benzeyen, kapısına sıkıca kapansın diye konmuş büyük çarkıyla küçük bir odaydı. Bu oyuncağı isteyerek denemekten çok, buna mecbur bırakılmış hissediyordu kendini. Ama kapıya monte edilmiş, alışılmadık uzunlukta bir borusu bulunan stetoskopu görene kadar bu manzara onu pek etkileyemedi. Kayışların bağlanmasından sonra, bu dinleme aygıtının parlak, düz ucunun da göğsüne iliştirileceğini anladı ve bu ona hiç de adil görünmedi. Üstüne bir şey giymesine izin vermeyecekleri, yabancıların önünde yarı çıplak olacağı anlamına geliyordu bu–ve şimdi ölümünün birileri önünde gerçekleşeceği, gözlemleneceği, yaşamayı ne kadar da istediğini anlayamayan insanlar tarafından izleneceği canlandı gözünde. Direniş göstermediği için işlerin yolunda olduğunu düşüneceklerdi muhtemelen. Ama öyle değildi. Onu tanımıyorlardı işte. Yabancıydılar.

Kapının diğer tarafına, kapatmalarından sonra göremeyeceği tarafına dikkatle baktı ve stetoskopun tavşan kulaklarını orada öylece sarkmış görmekten tiksindi. İşler yolunda falan değildi işte! Hele ölürken, vücuduna bir şeylerin takılı olması. Kalbi, ana atardamarları patlayıncaya dek iki damla oksijensiz kan pompolama çılgınlığı içindeyken bir doktorun nabzının hızlanışını dinleyecek olması sinir ediyordu onu. Ayrıca doktor muhtemelen elini çabuk tutmasını diliyor olacaktı.

Sonra banka koruması Cromwell'i nasıl da ölümle kaplamak istediğini düşündü; boyayla kaplar gibi, ta ki adamdan hiçbir tehlikeli yaşam ışığı çıkmayana kadar. Buna ben neden oldum. İşaret parmağını hafifçe kımıldatmıştı. Hepsi buydu. Şimdi elini taşın altına sokma sırası ondaydı.

"Bu ne anlama geliyor?" diye sordu Brian'a. Kapıdaki küçük pencerenin üstünde, iç tarafta, hidrosiyanik gaz döne döne yükselip burun deliklerinize dolarken okumanız için eski İngilizce harflerle yarım daire şeklinde bir şeyler yazılmıştı: Ölüm Güzelliğin Anasıdır.

"Ben ne demek olduğunu bilmiyorum," dedi Brian. "Ama galiba sen öğreneceksin, değil mi?"

Ancak Bill Houston zaten biliyordu.

***

"Bu şeyin tadının ne kadar iyi olduğuna inanamazsın," dedi Brian'a, üstüne margarin aromalı domuz yağı sürülmüş Etimek'ten yiyip adını bilmediği bir hazır çorba içerken. "Kapının üstündeki o yazının da demek istediği bu." Plastik kaşığıyla bir el hareketi yaptı. "Eğer kala kala iki haftan kalmışsa, bir bok sandviçi bile güzel gelir sana. Hatta ekmeksiz bir bok sandviçi bile."

Brian şapkasını çıkardı ve başının tamamını hararetli bir şekilde kaşıdı. Zayıftı, kısa, açık renk saçlarıyla yakışıklıydı ve bir taşra çocuğu olduğunu gösteren büyük bir âdemelması vardı. Sigara içmezdi ve viski içmediğini söylüyordu. "Beni burada pisliğe bulaştıramayacaklar," demişti Bill Houston'a bu ikindi. "İki ay önce pisliğe bulaşan yirmi üç personeli kovdular. Ama ben asla gitmeyeceğim–beni doğru yoldan çıkaramazsın. Faydalanabileceğin hiçbir kötü alışkanlığım yok benim, anlatabiliyor muyum?"

"Seni doğru yoldan çıkarmaya çalıştığım falan yok ki," dedi Bill Houston.

"Neyse işte, demek istediğim, deneme bile."

"Dindar mısındır?" diye sordu Bill Houston.

"Elbette dindarım. Ölüm Evi'nde herkes dindardır. Bana göre son günlerinde burada beraber olmamız yazılmış, hepsi o."

"Tabii," dedi Bill Houston, "doğru." İşte kabul etmişti. Ancak daha sonra böyle söylediği için utandı.

Ölüm Evi'nde havalandırma yoktu. Brian yönetmeliklere aykırı olarak Bekleme Odası'nın kapısını biraz essin diye açık bırakıp Bill Houston'a azıcık toprak ve bir parça beton duvar manzarası sundu. Birisi duvarın dibine beş metrelik bir sıra boyunca ne olduğu belirsiz bir bitkiden ekmişti; Bill Houston bütün gün öylesine bu kişinin gelip bitkiyi sulamasını bekledi, ama kimse gelmedi. Duvarın diğer tarafında hapishanenin çevre güvenliği olan Güney Birimi vardı ve buranın daha da güneyinde tamamen kapalı azami güvenlik bölümü olan ve Bekleme Odası'na naklinden önce sadece dokuz gün geçirdiği Hücre Bloku Altı bulunuyordu.

Gün batımında, yıldızlar çıkmadan hemen önce gökyüzü laciverde büründü ve avlularla binalar gümüşi yay lambalarının ışığı altında tereyağı kadar sarı kesildi. Hava aniden soğudu, ama duvarlar karanlığın içinde bir süre daha sıcak kaldılar ve üstlerine cömertçe dolanmış dikenli tel örgüler, gün ışığını alan son şeyler oldu. Dışarıda çöl uyuyakalmıştı: Gündüz hayvanlarının yuvalarına çekilip, gece hayvanlarının bir süre daha saklanmayı sürdürdüğü bir vakitti. Kuzeye giden otobanın karşı tarafında, Ceza Dairesi'nin* yonca tarlalarından etrafa yeşil bir alev yayılıyordu. Bu barış değildi, ancak savaş da değildi. Mahkûmlar akşam yemeklerini yemişlerdi ve sesleri çıkmıyordu.

Bir müddet sonra karanlığın içinden bir enerji, duvarların üstünden alüminyum folyo inceliğinde uğuldayan bir rüzgâr çıktı. Gece hayvanları işe koyulmuştu. İçeride TV'lerin sesi açılıyor, daha çok ışık yanıyordu. Sesler yükseliyor, daha kısık seslerle pazarlıklar yapılıyor, suç ortakları arasında birtakım işler dönüyordu. Mahkûm olsunlar ya da olmasınlar, insanlar yaşamak zorundaydı.

Bill Houston yeni mekânında, Florence Cezaevi'nin geri kalan kısmıyla hiçbir şey, bir mutfak bile paylaşmadığı HB-6'da olduğundan daha yakın hissediyordu kendini hapishane hayatına–bir dolaşım içinde olmaya daha yakın. Ama bu hayatın bir parçası olmadığını ve bir daha hiç olmayacağını biliyordu. James eninde sonunda bu hayatın içine girecekti, belki Burris de öyle. Bill Houston bu gece kendisi için üzülüyordu. Bütün yapabileceği akşam yemeğinde nöbetçi olan yaşlı, muzip gardiyan Foster'la konuşmak veya biraz hava almaktı. Havanın bir aroması olduğunu daha önce hiç fark etmemişti. Bir tadı vardı ve harika bir tattı bu.

Hapishanede sadece üç hafta geçirebilecek olması cezasının en kötü kısımlarından biri gibi görünüyordu şimdi. Hayatın mucizesi onun kolunu kanadını işte bu tektip sıradanlık içinde kırıyordu. Çöl havasındaki en küçük değişiklikler; sabit zannedilen gölgelerin mevsimler değiştikçe toprak üzerinde ağır ağır açı değiştirmeleri, adamın çevresindeki bütün tanıdık insanların yavaşça devrilmesi–bunlar asla aynı kalmayacak şeylerin özünde gizlenmiş mutlu biten hikâyeyle ilgiliydi. Ama sokaklarda olaylar şerit değiştiriyordu. Her şey ters yüz oluyor, gerisin geri adamın yüzüne vuruyordu. Adamın gözleri faltaşı gibi açık kalıyor, ama bu halde uyuyakalıyordu. Sokaklardaki kendini hiç tanıyamamıştı. İşte her şey burada, onun lanetlenmişliğinin dayanılmaz merkezinde olup bitiyordu.

---

* ABD'nin federal sistemi içinde her bir eyalette yapılandırılmış güvenli, uygar ve etkili bir ceza sisteminin devamını sağlayarak toplumu korumayı amaç edinen bir devlet dairesi. (ç.n.)

Hikâyenin bu versiyonunda adam, tabancayı gizleyen çiçek demetini çek yazılan sıralardan birinin üstüne bırakıyor ve aklına aniden bir fikir yerleşiyordu. "Bekle Dwight," demişti sessizce; kimse durumu fark etmemişti.

Sıraların yanında duran Dwight'ın kafası karışmıştı. Yakına geldi. "N'oldu Bill?"

"Bence vazgeçsek iyi olur."

"Peki, vazgeçeriz o zaman. Ama sorun ne Bill?"

"Dwight, içimde bir huzursuzluk var. Bu konuda bana güvenebilir misin?"

"Mecbursam güvenebilirim. Ve bence buna mecburum Bill. Neden yarın tekrar gelip denemeyelim ki?"

"İzin ver, bir tavsiyede bulunayım," diyordu Bill hikâyenin bu versiyonunda. "Başka bir koruma görevdeyken gelsek daha iyi olur. Bu koruma beni nedense huzursuz ediyor."

Bir başka versiyonda ise "Ben yarın da gelmek istemiyorum," diyordu Bill. "Bir daha hiç gelmek istemiyorum. Çok güzel bir hayat yaşama fırsatım var–bir kadın, bir çift çocuk. Burada olmamın hiçbir anlamı yok. Etrafımdaki bütün o nimetlerin değerini hiç bilmiyormuşum."

***

"Ben de öyle Bill," diye onaylıyordu Dwight bir başka versiyonda.

"Ben de öyle," diyordu James.

"Ben de öyle," diyordu Burris.

"Ben de öyle," diyordu Jamie.

Her şey canlanıyor ve her şey titriyordu. Ama yerli yerindeydiler.

Kadın pembe bir etek ve siyah bir tişört giyiyordu. Teninde külotlu çorabı hissetmek harikaydı. Ama tenis ayakkabıları, elinde poşetlerle süpermarketten çıkan bir kadın gibi hissetmesine neden oluyordu kendini.

"Ne kadar alkol–neydi? Şarap mıydı?" diye sordu Sosyal Güvenlik görevlisi kadın.

"Evet. Doğru. Şarap." Doktor Wrigley defterine tutturulmuş grafiklere bakıyordu. Şu durumda Jamie'nin destekçisiydi.

"Ne kadar şarap kullanırdın bir günde, ortalama olarak?" diye sordu Sosyal Güvenlik görevlisi kadın.

"O konuda cidden düzenliydim gibi bir şey," dedi Jamie etrafında toplanmış görevlilere. "Her gece en fazla yarım şişe kadar kırmızı şarap içerdim. Geri kalanını da kahvaltıda bitirirdim."

Hepsi başıyla onayladı. Kadınla beraber görüşme masasının etrafında dört kişi daha vardı. Not alıyorlardı.

"Ya uyuşturucular?" Bu soru ufak tefek bir kadından gelmişti, o da dokturdu. Jamie ondan hoşlanmıştı, çünkü onun tarafında gibi görünüyordu ve tenis ayakkabıları giyiyordu. "Ne tür ve ne kadar kullandığını bize söyler misin?"

"Bu konuda öyle düzenli bir şeyim yoktu," dedi Jamie. "Kafayı bulmak için elime geçen her fırsatı değerlendirdim."

"Bugün kendini nasıl hissediyorsun?" diye sordu Sosyal Güvenlik görevlisi kadın.

"Sinirli," dedi Jamie.

'Sinirli' yanlış kelimeydi. Bunu hemen anlamıştı kadın.

"Yani, evet bazı sorunlarım var," dedi, "ama bunlar öyle aman aman şeyler değil bence."

Sandalyelerinde kıpırdadılar.

"Sadece burada olduğun için sinirlisin o zaman," dedi Doktor Wrigley.

"Aynen öyle," dedi Jamie.

Hepsi başıyla onayladı. Kadın yanlış bir şey söylediğinde oturdukları yerde vücutlarını oynatıyorlardı. Doğru bir şey söylediğindeyse başlarını sallıyorlardı.

Önünde bir grafik olan tek adam Doktor Wrigley değildi. Biri daha vardı; Doktor Benvenuto, sayfaları karıştırıp "Jamie, on yıl sonra kendini nerede görüyorsun?" diye soran adam.

Kadın gözlerini kapadı ve her şey bir kehanet gibi canlandı gözünün önüne. "TV seyredip Winston sigarası içiyor olacağım."

Bu, kafalarını bir yukarı bir aşağı çılgınca oynatmalarına neden oldu. Buna bayılmışlardı.

"İki kızım hemen yan odada olacak. Miranda on altı yaşında, muhtemelen telefonla konuşuyor olacak. Telefondaki de erkek arkadaşı olacak." İşte kadın şimdi tam da doğru ata oynuyordu–etrafını dört mutlu yüz kuşatmıştı. "Ellen on yaşında falan olacak. O da, piyanonun başında. Büyük gün için birkaç melodi alıştırması yapıyor olacak. Resital için." Kadın, karşısındaki tebessümlerin içine baktı; o tebessümlerin ötesine ve bu insanların evlerine baktı. "İstediğim bu. Bir piyano, içinde çiçekler olan bir vazo. Fazla benzin yakmayan küçük bir araba. Düzenli bir yaşam."

Bir sigara yaktı. "Her şey aylık ödemeler şeklinde düzenlenecek."

Aman!

"Yani, mevcut bütün borçlarım falan."

"Anlıyoruz," dedi Doktor Wrigley ve diğer adam, Ayakta Tedavi Programı'ndan Doktor Benvenuto işi gülmeye kadar vardırdı.

Ekspres Yol'a geri dönüş. Aklını topladı ve odayı olduğu gibi, tam bir bütünlük içinde gördü kadın. Aslında buradaki herkes onun tarafındaydı. İşareti veriyordu ona hepsi: Çıkış Bu Taraftan.

Sosyal Güvenlik görevlisi kadın ve tenis ayakkabılı hanım doktor gittiğinde, odada Doktor Wrigley kalmış ve kadını Doktor Benvenuto ile tanıştırmıştı. "Bence sizin yeriniz Uyuşturucu ve Alkol Rehabilitasyon programı," deyiverdi Doktor Benvenuto.

"Dışarıdan tedavi şeklinde," dedi Doktor Wringley.

"Dışarı," dedi kadın. "Bu kelime kulağa harika geliyor."

"Aşılacak uzun bir yolun var, umarım bunu anlıyorsundur," dedi Doktor Benvenuto.

"Bu yolu santim santim yürüyeceğim," dedi Jamie.

"Kimyasal maddelerden uzak durmak için ne gerekiyorsa yapmaya hazır mısın?"

"Kollarımla bacaklarımı bile kesebilirsiniz."

"O kadar ileri gitmemize gerek yok. Bir ıslahevinde yaşayıp düzenli olarak terapi gruplarına gidebilecek misin? Her üç günde bir idrar tahlili yaptırmayı kabul ediyor musun?"

"Her şeyi yaparım. Nereyi imzalayacağım?"

"Konu imzalamakla ilgili değil. Yaşamakla ilgili. Bu biraz daha zordur."

Jamie mektubu defalarca okudu. Ama Doktor Wrigley böyle yatağın başında dikilirken dikkatini vermek zordu. Dış dünyayla kurduğu, ilk kişisel temasıydı bu–her ne kadar aslında bir başka İç Dünya'dan geliyor olsa da.

Kadın tepkisinin önemli olacağını hissetti. Doktor Wrigley bunu ona getirmek için bizzat gelmişti.

"Yazın ne kadar başında geldi bu, ne zaman yazmış?" diye sordu kadın ona.

"Galiba tutuklanmasından hemen sonra. Bu kadar zaman aldığı için üzgünüm, ama sanırım sen de beni anlayabilirsin."

"Ah tabii," dedi kadın. "Sorun değil. Sadece merak ettim." Tekrar okudu:

Ayrılık zor. Hâlâ her gün seni düşünüyorum. Burayı su bastı beni buraya getirdiklerinin ikinci günü oldu–Sonra herkes iki tane aşçının yaptığını anladı–kasten yapmışlar ve mutfaktaki tesisatın içine etmişler–Umarım herkese üzgün olduğumu söyleme fırsatın olur. Bu pusula avukatım Freddy tarafından ulaştırılacak. James ölmediği için mutluyum
Sana karşı hislerim var söylemesi zor bilirsin–Burris'e kırgın olmadığımı söyle, başka biri de olabilirdi.

Ayrılık zor. Ama kısmet bu belli mi olur? Belki güneşli bir gün yine buluşuruz Jamey.

Sevgilerle
Wm Houston Jr
Burris' e hâlâ kardeşim olduğunu söyle

" 'Burris'e hâlâ kardeşim olduğunu söyle,' diyor."

"Hmm–öyle diyorsa," dedi Doktor Wrigley.

Kadın bir an için bu cevabı anlayamadı. "Sanırım bu çok hoş olur."

Brian akşam yemeğinden dönerken kucağında bir yığın gazete taşıyordu, yanında da HB-6'dan iki gardiyan vardı. Gardiyanların peşi sıra Richard Clay Wilson geliyordu. Herkes sessizdi. Bu adam çocukları katletmişti. Espri yapılmıyor, kimse ona gaz odasının koca sandalyesini denemesini önermiyordu.

Wilson ne yaptığını bilir bir şekilde bitişik hücreye yerleşerek rafa büyük bir pilli radyo koyup sesini sonuna kadar açtı ve gürültünün ve bölmelerini ayıran parmaklıkların arasından masumane bir tehditle Bill Houston'a dikti bakışlarını. Bill Houston HB-6'da kaldığı kısa süre boyunca Wilson'la tanışmak fırsatını yakalayamamıştı, ama Bill Houston'ın yıllar önce gazetelerde gördüğü gençlik resimlerinden pek farklı görünmüyordu. Sıska ve siyahtı, ama çok da siyah değil –yarı Jamaikalı yarı beyaz– son derece geniş, düz bir burnu ve korkunç bir cildi vardı: burnunda ve yanaklarında çiller ve siyah noktalar ile tıraş ettiği bölgelerde tahriş olmuş gözenekler. Mavi iş elbisesini ranzanın üstüne atarak elleri kalçasında gözlerini onlara dıktı–onu âdi birinden çok, bir birey olarak kabul ettirmek için tasarlanmış, rasgele yapılan jestlerle. Her bir meme ucunda, üstlerinden ışık yayıldığını belirten çizgiler olan iki haç dövmesi vardı. On üç yıldan biraz uzun bir süredir idamı beklediği bir hücrede ve ardından da HB-6'da kalıyordu. Otuz bir yaşındaydı.

Birbirlerine kendilerini Richard Clay Wilson ve William H. Houston, Jr. olarak tanıttılar. Bunlar gazeteler tarafından onlara verilen isimlerdi.

"Pekâlâ iyi geçinebiliriz," dedi Bill Houston.

"Elbette," dedi Richard ve müteşekkir bir halde kulaklıkları alıp başına yerleştirdi.

"Gaz odasına bu kadar hızlı gelen kimseyi görmemiştim," dedi Richard bölmelerinin arasına yapıştıracakları eski gazete sayfalarını bantlarlarken.

"Avukatım yeni bir döneme girdiğimizi söyledi bana," dedi Bill Houston.

"Altı yıldır buraya kimse gelmemişti. Ben de daha önce buraya gelmemiştim."

"Kim gelmişti?"

"Mavis diye motosiklet çetesi üyesi bir beyaz. İki gün içinde tekrar HB-6'daki evine döndü."

"Onlar benim kellemi istiyor. Seninkini de tabii," dedi Bill Houston.

"Ben HB-6'nın en yaşlısıyım, sen de en genci," dedi Richard. Bu adamın, üniversite hocalarında görünene benzer bir şişinme huyu var gibiydi.

Bill Houston herifin bir aptal olduğunu düşündü. Kâğıdı daha hızlı yapıştırmaya başladı. "Her neyse, sonuçta tahtalıköyü boylayacağız," diye ısrar etti.

"Sen ciddi misin, evlat? Artık o köye kimseyi yollamıyorlar. O köyün yolu kapandı. Saçmalık."

"Bu kez farklı," dedi Bill Houston kendinden emin bir şekilde. "Bunu hissedebiliyorum."

"Sen hiçbir şey hissedemezsin. Bebesin daha."

"Lanet olsun, senden daha yaşlı görünüyorum Richard."

"Saçma. Burası benim evim. Sen de benim evimde sadece bir bebesin."

"*İSTAVROZLU!*"

Bill Houston tarlaları gördüğü rüyasından uyandı. Tam sabahın üçüydü.

"*İSTAVROZLU!*"

Gardiyan–Houston kim olduğunu bilmiyordu, nöbet değişimi sırasında uykudaydı–seçilmiyordu; gözlerindeki, buz gibi hareket eden bir fener ışığının çemberiydi sadece. "Yandaki kapı," dedi Houston ışığa.

"*GERİ AL GERİ AL GERİ AL...*"

Gardiyan ışığı diğer mahkûmun bölmesine doğru tuttu. Bill Houston, hücrelerin arasına bantladıkları gazete kâğıtlarından parmaklıkların şekil değiştiren gölgesini ve Richard Clay Wilson'ın, bu ünlü çocuk katili zencinin bulanık olmuş karaltısını görüyordu. Beton zemin üstünde diz çökmüş gibi görünüyordu.

"*İSTAVROZLU!*" diye feryat etmekteydi.

Şimdi fener sabitlenmiş, hücresindeki bu adamın üstüne çevrilmişti.

"*İSTAVROZLU!*"

"Ne bok yemeye titreyip duruyor bu?" diye hafifçe yükseltti sesini gardiyan.

"Dua gibi bir şey," dedi Bill Houston.

"*GERİ AL! ISTAVROZLU! GERİ AL!*"

"Wilson!" diye bağırdı gardiyan ışığı sallayıp etraftaki gölgeleri tarayarak "Wilson!"

"HB-6'dayken her Allah'ın gecesi yapardı," dedi Houston. "Ama hiç bu kadar yakından duymamıştım."

"*İSTAVROZLU! İNTİHARINI GERİ AL!*"

"Öyle mi, kimse bana bahsetmedi." Görünmez gardiyanın sesi gücenmiş gibi geliyordu. "Ne diyor?"

"Bu onun duası gibi bir şey ahbap. Her gece üçte. Istavrozlu İntiharını Geri Al."

"İstavrozlu İntiharını Geri Al mı?"

"*İSTAVROZLU!*" diye çığlık attı Wilson. Her haykırışında etrafa salyalar saçılıyordu. Boğazındaki kuruluğu duyabiliyordunuz. "*İNTİHARINI GERİ AL!*"

"Neden bahsediyor bu Allah aşkına?"

"Muhtemelen İsa'dan bahsediyor. Şu ışığı kapasan nasıl olur? Burada biraz uyumaya çalışıyoruz değil mi?" dedi Bill Houston.

"*İSTAVROZLUUUUUUU!*"

"Peki neyse," dedi gardiyan, "sen uyuyabiliyorsan, ben de uyuyabilirim."

"Az sonra biter. Başka türlü uyumana imkân yok."

Gardiyan ışığı kapadı. Karanlık, Bill Houston'ın gözleri üstünde yumuşak bir battaniyeydi bir an için. Avlu ışıklarının soluk aydınlatması az sonra bu karanlığın içinde kendine bir yer açmıştı bile.

"*İSTAVROZLU!*" diye yakarıyordu karanlık hücrede katil, "*İNTİHARINI GERİ AL!*" Felaket bir dayak yemiş gibi hıçkıra hıçkıra ağlıyordu.

Bill Houston elleri başının arkasında, karanlıkta öylece yattı ve küçük bir dua etti: Benden ne istiyorsun? Ölmemi mi istiyorsun? Chicago'da soyduğu hırdavatçıdaki tezgâhtar geldi aklına: O herife diz çöktürüp dua ettirmiştim.

"*İstavrozlu...*" Çıkarabildiği son boğuk seslerle sakinleşiyordu adam.

Sabah olunca Richard, Bill Houston'a, "Ben İsa'ya ait değilim!" dedi. Hışmıyla Bill Houston'ı utandırdı. "Ben başka bir gezegenden gelen bir uzaylıyım."

"Taşaklı olmanı takdir ediyorum," diye itiraf etti Bill Houston.

"Ama duramam ki ben
Taşaklarım yanarken,"

diye şarkı söylüyordu Richard– "Disco Inferno"nun, yani kasetleri içinde en çok sevdiği, en yüksek sesle ve en sık çaldığı grubun sözleri.

Arada sırada nutuk atması ve nadiren şarkı kırıntıları mırıldanması dışında Richard, gün ışığında ifadesiz bir yüze sahipti. Hareketleri bunaltıcı bir tropik atalet altında çalışıyormuşçasına mahmur ve hantaldı hep. Bill Houston'ın bu adamda daha baştan keşfettiği şey, onun avludan tanıdığı diğer siyahların aksine asla gölge boksu yapmaması, el çırpmaması ve doğaçtan dans etmemesiydi. Richard gençliğinde bir maymun gibi parmaklıklara tırmanan, aya karşı uluyan, intikam yeminleri eden, haykırarak et, kan ve seks dileyen, günlerini sık sık uyku nedir bilmeden ve dinlenmeden geçiren efsanevi bir psikopattı. Ancak bu yalıtılmışlık ve anılarıyla kurduğu münzevi yakınlık, adamın özdenetimini sarsaklaştırmıştı.

Southside mahallesinde kendi halinde yaşayan okuldan terk on altı yaşında bir yeniyetmeyken, kayıp dört beyaz çocuğun bölük pörçük iskeletleri ve parçalanmış cesetleriyle yakalanmış, avukatları da onu kendi kaderiyle baş başa bırakmışlardı. Çocuk tacizcilerine cezaevi avlusunda takınılan genel tutum umutsuz bir yeis türündendi: Bu hasta insanlar onlara biçilecek yazgıyı hak ederlerdi ve onların gayri meşru yollardan, gizlice infaz edilmesi teşvik edilirdi. Ama HB-6 ahalisi özellikle tekrar hüküm giyen veya nakledilenler arasından son kalan kişi olduğu ve HB-6'nın en uzun süreli sakini haline geldiği için Richard'a hoşgörülü davranmıştı. Bill Houston onun hakkında her şeyi biliyordu. Bir insan olarak bu canavardan, farklı ırkların o her daim trajik karışımından olma bu sapık hilkat garibesinden nefret etmek Houston'ın ödeviydi. Ancak kafası karışmıştı. Düşüncelerinin bir anlam ifade ettiği mekânlardan uzaklaştırılmış gibi hissediyordu kendini. Ölüm Evi'nde bu düşünceler önemsiz görünüyordu. Burada yürürlüğe girmiş büyük bir proje vardı –o ve Richard öldürüleceklerdi– ve içindeki yaşamsal ritim soluğunu kesiyor, başka şeylerin neden önemli olduğunu anımsamasını zorlaştırıyordu.

"O İsa'ya inanmayabilir, ama bu herif senin için bir Isa," dedi Brian, Bill Houston'a. Richard'ın hemen önünde söylüyordu bunu.

"Peki," dedi Bill Houston.

Richard onu umursamadı.

"Ben uzman falan değilim tamam mı?" dedi Brian. "Ama olayın şöyle göründüğü açık; bir kez içinizden biriyle işlerini bitirdikleri zaman, diğerinin de koltuğun tadına bakmasına gerek kalmaz. Ayrıca bunu kabul eden az sayıda insan var. Size kimler olduğunu söyleme yetkim yok tabii." Brian güneş gözlüklerini çıkardı ve Bill Houston'a solgun ve küçük göründü gözleri. "Peki sizce içinizden ilk kimi hallederler?" Bir o hücreye, bir diğerine bakıyordu. "Hanginiz?" Elinin ayasıyla Richard'ın parmaklıklarına vurdu. "Sence ilk kimi hallederler, Richard?"

"Beni," dedi Richard.

Brian omuz silkti. "Akla yatkın görünüyor. Yem sensin," diye açıkladı Bill Houston'a.

Brian bir eliyle, diğerinin baş ve serçe parmaklarını tuttu. "Şimdi farz edin ki, ben doktora gitmişim. Adam bana diyor ki, başparmağını ve serçe parmağını kesmek zorundayım Bay Cooper. İkisi de gitmeli, keseceğim onları. Ah, Allah'ım, n'olur serçe parmağımı olmasın. Başparmağımı kesmeyin. Sonra birkaç hafta geçiyor tamam mı?–Ah olamaz, serçe parmağımı kesecekler, başparmağımı kesecekler falan. Gidiyorum ve büyük gün geliyor, delirmek üzereyim ve son dakikada doktor diyor ki; hadi tamam, sadece serçe parmağını kessek nasıl olur? Of, harika! Sadece serçe parmağım mı? Tabii! Memnuniyetle! Anladın mı?" diye sordu Bill Houston'a. "Doktorlar bunu hep yapar. Sana en kötüyü söylerler. Derler ki, ikisini birden almak zorundayız–bu yüzden sadece bir tanesini aldıklarında artık hayat boyu kötü hissetmezsin kendini. Sen başparmaksın. Sen birilerini kurtarmak zorunda olan liberallerin yararına buradasın." Richard'a döndü: "Ve sen de gerçekten kesecekleri parmaksın. Sen William H. Houston'ın günahları için öleceksin."

"Ben oymacılıktan anlarım biliyor musun?" dedi Richard. Muhtemelen gelmiş geçmiş en büyük kalpazanlardan biriyle, Neal Harverry diye bir herifle bir zamanlar bir hücrede idamımızı bekliyorduk ve onla ben, saatine kırk beş sent veren bir sözleşme yaptık devletle. Şimdi bir şey değil gibi görünüyor, ama zamanında servetti. O adam bana kalpazanlık hakkında her şeyi öğretmişti. Beni bir kez salsalar zengin olabilirdim. Düşünsene, bir haftalığına ya da bilemedin iki günlüğüne çıkıyorum. Bir bakmışsın bir çuval parayla dönüyorum. Bir taşın üstüne yaptım oymamı; bir metreye bir buçuk metre kadar bir şeye. Otuz beş kilo geliyordu, sahildeki bir milli parka konulacak şöyle bir işaretti: Eski Kızılderili Kuyusu. Mısır Öğütme Alanı. Bakıp nerede olduğunu görebileceğin bir haritası vardı; bir yerinden bir ok çıkıyordu: 'Buradasınız.' Ama burada değilsin işte." Adam bu konunun üstünde önemle duruyor, aralarındaki kâğıt duvarın penceresini bakışlarıyla geçip Bill Houston'ı deliyordu. "Burada değilsin."

Bill Houston'ın, durumu takdir eden bir şeyler yapmasını bekledi ve ardından devam etti: "Neil Harverry, Massachusetts'te bir bataklığın ortasında durduğunu farz et, derdi. Sahildeki milli parkta olduğunu hayal et. O koca, demir döküm haritaya bakmaktasın. Tamamen saf bir insan olarak. Seninle bir katilin konuştuğuna, sana 'Buradasınız' demekte olduğuna dair en ufak fikrin olmayacaktır. Bir bataklıktan bahsederdi, büyük su kamışları sonbaharda kuruyunca sanki alev almış gibi görünürler; hani rüzgâr üstlerine estiğinde. Sanki savaş çıkmış gibi çatırdarlar." Derin bir nefes alıp basınçlı bir kutudan avucuna tıraş kremi fışkırttı. "Burada değilsin," dedi.

"Beni öldüremezler, çünkü bir şiirim var. Şiir ebediyen yaşar," diyordu Richard, Bill Houston'a. "Onu yazdığım gün yaratıcı güçlerle bağlantı kurdum."

Şiirin hikâyesi Bill Houston için bildikti. Aslında gazetede yayınlanmış bir mektuba dayanan bir deneme olarak yazılmıştı. Bugüne kadar cezaevinin eğitim programında İngilizce kompozisyon derslerine devam edenler tarafından tekrar tekrar aşırılmış ve sayısız öğretmen tarafından bir kez daha düzeltilip üstünden geçilmişti.

Ancak eğer deneme herkesinse, onu şiiri andıran satırlara bölme fikrini ortaya atan da Richard'dı. Birçok başka katkı yapmış olduğunu da ima ediyordu. Ona göre şiir kendi yaratımının çocuğuydu şimdi. Şiiri küçük bir kaset kapağının içinde katlı bir halde saklıyor ve bu kâğıt parçasına paradan daha değerliymiş gibi davranışı, pek de okuma alışkanlığı olmayan Bill Houston'ın nefretini kabartıyordu. Bundan, bir iş başarmanın gururundan daha fazla bir şeyler alır gibiydi adam. Bu, Richard'ın benliği için ekmek ve suydu. "Son sözlerim olarak bunu okuyacağım." Richard çenesini kaldırdı; Bill Houston gülmemek için kendini zor tutuyordu. "İşte o zaman, beni asla öldüremeyeceklerini acı bir şekilde öğrenecekler."

Richard kâğıdı okumasına izin verdiğinde Bill Houston ilgileniyormuş gibi davrandı. Ama Richard'ın bu başyapıtı şahsen sahiplenmesi konusunda neden böyle ısrarcı olduğunu anlayamıyordu. Uyaksız bir şiirdi ve sözcüklerin Richard'ınkiler olmadığı ortadaydı –hatta "pis bir zenci"den bahsediyordu şiir– ayrıca herkes birinin bunu daktiloyla yazdığını, sonra Richard'ın eliyle orasına burasına bir şeyler sokuşturduğunu anlayabilirdi. Aslında bir şiir bile sayılmazdı: Bill Houston'ın günlük yaşamda kullandığı ve bir yere yazmayı hiç de umursamadığı sıradan sözcüklerden oluşuyordu. Bill kâğıdı Brian aracılığıyla geri verdi; çünkü birbirlerine doğrudan bir şeyler vermeleri yasaktı. "Bu gerçekten iyi bir şiir, Richard," dedi.

Brian da birazını okudu ve "Hım! Bir sanat eseri bu," dedi. Pek heyecanlanmış görünmüyordu, ama fark edilebilir miktarda bir saygıyla kâğıdı Richard'a uzattı. Bill Houston, gardiyanın şiirle ilgili kuşkusunu paylaşmaktaydı.

Bill Houston sonra şiiri bir kez daha istedi. Ödünç alıp akşam yemeğinden sonra da bir müddet elinde tuttu. Başka mahkûmlar tarafından yaratılmış bir belgeye sahip olmak güzeldi. Şiir onun için hiçbir anlam ifade etmiyordu, ancak ona bakınca üstüne bir keder çöktü. Yorum yapmadan şiiri Richard'a geri verdi.

Bütün gece şiiri düşünüp durdu ve ertesi gün lafı uzatmadan söyleyiverdi: "Güzel bir şiir bu, Richard. Sıram geldiğinde ben de bir kopyası olsun isterim yanımda."

Richard bir şey söylemedi, yatağından fırladı ve hücresinde gezindi. "Bunu düşünürüm," dedi sonunda.

Bill Houston ve Richard uzun süre son yemeklerinde ne yiyeceklerini konuştular. Bill Houston biftek istiyordu. Richard tavuk ile domuz arasında kararsızdı. Bill Houston aynı şeyi yemeyecek olmalarından dolayı müteşekkirdi. Arizona Eyaleti'nin, büyük son gelmeden önce onlara çeşitli yiyecekler sunması yerinde bir davranıştı. Bill Houston gardiyanların buna Son Akşam Yemeği* demesinden hoşlanmamıştı. Bu yaygın bir hapishane deyimiydi, ama Richard Clay Wilson'ın nasıl kurtarıcısı olacağı hakkında yeterince şey zaten dinlemişti.

Bu onun sinirlerini geriyordu. "Benim için ölmeni hiç istemedim," dedi Richard'a.

Richard yalnızca kulaklıkları başına yerleştirdi ve kâinatta yalnızmış gibi davranmayı sürdürdü.

"Hadi Richard," diyerek aralarındaki pencereden el salladı Bill Houston. "Hadi yapma."

Richard kulaklıkları çıkardığında, bir böceğin kanat seslerine benzer cılız bir müzik etrafa yayılmaya başladı.

"Dinle. Şu şiirini bana bir kez okusana?"

Richard bir tefekkür bulutu içinde kaybolmuş görünüyordu.

"Gerçek şu ki, ben felaket okurum Richard. Bu yüzden sen oku istiyorum."

Richard şiiri bir mücevher saklar gibi saklayan küçük kaset kapağını açtı. Katlı kâğıdı düzeltti; bir adım geriye atarak, hücresinin Bill Houston'ın onu daha rahat görmesini sağlayacak uzak bir kenarına doğru çekildi. Ama Bill Houston gözlerini köşeye, kimsenin olmadığı bir yere dikmişti. "Richard Wilson'ın Hüznüne Dair" dedi. "Yazan: Richard Clay Wilson." Ardından Baptist'lere özgü bir monotonlukla okumaya başladı:

"*Onurdan olma bir insan gibi hissettim kendimi,*
ama vaziyet altımda dans ediyordu–
bir seferinde odasına girmiştim kız kardeşimin
ve görmüştüm ikisini, o kadınla kardeşimi,

* Hz.İsa ve havarilerinin beraber yediği ve ardından Hz.İsa'nın çarmıha gerildiği son yemek de aynı şekilde anılır. (ç.n.)

ardımdan bakmıştı bir müddet şişman değilse de,
ağır veya bakımsız, önlerinde
televizyonda oynarken çizgi filmler
etrafta çamaşırlar ve birkaç kutu Coca-Cola
masanın üstünde ütünün hemen yanında duran.
Avluya çıktım tuğlalardan yapılma
ve çöpten, sonra izledim ışığın aydınlatışını
her bir yaprağın içindeki kanı
sordum kendi kendime, nedir devir hızı
bu kaynağın? Onu nereden açarsın?
Sanırım nasıl hissettiğimi anlıyorsun.

Değiştiğini söylemiyorum dünyadaki her şeyin,
iki kadını bir saniye görmekle, ama başladım
o kadını ardımdan barlara sürüklemeye. Israrlıydım
çekici olduğunda. Sadece yaşamak istedim.
Yaptım da: bazı geceler çok duyusaldı
yıldızların ışığının sırtıma indiğini hissettim
ve inandım parmaklarımla her şeyi ateşe verebileceğime.
Ancak ötekilerin planları tersyüz etti verdiğim sözü.
Bir seferinde, kapanış saatine yakın, bir adamla konuşuyordu o
ben buradan gitmek için dikkatini çekmeye çalışırken.
Zencinin biriydi bu ve ben siyah limuzinleri düşündüm,
siyah kitleleri ve siyah yangın musluklarını
siyah suyla dolu. Gidip kadının yüzüne bir tokat patlatmayı
veya bir
bardak su boşaltmayı düşündüm,
ama bunun yerine kırmızı balıkçı bıçağımla deştim adamı
ve bağırsaklarını döküp dedim ki, "Al işte,
orospu çocuğu, pis zenci, al işte."
Etrafımızda donakalmış insanlar vardı. Işıklar belirdi derken.
O anda o kadını görüyorum bana bir şey okuyup duruyor
durduğunu gördüğüm odanın bir köşesinde
yüzüne kutsal bir ışık vuruyor.

Baştan sona giderken tam ortada
ömrüm dökülüyor tek bir okyanusa, bu mahpushaneye
boş top sahası ve boş ilaç kutularıyla.
Eğer o kadın beni ziyarete gelirse
cehenneme kadar yolu var. Onla konuşmayacağım.
Hepiniz geberin. Hiçbir şey için pişman değilim.
Ben başka bir gezegenden gelen bir uzaylıyım.

Mutlu değilim. Hayal kırıklığı
kalbimde yakıyor aptal ateşini
ama haftada iki gün çalışıyorum
Maksimum Güvenlik çamaşırhanesinde
yedinci katın üstündeki dünyada, iki uzun yola bakarak
birkaç şehre bağlanan uzakta.
Kavşağa doğru hızlanan genç kızlar
sonsuza dek yaşamak istememi
ve büyük şeyler düşünmemi sağlıyorlar,
savaşları ve hiç ölmeyen o ışığı son derece beyaz.
Bazen saatlerce karşısında dikiliyorum pencerenin
aynı anda bütün kanallara ayarlanmış, kristal metle yüklenmiş*
halde bedenimden ayrılıp gittiğime inanıyorum.

Yüce İsa, kapıların bir kapanır, bir açılır
Deli Serseriler' e, Ateşyiyenler' e dokunur elin
Senin hakkında milyonlarca şey söylesem de
bu sessizliğe hiç sahip olmayabilirim. Kastettiğim bu
karanlıkla, ağzını öptüğüm yerle,
o hiçbir kötü şeyin olmadığı yer.
Ben önemli biri değilim, ama bilmek isterdim
ne zaman bizi kurtarmaya geleceğini. Birçok
şiir ve ilahi yazdım, hatta bir tanesi
dini bir UHF radyo istasyonunda yayınlandı.
Işte böyle bir şeyler."

* Esasen hazımsızlıkta kullanılan, sinir sistemi üstünde etkili, *kristalin hidroklorit* formüllü bir uyarıcı. (ç.n.)

Richard alkış beklemeden çabucak ranzasına döndü ve şiiri kabına koydu.

Richard'ın şiiri okuyuşu sırasında akşam yemeği nöbetini tutan yaşlıca gardiyan Foster da onlara katılmıştı. "Deli serseriler de kim oluyor?" Bill Houston utanmıştı. Richard'ın şiiriyle ilgili bir şey sormanın bir hakaret anlamına geleceğini düşünüyordu–Foster şiirin saçma kısımlarını ortaya çıkarma riskine giriyordu.

"Southside'da bir çete," dedi Richard, "bir de Ateşyiyenler vardı. Ben arkadaşlarıydım. Bir zamanlar bir mesaj iletmiştim. Ardından savaşa tutuştular." Sinir bozucu edasıyla başını kaldırdı. "Şiirimdeler," dedi hakiki bir gururla.

Mahcup edici bir sessizlik üçünü de zincire vurmuştu adeta, ancak hâlâ hapishane parmaklıklarıyla ayrılıyorlardı. "Size bunu söylememem lazım aslında ama," dedi Foster. Sonra hiçbir şey söylemeden bekledi.

"Eee?" dedi Bill Houston.

"Son dakikaya kadar bir şey söylemeyecekler," dedi Foster. "Ama ben adım gibi biliyorum ki Richard'ın itirazı bu öğleden sonra görüşülecek. Kız kardeşim İstinaf Mahkemesi'nde çalışıyor. Siz biraz daha öğrenemeyin diye sonucu hasır altı edecekler–ama seni böyle üç buçuk atarken görmekten nefret ediyorum Richard."

"Üç buçuk falan attığım yok."

"Ya benim temyizim?" Bill Houston içmiş olduğu çorbanın midesinde taşlaştığını hissedebiliyordu.

"Bütün bildiklerimi söyledim."

"Benimkini de öğrenebilir misin? Hadi Bay Foster."

"Yapamam, çünkü bugün cuma. Eğer şu anda bir şeyler oluyorsa, mesai saati dışında oluyordur, bu yüzden kız kardeşimin haberi olmaz."

"Aman merak ettiğim falan yok zaten." Bacakları gevşedi. "*Hazırlanmam* gerekiyor." Ranzaya oturdu. Şimdi Richard'ı göremiyordu, sadece Foster vardı. "Bu bok için bazı nedenlere ihtiyacım var."

Sessizliklerindeki duygudaşlığı fark etti, ama sadece sessizlikti işte.

"Nalları dikerken–canın acır mı?" diye sordu Foster'a. "Nasıl hissedersin kendini?"

"Bilmem. Sen söylersin. Bize bir mektup yollarsın artık?" Bill Houston bile buna güldü, ancak sonra kendini küçük düşüren bir tavır takındığını fark etti. "Size bir mektup yollarım," diyen taraf o olmalıydı.

Daha iyi bir dost olmak ve neşeli bir mizaca bürünmekte karar kıldı. Salı günü sabaha karşı beş, idamı için kararlaştırılmış saatti.

Bu şehirde hava hiç serinlemez miydi? Sabahki sağanak sele neden olmuştu; ancak üç saate kalmadan bir çift salıncağın altında çocukların ayaklarını sürte sürte oydukları çukurlarda oluşan iki su birikintisi hariç hastane yakınlarında hiçbir iz kalmamıştı ondan. Ön kapının yakınlarındaki salıncakların yanında bir kum havuzu ve bir tahterevalli vardı. Onları görmek Jamie'ye pekâlâ burada çocukların da tutulduğunu ilk kez düşündürdü–doğuştan deli olan ve bir daha hiç düzelmeyen çocuklar. Şimdi bundan biraz uzaklaşırsam, diye düşündü, en azından normal günlerden birkaç anıyı hatırlayabilirim.

Giriş kapısındaki kulübede duran korumaya geçiş iznini uzattı. "Peki! Üç saat!" Adam geçiş iznini dosyasına tutturdu ve üstündeki bilgileri dikkatle çıkış listesine geçirmeye başladı.

"Çok daha erken gelebilirim. Bu benim ilk dışarı çıkışım."

"Tahmin etmiştim." Yaşlı bir adamdı. "İlk seferler hep üç saattir." Nefesinde viski kokusu vardı.

"Bunu cidden kıvırabilir miyim, bilmiyorum," dedi Jamie.

"Kıvırırsın, kıvırırsın." Geçiş iznini kadına geri verdi, kadın da listeyi imzaladı. Gitmek üzere döndüğünde adam seslendi, "Kalemim."

"Geri verecektim. Uyduruk kalemini çalacağımı mı zannettın?"

Adam abartılı bir şekilde omuz silkti, gözleri pembe pembe parlayarak. Şimdi keyfin yerine geldi değil mi, seni ayyaş moruk?

Ama dur hele, Sadece Senin Görebileceğin Film'i görene dek bekle.

Bir dakika, dedi kadın kendi kendine; şükret. Şükran Duygusu.

Bu yaz sokağa ilk kez adım atıyordu. Sosyal Güvenlik'ten verilen tenis ayakkabılarından memnundu: Van Buren'e doğru yarım blok batıda üç fahişe, göz alıcı elbiseleri, parlak streç çorapları, son model çizmeleri ve sivri topuklu ayakkabılarıyla ellerini kollarını sallaya sallaya bir otobüs durağına yürüyordu; ancak kimse kendisi gibi şapşal bir şeyi bu gündüz vaktinde es geçemezdi

Daha kaldırımı hissetmeye alışamadan taksi geldi, parlak sarı bir Şevrole. Uzanıp açtığı kapının üstünde bir yazı vardı: D.G.T– Devriye Gezen Taksiler.

"Klima!" dedi kadın.

"Eğer kliması olmasa bu taksinin yanına bile yaklaşmazdım," dedi şoför. Adamın Bill Houston'ınkini hatırlatan, kahverengi saçlı, acınacak bir kafası vardı ve bu durum kadını üzmüştü. "Ek Bina'ya gidecek olan sen misin?" dedi kadına.

"Aynen öyle," dedi kadın.

Şehir merkezinden geçip, otoban boyunca güneye ve doğuya doğru yol aldılar; kadın son selin bütün izlerini görebiliyordu şimdi –kaldırımlardaki ıslak noktaları, oluklardaki yağlı havuzları– Phoenix'in kanalizasyonu olmadığını anlamıştı– ve altlarında, kimisi insan boyundan uzun, cansız, kahverengi eğreltiotlarının serpilmiş olduğu palmiyelerin pullu kabuklarındaki koyu lekeleri. Havayı pus kaplıyor, onlar otobanda ilerlerken sağ taraflarındaki Southside'ın düzlüğü ile sol taraflarındaki şehir merkezinin yüksek binaları güzelce cilalanarak bütün kusurlardan arındırılmış görünüyordu.

Bu, kadının olmasını istediği gibi bir yoldu–temiz ve berrak.

Doğuya doğru uzaklarda, bir gün, daha çok canavar gibi göründükleri bir gün Dwight Snow'la beraber izledikleri dağları gördü. Şimdi sadece dağ gibi görünmek onlara yetiyordu.

***

"Vay be. Yasak bölge gibi bir şey, değil mi?" Kadın para üstünü dikkatle saydı ve taksiden inip arabanın yanında dikildi.

"Belki günün birinde, bütün bu çöl bir hapishane olacak," dedi taksici. Jamie ona bahşiş olarak bir dolar verdi ve araba gitti.

Phoenix Havaalanı'na dört, beş kilometre uzakta, Allah'ın unuttuğu bir yerdeki Maricopa Vilayet Hapishanesi'nin Ek Binası Jamie'ye biraz zayıf, kaçmayı kafasına koymuş birini engelleyemeyecek kadar derme çatma ve prefabrik görünmüştü. Birçok yapıdan oluşan bu kompleksin en kayda değer binası yavaş yavaş tükeniyor gibi görünen tek katlı, uzun, sarı bir binaydı. İnşaatı hâlâ sürüyordu; önce gözden kayboluyor, ardından iskelet haline gelip, içinde umutsuzca dikilen birkaç basketbol potası bulunan çamurlu idman avlusunun yakınlarındaki en uç kısmında malzeme yığınına dönüşüyordu.

Elindeki geçiş iznini ön kapıdaki gardiyana gösterdi, ancak adam girişine izin vermek yerine, onu binaların diğer tarafındaki Ziyaretçi Girişi'ne, oldukça uzak bir noktaya yönlendirdi. "Eğer sıcaktan bayılırsam," dedi gardiyana kadın, "lütfen gelip beni kurtar."

Yağmurdan sonra hava nemliydi. Ter, kadının göz yuvalarında yanıyor, saçından süzülüyordu. Tuzlu Nehir'in kuru yatağı yanında, kavrulmuş bir ay yüzeyini andıran topraklar boyunca devam eden bir hapishane kompleksinin yanında yürürken, kendini ezilmiş hissetti kadın. Bir meltem, Phoenix Şehir Çöplüğü'nün leş kokusunu kurumuş nehir boyunca taşıyıp kadının yüzüne sarmaladı.

Ziyaretçi Kapısı, ana binadan çitler ve dikenli tellerle ayrılmış ve gök mavisi, büyük bir karavan tarafından doldurulan küçük bir binalar dizisine açılıyordu. Kapıdaki gardiyan geçiş iznini kabul etti. Ancak kadın, kulübenin yanındaki kemerli geçide adım atar atmaz metal detektörü çılgınca alarm vermeye başladı.

Kadın korkmuştu. "Sana her şeyi verdim."

Gardiyan rahatsız görünüyordu. Elinde tuttuğu bir detektörü kadının sol bacağından yukarı, kafasına doğru; sonra yine aşağıya doğru gezdirdi. Kadının göğsü üstündeki cebe geldiğinde alet öttü. "Sigara falan mı var orada?"

"Evet ama metal değiller," dedi kadın.

"Sigara paketinin içindeki alüminyum kâğıdı bile onu öttürür. Çok güçlüdür bunlar. Havaalanlarındakilere benzemez." Jamie hiç havaalanına gitmemişti.

Adam kadının verdiği paketi aldı ve bozukluklarıyla anahtarlarının –kadının bir daha asla karşılaşmayacağı kapıların anahtarları– yanına ekleyip küçük bir plastik kaba koydu. Ardından bu eşyaları kulübesindeki bir dolaba kilitledi.

"Sigaralarımı alamayacak mıyım yani?"

"Üzgünüm. Açık paketleri almıyoruz." Beraberce kısa bir yürüyüş yapıp, ziyaretçi karavanına vardılar.

İçerideki hava serindi ve kadının teri kurumaya başlamıştı. Burası bir yemekhane gibi döşenmişti–ankesörlü alışveriş makineleri, floresan aydınlatma, plastik sandalyeler, sarı, ahşap taklidi aşınmaz masalar. Uğuldayan gri bir çeşmeden iki dakika boyunca su içti; ne var ki bu başını ağrıttı. Burris'e eşlik eden gardiyanlar karavanın karşı kapısından girdiğinde o hâlâ çeşmenin yanında dikilmiş, derin derin soluyordu. Burris kelepçeliydi. Kimsenin ondan hoşlanmadığı açıktı. Odadaki üç gardiyana bakınca kadının sezdiği ilk şey buydu.

Ama korumalar karavanın diğer tarafına çekilip kadınla adama bir çeşit mahremiyet olanağı verdi. Burris kafeterya tarzı masalardan birine geçip kadının karşısına oturdu. Onu görmekten çok mutluydu, bu belli oluyordu. "Ooo–pekâlâ. Jamie," dedi. "Kaleye hoş geldin."

"Bana pek kale gibi görünmedi," dedi kadın. "Bu hapishaneye biraz gözlerini diksen yıkılacak gibi."

Adam kaşlarını çatıp gülümseyerek kelepçeli ellerini ağzına götürdü ve parmağını dudaklarına koydu.

Kadın bir kahkaha attı. "Şu yüzündeki beleşçi sakalıyla pek öyle ıslah edilmiş görünmüyorsun. Tıraşlı daha iyiydin."

Kadın artık birçok yönden onu kardeşi gibi görüyordu. Seviyordu onu. Ama yapabileceğini hissettiği tek şey ona böyle takılmaktı.

"O cebindeki tütün mü?" Adamın iş tulumunu gösterdi. "Ellerin bağlıyken bana bir sigara sarabilecek misin?"

"Evet, tütün. Keşke başka bir şey olsaydı." Kelepçelerine rağmen fazla zorluk çekmeden iki sigara sardı. Bu işlem sırasında ikisi de tek laf etmemişti. Jamie ateş istemek için gardiyanlardan birini çağırmak zorunda kaldı.

İkisi de birer sigara içti. "Keşke başka bir şey olsaydı," dedi tekrar Burris sinsice gülerek.

"Uyuşturucu yüzünden biraz fazla uçtum," dedi kadın ona.

"Kafa günlerdi onlar ama, değil mi?"

"Evet. Ama demek istediğim, ben ciddiyim. Tımarhanedeydim. Hâlâ tımarhanedeyim."

"Biliyorum, annem bahsetti."

"O yüzden artık yolumu tamamen değiştirdim ben."

"Öyle mi, iyi görünüyorsun ama. Harika görünüyorsun."

"Ah tabii. Yüzde yüz daha iyi hissediyorum kendimi," dedi kadın, "hatta belki daha çok."

"Seni uyuşturucu bozmuştu biraz da," dedi Burris.

"Yok. Daha da fazlası," dedi kadın. "Dinle ilgili şeyler de var."

"Şakası olmaz," dedi adam. "Annem gibi."

"Annen gibi," dedi kadın. "Aynen."

"Ama umarım Jeanine gibi değildir," dedi Burris.

"Jeanine gibi değil," diyerek ona güven verdi Jamie.

Sigaralarını içtiler. Kadın söyleyecek bir şeyler düşünmeye çalıştı. Ama yemeklerin nasıl olduğunu sormayı gerçekten istemiyordu.

"Yani tabii, uyuşturucu bozmuştu beni resmen. Ama iki yönden de bakabileceğin hissine kapılıyor insan."

"Ben de haplardan kafayı yiyordum," dedi adam. "Ama şimdi iyiyim."

"Tamamen temiz misin yani?"

Adam utanmış görünüyordu. "Hım, tam olarak değil. Burada da ara sıra biraz bir şeyler oluyor–anlarsın ya."

"Ben temizim," dedi kadın. "Uyuşturucu rehabilitasyon gruplarına gidiyorum. Terapideyim, bir ıslahevinde kalıyorum, Günde Bir Kere, Şükran Duygusu gibi tüm aktivitelere katılıyorum. Çocuklarımı geri almak istiyorum, alamazsam ölürüm."

"Buna saygı duyarım Jamie. Yürek ister."

"Şimdiye kadar korkmadığım kadar korkuyorum," dedi kadın dobra dobra.

Jamie'nin arkasındaki kapı açıldı ve gardiyan yeni bir ziyaretçiyi, Burris'den daha büyük olmayan bir oğlanı içeri aldı. Jamie görüşmenin sonuna geldiklerini hissetti düşünmeksizin.

"Bill'den bir not aldım, bu yüzden geldim. Sana bir mesaj getirdim."

Adamın renginin attığı belli oluyordu. Gözleri nemlenmiş, sus pus olmuştu.

"Diyor ki, 'Burris'e hâlâ kardeşim olduğunu söyle.'"

Adam nefesini bıraktı.

"Onu yarın öldürmeye karar verdiler, bunu biliyor muydun?" dedi kadın.

"Elbette biliyorum," dedi adam. "Aklımdan çıkmıyor ki."

"Bu tip şeyleri sana söylediklerini bilmiyordum."

"Söylüyorlar. Bunu düşünmemi istiyorlar."

"Peki, bak eğer devam ederler ve bunu ona yaparlarsa–vicdan azabı duyma. O bunu aşmış. Sana kırgınlığı falan yok. Kimse bu konuda seni suçlamıyor Burris." Kadın adamın içini rahatlatmak istiyordu. Bunu yapabilmek adına söylemeyi düşünebildiği tek şey, "Rahatla," oldu.

"Tamam. Anlıyorum Jamie." Öyle olduğu çok açıktı.

Brian adamların kafasını makasla tıraş ederken harika vakit geçiriyordu. "Benle taşak geçiyorsun," diyordu Richard ona. "İtirazımın kabul edildiğini biliyorum. Kes şunu!" diyordu elini kaldırarak. Brian makası çekti, Richard şiddetle hapşırdı.

"Kendi saçına alerjin var," diye bağladı lafı Brian.

Bill Houston bunları dinleyerek ranzasında oturuyor, elini asker tıraşlı kafasında gezdiriyordu. "Bu aşağılamadan başka bir şey değil," dedi. "Azıcık saçta ne kadar gaz kalır ki? Aslında bunu yapmak zorunda falan değiller. Götler."

"Böyle daha bir serin," dedi Richard. "Kafamda bir serinlik hissediyorum."

"Ben de kafamda bir salaklık hissediyorum," dedi Bill Houston.

"Öyle ya da böyle benim itirazım kabul edilmiş. Yarın söylerler. Büyük bir sürpriz olacak."

"Bununla ilgili bir şey duymadım," dedi Brian.

"Belki benimki de kabul edilmiştir. Belki bana da yarın söylerler," dedi Bill Houston.

"Sekiz saatiniz daha var işte. Her şey olabilir," dedi Brian. "Eğer mecburlarsa gece yarısına bile bir şey sıkıştırabilir bunlar–o İstinaf Mahkemesi falan."

"Sekiz saat daha!"

"Ben burada olacağım. Sizin için vardiyamı değiştirdim," dedi Brian.

"Senin olman beni çok mutlu eder," dedi Bill Houston içtenlikle. "Dostum sayılırsın. Sen de öyle Richard."

"Sekiz saat sonra dostun falan olmayacak."

Bill Houston başıyla onayladı–ama kimse bunu göremedi; çünkü Brian, Richard'ın hücresindeydi. "Her zaman bir tür geri sayım vardır, değil mi? Bu da hikâyenin bir parçası, haksız mıyım?"

Yan hücredeki makas sesi kesildi. Bu sessiz anda, adam orada biri varsa, bunun kim olduğundan bile emin olamıyordu. Asla bir bağlantı kuramıyordu: arada hep bir şeyler –parmaklıklar, yasalar veya sözler– vardı. Bir bağlantı kurduğunu ancak derinlerde bir yerde hissediyordu. Ardındansa bir türlü emin olamıyordu.

"Kelleni yıka Houston. İyice temizlen."

Adam ürkmüştü. "Ne?" dedi. Onları hâlâ göremiyordu.

"Ahbap! Burası en sevdiğim otel!" Bu Richard'dı.

Korkunç bir patlama sesi geldi ve Bill Houston ayağa kalkıp parmaklıklara asıldı.

Brian elinde büyük, yeşil bir şişeyle adamın hücresine doğru yanaştı. "Sen de benim dostum sayılırsın Bay Houston." Şampanya.

Otoyol Devriyesi, kendi arzuları olan, bir arayış içindeki bu insanları, orada olmaya can atanları, bir şeyler öğrenmeye çabalayanları 89 numaralı karayolunun hapishane tarafından uzak tutmaya çalışıyordu. Ancak yolun şehir tarafındaki çamurlu alan kampçılar, motosikletler ve kamyonlarla, kollarını araçlarının üstüne yerleştirmiş, nöbetleri boyunca onlara yaslanarak destek alan araç sahipleri ve onların çocukları ve aileleriyle doluydu. Hava karanlıktı. Polis arabalarının mavi tavan lambaları yüzlerini tarıyordu. O anla ilgili her şey sessiz kalmalarına zemin hazırlıyordu: doğudaki, yüz yirmi beş kilometre uzaklıkta güneşin doğmaya hazırlandığı Tucson'da yıldızların kayboluşu, şafak öncesi gökyüzünün derin boşluğu, yolun karşısındaki Arizona Eyalet Hapishanesi'nin buyurgan uyuşukluğu ve onun omuzlarına park edilmiş ekip otolarının üstünde, ekili bir pamuk tarlasının ötesinde, sayısız sokak lambasının turuncu ışığıyla alev alev yanan kum renkli yapılar ve idamın infaz edileceği günün şafağında her şeyin üzerinde yer alan çöl gecesinin kupkuru uğursuzluğu, günün yaklaşan sıcağının umursamazca güçlü nefesi; her bir gölgeyi yakan ve kalbin içinde kalan son pislik zerrelerini de kül eden o sıcaklık. Ama şu saatte hava hâlâ serindi–bu insanların kimisi avuçlarında dumanı üstünde plastik bardaklar taşımaktaydı.

Avukat Fredericks de onların arasındaydı ve kalabalık onun canını sıkıyordu. Katillere gösterdiği yirmi yıllık merhametsiz bir sabrın ardından devletin bir anda bu sabah artık buna bir son verme niyetini ortaya koyduğunu ve Bill Houston'ın biletini kestiğini düşünmelerine neden olan neydi? Fredericks kendini onlardan biri gibi hissetmiyordu. Ona bu insanlar daha çok yarın öbür gün burada hapsedilecek kişiler, süveterleri ve üstlerinde bayağı yazılar ("Falanca Filanca Derneği" gibi) –anlamsız sloganlar, bir kulaktan girip diğerinden çıkan sözler– bulunan tişörtleriyle, rüzgârın savurduğu kum yüzünden neredeyse silinmiş, İsa'yı Tanıyorsan Kornaya Bas ve Ulusal Tüfek Birliği yazılı, araba tamponuna yapıştırılan çıkartmalarıyla hoşça vakit geçiren tipler, pis ve asker tıraşlı çocuklar, düztaban ayaklarında lastik kayışlı pabuçlarıyla kadınlar gibi göründü–tenis ve golf kıyafetlerini giymiş genç hanımefendiler neredeydi? Bu toplumun kafası atmış sahipleri neredeydi? Kravat iğnelerine, mücevher kaplama mektup açacaklarına ve iyice cilalanmış maun masalara sahip olan bankacılar; bu yasa ve statüko mekanizmasının işçileri? Adamın mücadele edemeyeceği o insanlar–hiçbir zaman burada bulunmamış kişiler? Bildiği gerçek şuydu ki, onları meşgul edecek yeterince şey vardı. Onlar işleri başlarından aşkın, eksiksiz insanlardı. Cinayetin ateşi etrafındaki harareti aramak veya yarı kamusal bir ölüm törenine yakın olmak adına gecenin bir köründe buraya gelmeye gerek duymamışlardı onlar.

Ama etrafındaki bu insanlar –William Houston Jr. ile muhtemelen aynı okula gitmiş veya belki onun bir ya da daha fazla akrabasıyla tanışıklığı olan, belki de aynı şartlı tahliye memuruna bağlı bu insanlar– buraya, kendilerinin idam edilmemesinin neden açıklanamaz bir şey, bir mucize olduğunu sezdikleri için gelmişlerdi. Ellerinden gelen en iyi şekilde, bunun nasıl bir şey olduğunu bulmak zorundaydılar.

Nasıl hissediyorsun.
Söyle nasıl hissediyorsun.
Yolun eve gitmez.
*Tamamen bir bilinmez...**

Hep beraber boğuldukları rüyadan bayıldığı şu an dışında, Fredericks bu şarkıyı daha önce hiç duymamıştı. Tek duyduğu bir haber programının, idamı konu alan bir şovun, hapishanenin batı tarafında, girişin yakınlarından, radyo ve televizyon ekiplerinin önceki akşamdan beri konuşlandığı bir yerden yapılan yayınıydı. Bunun sahiden gerçekleşeceğine onları böylesine inandıran neydi? Ona söylenmeyen şey neydi? Beyaz gömleğim ve kahverengi mokasenlerimle buradayım. Birileri bir sır saklıyor. Ben köpeği ölen küçük çocuğum.

Arabaların gelişi kesildi. Doğudaki ışık mavi-griydi. Şimdi insanlar biraz daha yüksek sesle konuşuyordu; gülüşmeler geliyordu kulağa, gergindiler. Çocuklar huysuzlanıyor, annelerinin elinden

* Bob Dylan'ın "Like a Rolling Stone" şarkısının nakaratı. (y.h.n.)

kurtulup, arabalar arasında amaçsızca dalaşarak birbirlerini kovalıyordu.

Fredericks saatine bakmamayı kararlaştırmıştı kendi kendine. Az sonra, kazara bakmamak için saatini çıkarıp cebine koydu. Ardından Volvo'sunun yanına gidip, onu ön koltuğa fırlattı ve uzaklaştı. Sadece saati olmadan da, zamanın geldiğini bilip bilemeyeceğini öğrenmek istiyordu.

Zaman gelmişti.

"Bay Houston? Sizi şu bahsettiğimiz köye yollayalım artık," dedi Brian.

Gerçekten uyuyakalmış olduğuna inanamıyordu. Bütün gece El-Evvel'le, Tanrıyla, o akıl almaz karanlıkla, aşkın o devasa, mavi ağzıyla yatmıştı.

Boşluğa döndürüleceğim. Bu benim ölüm saatim.

Ayakta duramıyordu. "Temyiz kabul edilmedi mi?"

"Hayır," dedi Brian.

"Kabul edilmesine bile gerek yoktu. En azından bir baksalardı bari."

"Hiçbir işe yaramadı. Buraya kadar, Bill."

"Görüşürüz Richard."

"Görüşürüz," dedi Richard'ın sesi.

"Herkes orada mı?"

"Sen ve ben hariç herkes orada," dedi Brian.

Ayağa kalktı. İçinde durup dururken herkese, bunun onun için sorun olmadığını, her şeyin uygun olduğunu bildirmek arzusu belirdi.

"Pantolonunu çıkar," dedi Brian nazikçe.

"Pantolonumu mu?"

Hapishaneden verilen blucinlerine baktı. Bu insanlar ne amaçla pantolonunu istiyordu? Ağlayacağını düşündü.

"Üstüne gaz kokusu sinmiş bir sürü çamaşır istemeyiz," dedi Brian. "Sana kimse söylememiş miydi?"

"Çıplak mı olmam lazım yani?" Gözlerinden yaşlar boşandı. Son olarak böyle iki göz iki çeşme ağlamasının üstünden yıllar geçmiş olmalıydı; ama bu kadarı da fazlaydı. Onu bu konuda uyarmamışlardı.

"Külotun kalabilir," dedi Brian.

Elleri kelepçeli, kafası neredeyse sıfıra vurulmuş, üstünde sadece beyaz iç çamaşırlarıyla öylece dikiliyordu. İçerisi soğuk olduğundan titremekteydi, ama korktuğunu düşünseler bile bu önemli değildi. HB-6'dan iki gardiyan oradaydı; onları fark etti. Tanıdık yüzler. Başıyla selam verdi. Revirden genç bir doktor ve yüksek sesle bir şeyler okuyan kısa boylu bir adam da oradaydı. Cezaevi müdürü. İdam Emri. Kapı açıktı. Sabahın erken vakitlerinde dışarı park etmiş bir cenaze arabası vardı. Sadece bir tane.

Tanıklar camın arkasına geçmişti bile. Duyamıyor, başını iki yana sallıyordu adam. Her şey camın ardında mıydı?

Müdür okumayı kesti. "Yanlış bir şey mi var?"

Yanlış mı? Adam Brian'ın yanında, müdürün, doktorun ve iki gardiyanın karşısında duruyordu. Her biri korku doluydu. Olan bitenden dolayı ödleri patlamıştı. Müdürün sesi titredi. "Şu anda söylemek istediğin bir şey var mı?" diye sordu Bill Houston'a.

Bill Houston bu soruyla şaşkına dönmüştü. "Şu anda söylemem gereken bir şey mi var?"

Herkesin kafası karışmıştı.

Brian aniden, "Bilmeni isterim ki ben senin ölmeyi hak ettiğini düşünmüyorum. Bence sen ıslah oldun," deyiverdi.

Kimse nasıl tepki göstereceğini bilmiyordu. Etraflarına bakınıyorlardı. Brian'ın bir kuralı çiğneyip çiğnemediğini müdürün bile bilmediği açıktı. "Gerçekten böyle hissediyorum," dedi Brian cüretkârca.

"Sağ ol," dedi Bill Houston.

Uzun bir sessizliğin içinde öylece beklediler. Şimdi ne olacaktı?

"Şimdi ne olacak?" diye sordu Bill Houston.

Müdür solgun ve hasta görünüyordu. "Hâlâ birkaç dakikamız var," dedi. "Sanırım beklemeliyiz, değil mi?" Çaresizce etrafa göz attı.

Bill Houston, Brian'a, "Daha fazla ayakta durabileceğimi sanmıyorum," diye fısıldadı.

Odayı bir gerçek doldurdu: Bundan sonra adama kalan bir şey yoktu artık. Kapı, yaşamı üstüne kapanmıştı. ÖLÜM GÜZELLİĞİN ANASIDIR yazıyordu ardında. Adam hiçbir şey duyamıyordu. Kulaklarına pamuk tıkamış olabileceklerini düşündü.

Ardından sağındaki borudan cılız bir tıngırtı ve altında kaynayan sıvının sesi geldi. Göğsünden kapıya uzanan stetoskopun kordonuna baktı. İşte gidiyordu. Şu tüp boyunca. Güm güm güm güm güm güm güm. Hayatında gerçekten önemli olan her şeydi bu. Görünür bir buhar döne döne dizlerinden yukarı tırmanıyordu.

Nefesini tuttu. Her metal çivi onun gözünde bir mücevherdi. Nefesini sonsuza dek tutabilecekmiş gibi hissetti–sorun değildi. Güm, güm. Kalbi hızlanırken bile yavaşlıyormuş gibi geliyordu adama, açıklanamaz bir şekilde. Her kalp atışının tam arasına girebilir ve bir sonraki atışın gelmiş geçmiş en iyi, en büyük sıcak okyanus gibi sizi yıkamasına izin verebilirdiniz. Gözleri yanıyordu. Onları kapamaktan nefret ediyordu, ama acıyorlardı işte. Halbuki o *görmek* istiyordu. Güm! Bunun kadar güzel bir şey var mıydı ki? İşte bir tane daha... güm! Harika! Bundan daha güzel gelemezlerdi.

Daha ne olduğunu anlamadan, ömrünün son nefesini çoktan almakta olduğunu anladı. Ama bir sorun yoktu. Güm! İnanılmaz! *Bir tane daha* mı geliyor yoksa? Bunlardan birini bile kaçırmak istemene imkân var mıydı? Adam şimdi kalp atışlarının arasındaki karanlığın tam da içindeydi ve orada huzur buldu. Ardından yeni bir tanesinin daha gelmeyeceğini anladı. Bu kadardı. Bu sonuncuydu. Karanlığa baktı. Başka bir insan için, dedi, dua etme fırsatını değerlendirmek isterim.

Normalde sabah altıdan önce açılmayan Kazablanka Kafe idam nedeniyle erken açılmıştı. Fredericks pencereden içeri baktı ve mekânın hâlâ boş olduğunu gördü. Kalabalık hâlâ otoyolun kenarındaydı. Şu dakikada Ölüm Evi'ne doğru bakarak, diğer hapishane binalarının ardında kalan küçük binanın üstünde gösterişle yükselen pas renkli boruyu gözleyecekler ve onun aşağısındaki oda bir emme pompası tarafından boşaltılırken, içlerinden kimisi cılız siyanür dumanının şeftali çiçeklerine benzer pis kokusunu aldığını düşünecekti. Kim olduklarına bağlı olarak kahrolacaklar, eğlenecekler, rahatlayacaklar veya derin düşüncelere dalacaklardı.

"Herkes gösteriyi seyrediyor hâlâ," dedi garson kız. Adı Clair'di. Fredericks kızın adını biliyordu, ama hepsi buydu.

"Radyo verdi mi?" diye sordu Fredericks kıza.

"Şu anda vermiyor. Ama iki dakika bekle, emin ol yayın yine başlar."

"Kahvemin içine biraz Skoç alabilir miyim?"

Clair adama bir cezve kahve, küçük bir şişe Black Label viskisi ve beyaz bir kupa verdi. Onlar kasanın yanındaki radyoyu dinlerken, sabah birkaç dakika sonra yumuşak ışığını vermeye başladı. William H. Houston Jr.'ın infazına karar verilmişti. Richard Clay Wilson'ın hükmü ise hafifletilerek ömür boyu hapse çevrilmişti.

"Bu sabah bu kadar insan hoşça vakit geçirdi," dedi Fredericks Clair'e.

Clair pencereye yaklaştı, parmaklarıyla perdeyi yavaşça kenara çekip sokağa baktı. "Biz de," deyiverdi. "Herkes kasabayı terk ediyor. Bu işten tek kârlı çıkanlar Seven-Eleven oldu. Herkese kahve sattılar."

"Siz de bana Skoç sattınız ya," dedi Fredericks.

"Aman, bizden olsun, tamam mı? İçki ruhsatımız yok."

Fredericks uzun bir müddet Kazablanka Kafe'de oturdu. Kafası geri kaykılmış, ağız açık bir halde kısa bir süre masasında kestirdi ve ardından içinde bir öfkeyle, şaşkın bir halde uyandı.

Kahvenin parasını öderken bedava kurdanlardan birini ağzına

yerleştirdiği sırada yakınlarda onu gözleyen birinin varlığını sezinledi. Bu ruh hali somut ve gerçekti, ancak mekânda masada duran çorba tabağının yanına serdiği dergisini okuyan bir adamdan başka kimseyi seçemedi. Fredericks kasanın arkasındaki duvardan neredeyse doğrudan ona bakan Elvis Presley portresini görene kadar etrafına bakındı. Ölü idolün siyah kadife üzerine yanardöner boyalarla işlenmiş, önünde ışıl ışıl bir mikrofonun asılı olduğu yüzü ha konuştu, ha konuşacak gibiydi.

Fredericks korkunç bir öğle vaktinin içine adımını atıp, elleri ceplerinde, yüzü hasır bir şapkanın siperliğiyle gölgelenmiş bir halde yol kenarında dikildi ve tıpkı bir taşra avukatı gibi göründüğünün farkında olarak ağzındaki kürdanı çiğnedi. Hâlâ gençti; içinde var olan, kendini bir yerlere seçtirmek niyetini yakında gerçekleştirmesi pekâlâ mümkündü. Ancak şu gerçeği biliyordu ki, daha kamu avukatlığı görevinin başında telafi edilemez bir şekilde soğumuştu bu işten ve muhtemelen yaşamına bir ceza avukatı olarak devam edecekti; çünkü, doğrusunu söylemek gerekirse, benliğinin içinde katillerin özgür kalmasına yardım etmek isteyen bir yan vardı.

Müvekkillerinin çoğu sonunda Florence'ı boylamıştı. Kendisi de burada çok zaman geçirmişti. Uzun bir süre daha burada, tam da şu anda, esasen ısı dalgaları içinde parıldayan bir hapishaneden oluşan bu can sıkıcı toz toprak şehirde, çölden gelen rüzgârın ve bayrak direklerine çarpan iplerin sesleri dışında her daim sakin olan bu şehirde kalacaktı–her akşam Elvis Presley'nin kadife üstüne yanardönerli yüzüyle, bütün müflis kafelerde boy göstermek için alacakaranlığa tırmandığı bu yerde.

Fredericks, her mahkûmun bir hikâyesi olduğunu anlayabiliyordu: aylar boyu her gece, tam dokuzda şehirdeki bir pencerede bir ışığın yakıldığını; hücre blokunun üst katında bir adamın bunu görüp merak edebileceğini ve her birinin yalnız kendisi için parladığını düşleyebileceğini. Fakat bu bir hikâyeydi yalnızca, insanların birbirine anlattığı bir şey; bir insanın içindeki şiddetin, onu hırpalayıp bitirmek veya kendi kendini tüketmek adına harcadığı zamanı geçirmek için yapılan bir şey; kimin mum ve kimin alev olduğuna bağlı olarak.

A.C. Weisbecker

Kozmik Haydutlar

Yeraltı Edebiyatı/Çev.: Nedim Çatlı/192 sayfa/ISBN 975-539-362-5

Bir uyuşturucu kaçakçısı, gasp ettikleri eşyaları vakit öldürmek için karıştırırken karşısına çıkan kitaplardan kuantum fiziğine merak sarar ve hayatı onunla açıklama çabasına girişir. Orta ve Güney Amerika'da uyuşturucu kralları, haydutlar (banditolar), birbirinden kaçık tipler ve tabii ki CIA ve FBI gibi örgütler eşliğinde çizgi filmvari maceralar yaşanırken bir yandan da "gerçekliğin temel doğası"na heyecan verici bir yolculuk başlar...

Kozmik Haydutlar, artık, "yaşamınızı değiştirin" terapilerine bile sokulan son yılların en büyüleyici ve bulaşıcı "dini" olmaya aday kuantum fiziğini belki de ona en çok yakışan banditolar ve öteki esrarkeş maceraperestler aracılığıyla açıklıyor. Neredeyse her hükümetin polis teşkilatını peşlerine takan bu gamsız grup, külüstür uçak ve gemilerle kaçakçılık yaparak gittikleri yerleri yakıp yıkıp kaos yaratıyor. El bombasıyla gemi tamirinden, uçakta fazla içerek yerçekimini azaltma projelerine kadar pek çok şenlikli absürdlük örgütlüyorlar. Neden sonuç ilişkisinin ortadan kalkışıyla, yaşadığımız dünyaya hiç benzemeyen atomaltı âleminden, evrenin nasıl oluştuğuna, kara deliklere ve zaman yolculuklarına kadar sokaktaki insanın da ilgi alanına girecek bir dizi bilimsel olgu ve kuramı okuru üzmeden ve tabii ki sıkmadan mizahi bir üslupla anlatıyor yazar.

Evrende hâlâ şaşıracak şeyler varken bütün mevsimlerin en haylaz, en neşeli kitabı *Kozmik Haydutlar*'ı kaçırmayın.

Kuantum Fiziği öyle kolay okunacak bir konu değil ama birkaç yüz galon tekila, bazı patlayıcılar ve bir ton mavrayla karıştırınca *Kozmik Haydutlar* yaz güneşinin altında zevkle içilecek bir kokteyle dönüşüyor.
UPI

Philippe Sollers

Hayran Olunası Casanova

Yeraltı Edebiyatı/Çev.: Serdar Rifat Kırkoğlu/224 sayfa/ISBN 975-539-365-X

Çağdaş Fransız edebiyatının yenilikçi ve putkırıcı yazarlarından Philippe Sollers, *Hayran Olunası Casanova* başlıklı bu ilginç çalışmasında, XVIII. yüzyılın adı dillere destan olmuş en renkli kişiliklerinden birini, yani Giacomo Casanova'yı, anılarından yola çıkarak, yepyeni bir bakış açısıyla irdeliyor. Kökleşmiş ve yüzeysel bilgilerimizle sadece çapkınlığın bir timsali olarak göregeldiğimiz, ancak yaşamının ardındaki feylesofça derinlikten pek haberdar olmadığımız ünlü "Seingalt Şövalyesi"ni her şeyden önce "yazar" olarak yeniden ele alıp, bu serüvenci ve uçarı adamın ruh derinliklerine nüfuz ediyor. Sollers, "*Casanova'nın bir yazar olması istenilmedi. Ondan bir gösteri hayvanı yaratıldı. Onun sahte bir imgesi sunulmaya çaba harcanıyor. Üzerine filmler yapan sinema yönetmenleri onu sağı solu belli olmayan bir adam, bir aşk makinesi, neredeyse bunak ya da gülünç bir kukla gibi tanıttılar,*" diye yazarak, bir yazar olarak hakkının fazlasıyla yendiğini düşündüğü Casanova'ya, hem duygudaşlıkla yaklaşıyor, hem de onu derinlikli bir kültürel donanımın verileri içinde değerlendirmeye çalışıyor. Sollers'e göre, üzerinde durulması gereken gerçek sorun, Casanova'yı, gizlemeye saklamaya gerek duymadan okuyup okuyamayacağımızı, ya da daha kötüsü, anlattığı her şeyi bayağı buluyormuş gibi okuyup okuyamayacağımızı bilmektir.

Yazarın, kitabında, biz XXI. yüzyıl okurlarına yönelttiği en can alıcı soru, bu ilginç XVIII. yüzyıl adamını okuyacak kadar "özgür" olup olmadığımızdır. Çünkü Sollers'e göre, Giacomo Casanova, her şeyden önce ve özellikle, "geleceğe ait bir adamdır."

Aklı hakikat yoluna çağırabilmek için işe onu aldatmakla başlamak gerektiğini öğretmeyi seviyorum. Karanlıklar herhalde ışıktan önce vardı.

Giacoma Casanova

Tristian Hawkins
İsis

Yeraltı Edebiyatı/Çev.: N. Can Kantarcı/304 sayfa/ISBN 975-539-377-3

İsis, hayattan "başarılı" olarak intikam almaya azmetmiş genç bir reklam yazarının bu uğurda kendine karşı verdiği ölümcül savaşı, kanlı bir aşk hikâyesi eşliğinde anlatıyor. Fonda ise iş dünyasının inanılmaz temposu, kokuşmuşluğu ve Londra'nın kozmopolitliği yer alıyor...

Çalıştığı reklam şirketinin genç yeteneklerinden Richard, daha yirmi üç yaşında hayatını istediği yöne çevirmiş görünmektedir. Sağlam bir işi, hızlı bir arabası ve işten artakalan zamanının tümünü içki ve uyuşturucuyla geçirmesine yetecek kadar parası vardır. Yakışıklı, zeki, bencil ve dolayısıyla başarılıdır. Dengesiz ve öfkeli Richard'ın hayat projesi, şirkete yeni alınan genç sekretere sırılsıklam âşık olmasıyla sekteye uğrar. Kızıl saçlı, egzamalı ve iyi huylu Pepper, bir tanrıça olmaktan çok uzaktır; kötü giyinmektedir, yatakta marifetli değildir ve pek de güzel sayılmaz. Kısacası reklam dünyasının çıtırlarını rahatlıkla götüren Richard'ın ulaşmak istediği hedef için şaşılası bir seçimdir. Bu koşullar altında başlayan ilişkileri doğal olarak sarpa saracak, hızla psikolojik bir gelgite dönüşecek ve Richard, neredeyse her şeyini kaybetmesiyle sonuçlanacak bir uçuruma tepetaklak yuvarlanacaktır.

Daha önce Anarşist adlı romanını yayımladığımız Britanyalı yazar Tristan Hawkins'in ilk romanı olan İsis, cesur anlatımı ve tempolu mizahıyla tanıdık bir öyküye şaşırtıcı bir derinlik kazandırıyor. Hayatın karanlık yüzüne gülerek bakmayı başaran, baş döndürücü bir "dibe vurma" öyküsü...

Komik, sevecen ve dipdiri bir dil. Belli bir duruşu inşa ederken zekâ pırıltıları saçan, keskin bir ilk roman.
Joseph O'Connor

Sonunda hem 'cool' hem sıcak, hem ekşi hem tatlı, hem bilinçli hem de umut dolu bir roman. Hawkins kulaklarınızı tıkamak istemeyeceğiniz yeni bir ses.
Julie Burchill

Claude Lucas

Gönüllü Sürgün

SUERTE

Yeraltı Edebiyatı/Çev.: Hamdi Tuncer/464 sayfa/ISBN 975-539-357-9

Gönüllü Sürgün-Suerte, hapishane günlerini felsefeyle geçirdiği için İspanyol basınının "filozof gangster" diye tanıttığı Claude Lucas'ın otobiyografik romanı. İncelikle planlanan suçların soğukkanlılıkla uygulamaya konduğu bir kara roman niyetiyle okunabileceği gibi; hapishane ve hücre yaşamının en nesnel, en soğuk, en felsefi anlatımı olarak da görülebilir. Ya da topluma karşı yazılmış çağdaş sövgülerin en ağırlarından biri olarak da kabul edilebilir.

Ama aslında "topluma karşı" bir insan demek doğru değil Lucas için; çünkü toplum onun referans noktası ya da muhatabı değil, toplumun dışında biri o. Yeniyetmeliğinde başkalarının varlığından kuşku duyarken, giderek kendi varlığından, yaşıyor olmasından, toplumdaki yerinden kuşku duyar yazar. Suçtaki mükerrer ısrarı, bir isyanın sonucu değil, kendi varlığının farkına varmasını sağlayan irkilmelerdir yalnızca; yaşayan bir Beckett kahramanıdır adeta. Tüm bunların ardında ise, çocukluktan yetişkinliğe geçerken içindeki sıcaklığı yitiren, yalnızlığını büyüten "bir insan" vardır.

Bir "kahraman haydut" mitolojisi ya da hapishane edebiyatı değil Suerte. Art arda işlediği "suçlar"ın ya da yaptığı soygunların bir önemi yok Lucas'ın gözünde, bir otel odasının ya da bir hapishane hücresinin tavanına gözlerini dikip hayatı temaşa etmektir başlıca uğraşı; yanı başında ya da zihninde ise Emmanuel Levinas'ın eseri... Kendi hayatına, yaşadıklarına mesafeyle bakan, dolayısıyla her türlü mitolojiden uzak bir anlatım ve dil kullanan has bir yazar karşımızdaki. Ve başlangıçta Fransa'da tüm yayımcıların reddettiği bu romanın yazarı, bugün Dostoyevski'yle, Beckett'le ve filozof Levinas'la karşılaştırılıyor.

Dibe vurmuş ümitsizliklerle en yürekten sevinçleri kaynaştıran bir eser *Suerte*. Ve, herkesin ihtiyacı var buna, *Suerte amigos...*